译文经典

爱的教育
Cuore

Edmondo De Amicis

〔意〕亚米契斯 著

储 蕾 译

上海译文出版社

译本序

埃德蒙多·德·亚米契斯，一八四六年生于意大利的奥内利亚。在都灵上完中学以后，他进了摩德纳城的一所军事院校继续深造。军事院校的训练方式对他的人生观、世界观的形成影响极大。在以后的日子里，他一直都认为那是他步入社会之前，学习怎样自我约束以及如何与人相处的一条必经之路。这一点在他的许多作品中都可窥豹一斑。

德·亚米契斯的写作生涯也和他的军旅情结密不可分。他的第一本书，一八六八年出版的《军旅生活》正是以他在库斯托扎战役中的亲身经历为基础创作出来的。当时，他在战争中的身份是一名中尉，在战争的间隙，他把他的见闻以故事的形式记载了下来，后来它们就成为了《军旅生活》这本书的重要组成部分。正是这本书的成功激起了他极大的创作热情，使他在文学和新闻报道这条路上继续走了下去，成为意大利佛罗伦萨的一份刊物《国家》的专业撰稿人。

《爱的教育》是埃德蒙多·德·亚米契斯最著名的作品。它与著名意大利作家亚历山德罗·曼佐尼的《约婚夫妇》齐名，被誉为现代意大利人必读的十本小说之一；同时，在意大利人的心中，它也是十九世纪意大利最伟大的十本小说之一。

这是一部以教育为目的的儿童文学作品。它弘扬伟大的爱国主义，歌颂人与人之间团结友爱的高尚情怀；它鼓励人们消除阶级观念，在日常生活的交往中，努力实现各阶级人民相互尊重和相互平等。直到二十世纪五十年代，《爱的教育》都一直是整个意大利的青少年们成长过程中不可或缺的重要组成部分。

小说的主人公恩里科是一个刚上小学四年级的意大利男孩，他出生在一个衣食无忧的知识分子家庭。由于受了父亲的影响，他在学习上勤奋努力，在生活中诚挚友善，是一个优秀的中产阶级少年。在书中，他以一个孩子的视觉角度、用日记的形式，记录了在整整一个学年中，他的生活中发生的点点滴滴的故事。虽然校园是书中绝大部分的故事演绎的舞台，但是，我们却可以从这样一个小小的窗口看到当时整个意大利的一个缩影。品学兼优的德罗西和骄傲自大的沃蒂尼同样出生在富裕的中产阶级阶层，前者真诚质朴、平易近人，后者却骄奢横溢，目中无人；而作为平民学生的代表者加罗内和克罗西，一个是非分明，敢于和邪恶抗争，是弱者心中的英雄；另一个活泼可爱，小小的年纪就帮助父母扛起了生活的重担。如果说加罗菲的生意经和小聪明让人忍俊不禁，那么弗兰蒂的冷漠的内心和丑恶的面目则会令所有阅读这本书的人不齿。虽然作者用简单而平实的笔触勾勒出这一个个孩子形象的时候与我们生活的这个时代已经相差了上百年，但是他们却仿佛真的生活在我们的身边。也许这就是这本书几十年来都没有被人们忘却的真实原因吧。

除了恩里科的日记，《爱的教育》一书中还穿插了恩里科的父母和他的姐姐西尔维亚给他写的一些信以及九篇老师让孩子们听写下来的每月故事。如果说这些信带着深深的时代烙痕，让崇尚人文的现代人多少觉得有些教条，有点空洞，并不是那么有说服力的话，那么那九个故事的存在却包含着作者的许多匠心。聪明的读者，不知道您有没有注意到这九个故事中的九个英勇的少年他们来自意大利九个不同的大区（意大利的一个大区相当于中国的一个省份），他们站在一起代表了整个新生的意大利和它的未来。 故事中的九个小主人公们是九个小英雄，为了他们心目中崇高的目标，他们承受了巨大的牺牲，有的甚至献出了生命。不管是为了自己的祖国还是为了自己的家庭，他们在他们的事迹中表现出来的忘我和克己的精神，在我们这些生活在和平年代的现代人眼里，从某种程度上来说，都有些难以理解，甚至匪夷所思，但是它们却体现了意大利著名的政治家加富尔（1810—1861）当时的治国理念，是年轻的、刚刚统一的意大利所需要的奉献精神。

《爱的教育》这本意大利文的著作原来的标题是"Cuore"，如果直译的话，应该是"心"的意思。用"心"，也就是用"真诚的心和平等的概念"来对待你身边的每一个人，是该书的教育主旨，也是这本书最局限、甚至可以说最"失败"的一个地方。作为一个专业的新闻工作者，作者对自己生活的那个时代有着深刻的认识，他明知道在他生活的那个年代里，人与人最大的交流障碍在于他们分属于不同的阶级，而这一点不是简单的对"心"的召唤能解决的，但是，他却没有勇气把自己心灵深处最真实的想法讲出来，而只能采取逃避和迂回的办法来号召所有的青少年都做一个有"心"的孩子。这一点，作者自己也早就认识到了，所以，在《爱的教育》获得成功之后，他在一些媒体上对自己的所谓"理智上"和"感情上"的矛盾作了深刻的自我批评。

随着时代的变迁，《爱的教育》对于意大利青少年成长的意义已经不像它刚出版时那么重大，近几年来，在意大利本国的媒体上不断有文章抨击这本书存在的现实意义。有人批评它"田园式的、牧歌般的"情怀与乌托邦社会一样缺乏现实意义；有人抨击说那些每月故事中的英雄少年距离我们的现实生活太遥远，是后文艺复兴时期的中小资产阶级不切实际的幻想；还有人说书中恩里科的班主任佩尔博尼老师采用的教育模式有煽情的嫌疑，已经不合时宜，对待当代的青少年我们需要把他们当做朋友，坦诚地与他们进行交流，等等等等。

但是，无论世事怎样变迁，有一点是可以肯定的。那就是《爱的教育》这本书在意大利的统一大业中产生的伟大的历史意义。大家都知道语言的统一是一个国家实现政治上的统一的必要条件。在很长的时间里，"意大利"这个名词一直都只是一个地理概念而不是一个政治概念。如果说现代意大利语的开山鼻祖亚历山德罗·曼佐尼用他的经典著作《约婚夫妇》使现代意大利语实现了初步的统一，为意大利政治上的统一打下了一个基础，那么在《约婚夫妇》面市五十年之际到新生的意大利统一政权产生后的二十五年里，我们说是德·亚米契斯的《爱的教育》进一步巩固了亚历山德罗·曼佐尼的成就，为意大利的统一大业作出了不朽的贡献。德·亚米契斯叙述故事时采用的朴素、平实的语言使《爱的教育》成为了一部喜闻乐见的作品，使处在社会底层的广大劳动人民都能参与阅读。它对文字统一、文化推广的作用几乎可以和二战后进入人们生活的新型媒体——电视相媲美。另外，政治上的局限也并没有阻碍《爱的教育》在广大民众中获得伟大的成功，它提倡的奉献精神在特定的历史条件下甚至还对当时整个意大利社会的发展起了重大的推动作用。

就在今天，《爱的教育》也仍然是意大利的青少年们学习写作、表达思想的"范文"。二〇〇一年六月十五日《意大利晚邮报》的文化版上就有这么一篇文章，介绍意大利诗人帕斯科利给一个孩子的一封信。诗人在信中说："德·亚米契斯的《爱的教育》堪称青少年学习写作的典范。"

在谈完了《爱的教育》的写作背景以及它的历史和现实意义之后，我们也不能忘记谈一下它对中国以及中国读者的意义。自从著名教育学家夏丏尊老先生对照该书的英文和日文译本把这本书翻译成中文以后，《爱的教育》在中国也风靡了几十年了。它之所以长期受到中国广大青少年及其家长们的青睐和它的中文译名有着密不可分的关系。在中国人的眼中，广大青少年是幼苗、是花朵，大家都希望他们能沐浴着爱的春风茁壮成长，在阳光下盛开。另外，这本以校园生活为主题，描写同窗情谊，歌颂友谊地久天长的书同时也让成人感动。试想，谁又没有过恩里科一样的童年，谁又不想拥有一个像加罗内一样的同学或者朋友呢？《爱的教育》让孩子们读到了自己的生活，让成人想起往昔；阅读者就像是沿着漫长的时光隧道，进行了一次心的旅程，或者说爱的旅程。

　　与以往不同的是，这个译本是从意大利文直接翻译过来的。不敢有任何超越前人的想法，只希望译者笔下的文字尊重了原作者的意愿。如果有谬误的地方，恳请读者纠正。最后借此重译之际，再一次向广大读者隆重推荐这本书。

储　蕾

二〇〇四年四月

目 录

十二月

一月

二月

作者序

谨以此书奉献给九岁至十三岁的小学生们。

我们也可以另外给它起一个题目——《学年纪事——一个意大利某市立小学四年级学生记录下来的成长故事》——虽然我说：这些故事是由一个四年级的小学生记录下来的，但是我的意思并不是说读者们看到的这本印刷成文的书是他写的。就像我们大家都知道的那样，他把自己在校内外得到的见闻和自己的想法一点一滴地记在了一个小本子上；学年结束之后，由他的父亲为他修改成文。他的父亲改得很小心，尽量不改变孩子的想法，并且尽可能地保留自己的儿子所说的话。四年后，儿子已经进了高中（意大利学制中介于初中和文科大学预科的高中），重新阅读这份手稿的时候，又凭着自己的年轻的记忆增添了一些关于那些人和事的材料。于是，就有了这样一本书。

现在，亲爱的孩子们，请你们读一读这本书吧，我希望你们能够满意，而且由此得到一些裨益！

十　月

开学第一天

十七日，星期一

今天是开学的第一天。三个月的假期一转眼就过去了。日子在乡下过得飞快，简直就像做梦一样。今天早晨，妈妈带着我去巴雷蒂学校注册——我念小学四年级了！可是，我还留恋着美好的暑假生活，一点都不愿意去。通往学校的每一条路上都熙熙攘攘；两家文具店里生意兴隆，挤满了给孩子添置学习用品的学生家长。什么书包啦，本子啦，笔啦，都成了抢手货。学校的门口更是人满为患，几个门卫和校工费了九牛二虎之力，大门才没有被堵住。在门口，我感觉到有人拍了拍我的肩膀——原来是我上三年级时候的班主任，他还是像从前那样笑嘻嘻的，一头红发怎么梳都还是乱蓬蓬的。他说：

"瞧，恩里科，你长大了，我们就只能分开了。"

对于这一点，我早就有心理准备。可是，他的话，不知怎么，还是让我的心里感觉酸酸的。我们一起挤进了校门。一手牵着孩子，一手拿着孩子上个学年的成绩单陪孩子前来注册的有先生，也有女士；有的看起来像普通的工人，有的则像政府官员。除了孩子的父母，当然也有由爷爷、奶奶或者仆人陪伴的。整个门厅里都站满了人，连台阶上都没有空位了。教学大楼里充满了"嗡嗡嗡"的声音，人们就好像是走进了一个大剧院一样。重新看到底楼的那间大教室和那七扇通往不同的小教室的门，我觉得非常亲切，要知道，在这里，我整整度过了三年的时光啊！老师们在人群里穿梭。二年级时曾教过我的一位女老师站在她的教室门口，看到我，就跟我打招呼：

"恩里科，今年你就搬到楼上去念书了！我们在路上都很难碰到了呢！"她看着我，眼神里有一些伤感。校长的身边围着很多孩子的母亲，她们一个个气喘吁吁的，看上去大概是她们的孩子没有拿到名额。我仔细看了一眼我们的校长，发现他的胡子仿佛比去年又白了一点。我的同伴们，有的长高了，有的长胖了。在底楼，已经分好的一年级的班级门口，有些小孩子倔得像驴子一样，死也不肯进教室，抱着他们父母的腿不肯放；另一些进去了却不肯在自己的座位上坐好，到处跑来跑去；更有甚者，看见父母要走了，就开始放声大哭，后者不得不又折回去哄他们，安慰他们。看着这种情况，老师们心急如焚，不知所措。我弟弟被分到了德尔卡蒂老师的班级里；而我则被分到了佩尔博尼老师的班里。我的教室在二楼。十点钟的时候，我们所有的人都到齐了。我们班有五十四个人。三年级的时候和我同班的大概有十五六个，其中包括德罗西，那个总是拿一等奖学金的模范生。坐在教室里，我不由自主地感觉到有些伤感，暑假里那些快乐的日子历历在目。比起蓝天下的高山和山上郁郁葱葱的树林子来，学校的空间是多么有限啊！同时，我也非常想念三年级时的班主任，他是那么的和蔼可亲，总是和我们在一起玩，一起笑；他又是那么的童心未泯，与其说他像我们的老师，还不如说他是我们这个大家庭中的一员。他那头乱蓬蓬的红头发是那么的可爱，可遗憾的是，我可能再也不能经常看见他了。我们的新老师长得很高大，头发是灰色的，很长，没有胡子；前额上有一条笔直的皱纹；他的声音很粗犷；看我们的时候，眼睛紧紧地盯着每一个人，好像要看到我们心里去似的。他似乎从来都不笑。我自己对自己说："这可才是开学第一天呢！还有整整九个月呢！还有多少功课，多少月考，多少辛苦在等待着我啊！"走出校门，我看到妈妈在门口等我，我突然觉得我还真的和那些刚进校门的小孩子一样，需要母亲的安慰呢！于是，我就跑过去，亲吻她的手。她安慰我说："不要怕，恩里科！我们一起对付这一年。"于是，我还是高高兴兴地回家了。可是，我再也不能和原来的老师在一起玩了，再也看不到他灿烂的笑容了。学校在我的心里也不像原来那么吸引人了。

我们的班主任

十八日，星期二

今天早上的事，使我一下子喜欢上了我们的新班主任。上课前，他早早地就坐在了教室里。这个时候，就时不时地有一些孩子的脑袋探进来向他打招呼，原来他们都是他从前的学生。"早上好，老师！""早上好，佩尔博尼老师！"有几个还跑了进来，碰碰他的手，然后，又逃走了。看得出来，他们都很喜欢他，都很想回到他的身旁。他不断地回答说："早上好！"也不断地紧紧握一下朝他伸过来的手。但是，他的眼睛谁也不看，表情也一直都很严肃。他额头上的皱纹绷得很直，目光一直都落在窗外，落在对面那幢楼房的屋顶上。学生的问候好像并没有让他的情绪高涨起来，相反，在这种情况下，他仿佛很尴尬。然后，他就开始望着我们，一个一个，很仔细地，仿佛是在探究我们的内心。一边给我们做听写，他一边从讲台上走下来，在课桌的中间散步。突然，他看到一个小男生的脸红红的，长满了痘痘，就停下来，把他的脸捧在掌心，仔细地瞧。然后，又低声询问他是怎么回事，并用手摸摸他的额头，看他有没有发烧。就在那个时候，坐在他身后的一个孩子突然从课桌后面站起来，开始冲着全班同学做鬼脸。他似乎感觉到了，突然回头；男孩赶忙坐下，把头垂得低低的，等待着老师的训斥。然而，佩尔博尼老师只是把手轻轻地放在他的头上，对他说："以后不要再犯了，"就再也没有说什么。他回到他的讲台上，继续给我们把听写做完。

做完了听写，他站在那儿，静静地看了我们一会儿。然后，用他粗犷的声音缓缓地对我们说：

"孩子们，你们都听好了。我们有整整一年的时间要一起度过。我想我们会相处得很融洽的。你们要好好地学习，要做好孩子。我没有家庭。你们就是我的家人。去年，我还和我的母亲在一起生活。可是，现在，她已经去世了。于是，在这个世界上我就没有什么亲人了。如果要说有，那就是你们了。而我能做的，也就是关心你们，好好地爱你们了。对我而言，你们就像我的子女一样。我会真诚地对待你们的，当然，你们也该真诚地对待我。我不希望任何一个人做出不轨的事，并且因此受到惩罚。请用你们的行动告诉我，你们都是好样儿的！只有这样，我们的学校才能变成一个和睦的大家庭，而你们才能成为我的安慰和我的骄傲。我不需要你们用言语给我任何的承诺；我深信，在你们的心里，你们已经在回答'是'了。谢谢你们，我的孩子。"

这时候，校工来宣布下课了。我们一个个离开教室，谁也没有说话。那个做了鬼脸的学生走到了老师的身边，用颤抖的声音对他说："老师，请原谅我。"老师吻了一下他的前额对他说："去吧，我的孩子。"

不幸的事件

二十一日，星期五

新学年开始不久，就发生了一件非常不幸的事。今天早晨，我去上学，一路上都在和我的父亲探讨前几天佩尔博尼老师跟我们讲的话。走到学校附近，我们突然看到很多人都挤在马路中央，而校门口更是水泄不通。父亲说：

"一定是出什么事了！这个新学年开始得很不顺利啊！"

我们好不容易才挤进了学校。学校的门厅里挤满了学生和家长，各班的班主任试图请他们回到各自的教室里去，但是他们的努力看来毫无效果，因为所有的人都往校长办公室的方向挤，一边张望，一边叹息着："可怜的孩子，可怜的罗贝蒂！"越过攒动的人头，在校长室的最里面，可以看到一个警察的头盔和校长的秃顶。过了没多久，进来一位戴着大礼帽的先生。大家都七嘴八舌地说："医生来了！"我的父亲问站在身旁的一位老师："出什么事了？""那个学生的脚被车轮轧了。"这位老师回答。"脚被轧断了呢！"另一个人说。原来，受伤的男孩叫罗贝蒂，是一个三年级的学生。今天早晨，他上学的时候，路过多拉·格罗萨大街，看到一个一年级的小朋友挣脱了母亲的手，一个人跑到马路中央，又不小心摔倒了。而这个时候，距离他不远的地方，一辆公共马车正朝他的方向驶过来。眼看着车就要撞着他了，罗贝蒂奋不顾身地冲了上去，一把将那个小孩拖到了马路边。孩子被拉到了安全的地方，而他自己却因为躲闪不及被轧伤了一只脚。罗贝蒂是一位炮兵上尉的孩子。

我们正入神地听着，突然，只见一个妇人发疯似的分开人群，挤进了学校的门厅。原来她是罗贝蒂的母亲。出事之后，校方就派人把她给叫了来。看到她的到来，另一位妇女哭着跑了上去，张开双臂，紧紧地抱住了她——那是那个被救孩子的母亲。在两名妇女冲进了校长室之后，人们立即听到了罗贝蒂的母亲绝望的一声大哭："哦，朱利奥，我的孩子！"

就在这个时候，一辆马车停在了校门口。不久，校长抱着受伤的孩子走了出来。罗贝蒂的头靠在他的肩膀上，脸色煞白，两只眼睛紧紧地闭着。大家一下子都不作声了，只听见罗贝蒂母亲不断的啜泣声。校长的脸色也很苍白，他站住了，用双臂把孩子微微向上托起，目的是让人们可以看得清楚一些。

所有的人——老师、家长、学生，都轻声说着："真勇敢，罗贝蒂！"或者"了不起，可怜的孩子！"他们不断地向他抛出飞吻。而围在他身旁的孩子和老师，则俯下身去，吻他的手和双臂。他睁开眼睛说："我的书包！"被救孩子的母亲一边哭，一边伸出一只手给他看她手里的书包，说："在这儿呢，我的好孩子，我给你拿着呢。"她的另一只手还扶着罗贝蒂的母亲——她悲痛欲绝，两只手遮着脸，不忍看自己的儿子。所有的人都走了出去。他们把孩子安置在马车上，马车开走了。而我们也都默默地返回了各自的教室。

卡拉布里亚的孩子

二十二日，星期六

昨天下午，当老师正在对我们说可怜的罗贝蒂以后都只能靠拐杖走路的消息的时候，校长走了进来。他的身边还带着一位新生。这个孩子有着棕色的皮肤，黑色的头发，两只又黑又大的眼睛上面一双浓郁的剑眉长得几乎都连在一起了。他穿着一身深色的衣服，腰里束着一条黑色的摩洛哥皮带。校长和我们的老师耳语了几句，就留下了那个孩子，径自离开了。那个男孩子用他乌黑的大眼睛瞧着我们，流露出陌生而惊恐的神色。老师拉起他的一只手，对全班同学说：

"今天，你们大家都应该感到高兴才是。因为我们学校来了一位出生在勒佐·卡拉布里亚大区的新生，他的城市距离我们这儿有五百多英里远呢。你们要好好地对待这位远道而来的兄弟。他出生在一片让意大利人引以为自豪的土地上，那块土地曾经哺育过许多杰出的人物、无数勤劳的劳动者和骁勇的战士。那是我们的祖国最美丽的地区之一，有着广袤的森林、壮丽的山川。那里的人民不仅勇敢而且充满了睿智。你们一定要关心他，不要让他觉得自己是个异乡人。你们要让他看到：一个意大利孩子，无论走进哪所意大利学校，都能找到无数兄弟姐妹。"

说完这些，他站了起来，走到墙跟前，在一张意大利地图上，向我们指出了勒佐·卡拉布里亚大区的位置。然后，他用他强有力的声音叫了班里最优秀的学生的名字："埃内斯托·德罗西！"德罗西站了起来。

"请到这边来，"老师对他说。德罗西从他的位子里出来，走到了老师的讲台边，站在了那个来自卡拉布里亚大区的孩子的正对面。

"作为这个学校的优等生，请你代表全班同学拥抱这位新同学，向他表示欢迎。皮埃蒙特的孩子们热烈欢迎卡拉布里亚的孩子加入到他们的新集体中来。"

德罗西紧紧地拥抱了卡拉布里亚的孩子，并用他响亮的声音说："欢迎你的到来！"后者也在他的脸颊上使劲地吻了两下。大家都激动地开始鼓掌。"安静！"老师大声说，"上课的时候不能鼓掌！"但是，看得出来老师今天很高兴。那个男孩也很高兴。老师把他的位子指给他看，并且亲自陪伴他到课桌旁。然后，他回到自己的讲台旁对大家说：

"你们要记住我今天对你们讲的话。我希望一个卡拉布里亚大区的孩子在都灵生活得像在他自己的城市里一样；同时我也希望每一个都灵的孩子在卡拉布里亚也能受到同等的待遇。为了这个目标，我们的国家经历了五十年的战争，三万多意大利人为此而捐躯。今天，你们应该相互尊重，相互爱护。如果你们当中有人因为这个男孩不是出生于这个地区而歧视他，那么我想他就不配抬头仰望我们共同的三色旗。"

卡拉布里亚的男孩刚在他的座位上坐下来，他的同桌们就纷纷把自己的笔和画片送给他。坐在最后一排的一个男生还送给他一张瑞典邮票。

我的同窗好友

二十五日，星期二

那个把瑞典邮票送给卡拉布里亚男孩的同学，是我最喜欢的朋友。他的名字叫加罗内，快满十四岁了，是班里年龄最大的学生。他的脑袋很大，肩膀很宽；人很随和，脸上总是挂着笑容。他看起来要比别的同学来得成熟，总爱和大人一样思考问题。

开学没有多久，我就已经结识了不少同学。另外一个我喜欢的同学名叫科雷蒂。他活泼开朗，常穿一件巧克力色的毛衣，戴一顶猫皮帽子。他的父亲是做木柴生意的，曾在翁贝托亲王的旗下当过兵，并且参加过一八六六年的战役。①听说，

---

① 翁贝托一世(1844—1900)，萨伏依公爵和意大利国王。1866 年的战役即对奥地利的战争中的一个战役：库斯托扎战役(1866 年 6 月)。

他还荣获过三枚勋章呢！除此以外，还有身材矮小的内利，可怜的他是个驼背，面色憔悴，弱不禁风；而那个穿着考究的孩子则叫沃蒂尼，他总爱拔他衣服上的小绒毛。坐在我前面的那个孩子有个绰号叫"小泥瓦匠"，因为他的父亲是个泥瓦匠。他的脸圆圆的，活像个苹果；鼻子呢，就像一颗蒜头。他有一个特殊的本领——扮"兔子"脸。大家都喜欢和他开玩笑，央求他扮兔子，而他呢，也总能把大家逗得哈哈大笑。他常戴一顶软软的小毡帽，不用的时候，就把它像手帕一样揉揉塞进口袋。"小泥瓦匠"身边坐的是加罗菲，他长着鹰钩鼻、小眼睛，身材细长，瘦骨伶仃。他总爱拿钢笔尖、画片、火柴盒等小玩意儿和其他同学做交易，还经常把考试内容写在指甲上，以便偷看。还有一个有点傲慢的"小绅士"，他的两边分别坐着两个我喜欢的同学。一个是铁匠的儿子，他的外套总是拖到膝盖以下；神色惊慌，从来都不笑；脸色苍白得让他看起来像一个大病初愈的人。另一个长着一头红发，他的一条胳膊残废了，不能动，一直挂在胸前。听说，他的父亲去了美洲，他和他的母亲相依为命，他们俩都靠他母亲卖菜为生。坐在我左边的那个孩子也很有趣，他叫斯塔尔迪，又矮又胖，几乎没有脖子。他从来都不和别人说话，仿佛很容易动怒。虽然他听课的时候总是眼睛一眨都不眨，并且皱着眉，咬着牙，一副聚精会神、认真听讲的样子，他的学习成绩仍然不是很好。在老师讲课的时候，要是有人企图和他说话，第一、第二次他不会搭理那个人，到了第三次，他可就要动武了！坐在他旁边的弗兰蒂是个狡猾的家伙，他的脸皮特别厚，曾经被别的学校开除过。班上还有一对孪生兄弟，他们长得几乎一模一样。他们常穿着一样的衣服，戴着两顶一样的卡拉布里亚式的帽子，帽子上还各插了一根彩色的雉鸡羽毛。班里面最引人注目的当然要数德罗西了。他非常聪明，成绩很好，看来今年又是他得第一了。老师心里当然早就知道了这一点，于是就特别喜欢提问他，而他呢，几乎每次都能对答如流。但是我还是最喜欢普雷科西，也就是那个穿长外套、看起来有些病恹恹的孩子。听说他的父亲经常打他。他很腼腆，每次想向某人问一个问题，或者是不小心碰了别人，总会眨着一对善良而忧伤的眼睛，说一声："对不起……"不过，无论如何，班里最年长，最好心的要数加罗内。

宽容的表现

二十六日，星期三

今天上午发生的事，让我们更深地了解了加罗内宽宏大量的品德。

今天早上，我迟到了一会儿，因为在上学的途中耽搁了。我遇见了二年级时的女老师，她说要去一次我家，并且问我什么时候比较方便。但是我进教室的时候，发现我们的老师还没有来，三四个男生正在欺负可怜的克罗西——那个长着红头发，一条胳膊残废，母亲以卖菜为生的孩子。他们用尺子戳他，朝他的脸上扔栗子壳，叫他"残废"、"怪物"，还模仿他把一条手臂吊在胸前。他一个人可怜兮兮地躲在课桌后面，默默地忍受着这一切，充满了无助。他还时不时地用乞求的目光看看这个，瞧瞧那个，希望他们能放过他。但是那帮人越闹越凶，最后，他被气得浑身都开始颤抖，脸蛋涨得通红。突然，那个坏学生弗兰蒂跳上了他的课桌，抬起两条胳膊装出挑菜的样子，开始模仿克罗西的母亲站在校门口等儿子的样子，逗得全班同学哄堂大笑。其实最近，克罗西的母亲并没有来过，听说她病了。这下，克罗西忍无可忍，失去了理智，抄起一个墨水瓶就奋力朝弗兰蒂的头上砸过去。弗兰蒂敏捷地朝下缩了一下身体，躲过了墨水瓶，瓶子飞出去，正好砸在进门的老师的胸口上。

大家争先恐后地逃回自己的座位，吓得默不作声。

老师的脸色变得很难看。他走上讲台，厉声问道："是谁干的？"

没有人回答。

老师提高的嗓音又问了一遍："到底是谁？"

这时，加罗内瞥了一眼可怜的克罗西，忽地一下站了起来，用不容置疑的声音说："是我干的。"

老师上下打量了他一番，又望了望全班同学脸上呈现出来的惊讶的神情，用平静的声音对他说："不是你干的。"

过了片刻，老师接着说："今天做错事的同学不会受到惩罚。快站起来吧！"

克罗西这才站了起来，带着哭腔对老师说："他们打我，羞辱我，我一下子气急了，才扔的……"

"你坐下，"老师说，"那些欺负他的人都站起来！"

那四个家伙低着头站了起来。

老师愤怒地说："你们如此放肆地羞辱一个从来都不惹你

们的同学，嘲弄一个可怜的残疾人，打一个不能自卫的弱者，你们的行为会让任何一个'人'都感到不齿！你们难道就不感到一丁点的羞愧吗？真是一群胆小鬼！"

说完这些，老师走下讲台，来到加罗内的课桌前。加罗内和所有的人一样低着头。老师把手伸到他的下巴下，轻轻地托起他的头，对他说："孩子，你有一颗金子般的心。"

加罗内乘机在老师的耳旁说了些什么。听他说完，老师转过身，恶狠狠地瞪着那几个肇事者说："这次我就饶了你们！"

二年级时教过我的女老师

二十七日，星期四

二年级时教过我的女老师是个很讲信用的人。昨天，她说要来我家看望我们，今天就来了。当时，我和妈妈正准备出门。报上刊登了一个穷苦女人的故事，我和妈妈读了之后都很同情她，正准备给她送点衣物去。看到我原来的老师，我们都高兴极了。因为我们已经有整整一年时间没有看到她了！她一点都没有变，还是像原来一样，身材娇小，衣着简朴。她的帽子上缠着一条绿色的纱巾，头发因为没有时间打理而显得有些凌乱。她看起来比去年要苍老一些，白头发仿佛也多了，还经常咳嗽。我妈妈关切地问她："亲爱的老师，您的身体怎么样？看起来，您好像不太注意自己的身体哦！""哎，没有关系的！"她笑着回答，但语气里却带着一点忧伤。"您和孩子们在一起，讲话多，太劳神了！"母亲说。

确实是这样。我还清晰地记得她讲课时候的声音。为了让每个孩子都专心听讲，不开小差，上课的时候，她总是站着，不停地讲，一刻都不休息。我早知道她会来的，因为她从来都不会忘了她的学生。常常是很多年以后，她还叫得出他们每个人的名字；每逢月考过后，她都会跑到校长那里，去问问她过去教的学生得了多少分；有时候，她还会站在校门口等他们，查看一下他们的作业，看看他们有没有取得进步。许多穿西裤、戴手表的高中生照样还常常回母校来看望她。老师今天是从美术馆来的，她赶得气喘吁吁，显然已经很疲惫了。和从前一样，她每个星期四都要带学生去参观博物馆，给他们一一讲解。可怜的老师，她可是越来越消瘦了！但是只要一提起学校里的事，她就非常兴奋，显得很有朝气。

老师提出想再看一看我的小床。两年前，我病得很严重的时候，她曾经来看我。当时，我就睡在那张床上，只是现在，它已经属于我的小弟弟了。她看了好一会儿，激动得说不出话来。接着，她就向我们告辞了。她说她还得赶去看她班里的一个学生。他是一个玩具店老板的孩子，正躺在家里患荨麻疹。除此以外，还有一大堆作业等着她去修改，整个晚上都要工作是无疑的了。午夜前，她还要去一个女店主家给她补习算术！真是够忙的。

出门的时候，她一边走，一边问我："恩里科，你现在会做很高深的习题，写很长的作文了，你长大了，还会像从前一样对老师我那么好吗？"走到楼梯口，她吻了我一下，又叮嘱我说：“恩里科，可别忘了老师哦！”

哦，我的好老师，我永远不会忘记你的！就算我长大了，我也会一直记得你，和其他孩子一样常常去看望你的。每当我路过一座小学校，听到一位女老师的声音，我都会觉得是听到了你的声音，它们会令我回想起在校园里和你一起度过的两年幸福时光。在那些日子里，我从你那儿学到了很多东西；你的身体虽然不好，对我们却总是又严格又悉心；看到有的孩子写字握笔的姿势不正确，你就为他伤心难过；督学老师来考察我们的学习情况时，你比我们都紧张；而我们的出色表现则会让你像孩子般欢呼雀跃！你就像我们的母亲一样温柔慈祥。哦，我永远都不会忘记你的，我的好老师！

阁楼里的故事

二十八日，星期五

昨天傍晚，妈妈、姐姐西尔维亚和我带着那包衣物去看望了报纸上写的那个穷苦女人。我拿着包裹，西尔维亚拿着报纸。报纸上有那个女人的地址和她的姓名的开头几个字母。我们爬上了一座高楼的屋顶，穿过一条长长的过道。过道的两旁有很多人家的门。母亲敲响了最后一扇小门。门开了，走出来一个还很年轻的女人：金色的头发，形容憔悴。我突然觉得她很眼熟，特别是她头上那条深蓝色的头巾，我似乎看到过不止一次。

“您就是报纸上刊登的那位太太吗？”我的母亲问。

"是的，就是我，夫人。"女人回答。

"那就好，我们给您带来一包衣物。"母亲说。

女人感激地千恩万谢，并且不停地祈求上帝赐福给我们。

就在这个时候，我瞥见昏暗的空房间的一角，有一个男孩跪在一把椅子跟前。

他背对着我们，好像在写字。再仔细一看，他果真在写字。椅子上铺着纸张，墨水瓶被摆在旁边的地板上。这么暗的地方，怎么写字呢？我正在暗自纳闷，突然间，从那孩子的红头发和长外套认出了他不是别人，正是我的同班同学克罗西——那个一条手臂伤残的卖菜女人的孩子。乘着那个女人把东西放好的时候，我把这件事悄悄地告诉了母亲。

"别出声！"母亲说，"不要叫他。他看见我们，看到我们在施舍他们可能会感到难为情的。"就在这个时候，克罗西转过身来。我一时间很尴尬，不知所措。但是克罗西却冲着我微微地笑了。于是，母亲推了我一下，让我跑过去拥抱他。我跑过去拥抱了克罗西，他站起来，拉住了我的手。"就我和孩子住在这儿，"克罗西的母亲对我母亲说，"我的丈夫六年前就去了美洲，我们母子两个相依为命，过得很艰难。近来我又病了，不能像从前那样上街卖菜了，所以，就连原先那一丁点的辛苦钱也赚不到了。可怜的路易吉诺，连个看书写字的小桌子也没有。原先楼下大门口，还有一张桌子是我们家的。他至少可以趴着读书，后来，那张桌子也被人抬走了。家里光线那么差，他的眼睛都要熬坏了！要不是市政府免费给他提供书籍和作业本，光靠我一个人，他连学都上不成啊！现在，他也算有福的了。可怜的路易吉诺是多么爱念书啊！唉，我这样的女人真是作孽啊!"

我妈妈把钱包里所有的钱都给了他们,并吻了吻那个可怜的孩子。回家的路上,她的眼里一直都噙着泪水,差点就要哭出来了。

"瞧瞧那个可怜的孩子,多不容易啊!就这样还刻苦学习!而你呢?家里什么都有,舒舒服服的,却常常嫌读书苦!哎,我的恩里科啊!他读一天书比你读一年书付出的辛苦都多啊!在我看来啊,一等奖学金真该给这样的学生呢!"妈妈的话真有道理啊!

学　校

亲爱的恩里科,正如你母亲说的那样,学习是件辛苦的事。我多么希望看到你每天兴高采烈,自觉自愿地去上学啊!可是,迄今为止,你还是一听到要上学就头疼。你不是个听话的乖孩子。但是,你想想,如果你不去上学,一天会过得多么没有意义啊!整天无所事事的日子,我相信你不出一个星期就会厌倦的。你会觉得乏味,你会觉得羞愧。别人会瞧不起你,而你自己也会不知道自己活着的意义到底是什么。到那个时候,相信你自己就会要求我把你送回学校了!恩里科,我的孩子,现在所有的人都在学习。工人们在工厂劳累了一天之后,晚上还要去夜校读书;妇女和穷人家的女孩子在劳动了整整一个星期之后,礼拜天也要去学校补习;士兵艰苦训练回营后,还照样看书写字。即便是聋哑和失明的孩子，也在学习。甚至监狱里的囚徒也需要读书认字。你想想，每天早上，你出门上学的时候，在这个城市里，还有近三万个小孩子跟你一样也要到学校去，在一间间小小的教室里整整待上三个小时。你想想，如果不是为了获取知识，又是为了什么？想想在这个世界上，在差不多的时间段里，有多少孩子正走在上学的路上吧！想象一下他们的身影——他们有的走在寂静的乡间小路上，有的走在喧嚣的城市大道上。在湖滨，在海边，他们有的走在炎炎的烈日下，有的走在茫茫的大雾中。他们乘着船在河道密集的小镇上穿梭，他们骑着马在广阔的平原上飞驰，他们翻过雪山，沿着丘陵和山谷走来；他们穿过树林，踩着湍流走来。在寂静的山林中，他们或独自一人，或结伴而行，或成群结队。他们穿着不同的服装，说着不同的语言，但是每个人的腋下都夹着书本。从俄罗斯最远处被冰雪覆盖的小学校里到阿拉伯最深处椰林掩隐的校舍里，成千上万的少年儿童以不同的方式学习着类似的科目。你也可以想象，你也是这由上百个民族的成千上百个孩子组成的队伍中的一员，你们所有人的努力将成就一项伟大的事业。一旦你们的努力停止了，整个人类就会回到原始的野蛮状态。你们的努力是世界的进步、希望和光辉。勇敢一些，奋起直追吧！要知道，你也是这支庞大队伍里的一名小小的士兵啊！你的书籍就是你的武器，你的班级就是你的队伍，整个大地都是你的战场，因为人类的文明就在你们的手中。我亲爱的恩里科，绝对不能做一名胆小的士兵啊！

你的父亲

帕多瓦的爱国少年

二十九日，星期六

不，我决不做一名胆小的士兵！今天上午，我们的老师给我们讲了一个故事。我想，如果他能每天都给我们讲一个这样的故事的话，我一定会喜欢上学的。老师说，以后，他每个月都会给我们讲一个关于一个孩子的故事，他保证这个故事不仅会很有意义而且将是真实的。他还要求我们把它记下来。这个月的故事名字叫做"帕多瓦的爱国少年"。

故事是这样的。一艘法国海轮从西班牙的巴塞罗那港口出发驶向意大利的热那亚。船上有法国人、意大利人、西班牙人和瑞士人。其中有一个十一岁的孩子，他衣衫褴褛，形单影只，总是一个人待着。他远离人群，像一只离群的野兽，用充满敌意的目光注视着每一个人。但是，如果你知道了他的过去，就不会对他有这样的目光感到奇怪了。他原来和他的父母一起住在意大利帕多瓦的市郊。两年前，他的父母把他卖给了一个街头卖艺的团体的班主。班主经常打骂他，他忍饥挨饿却还不得不拼命学艺。后来，他学成了，就被班主带去法国和西班牙卖艺，但是，就这样，也还是免不了挨打受饿的命运。到了巴塞罗那，他的处境更加凄惨，最后，他终于忍无可忍，一个人逃了出去。他跑到当地的意大利领事馆要求庇护，领事可怜他，就把他送到了这艘船上，并给了他一封信，让船的目的地——热那亚的警察局把他送回到他的父母身边去。试想，他的父母曾经把他像牲畜一样卖掉，他如果回到他们的身边，又会有什么好日子过呢？

可怜的孩子不仅衣不蔽体，而且浑身是伤病。他们给了他一张二等舱的船票，所有的人都奇怪地望着他。也有人主动和他搭话，但是他并不回答。他的目光中充满了怨恨和鄙视。长期的虐待使他身心疲惫，形容憔悴。但是，经不起三个旅客的一再坚持，他终于开了口。他只会说威尼托大区的方言，其间夹杂着一些西班牙语和法语，就这样他谈起了他的身世。这三位旅客不是意大利人，但是他们都听懂了。一半是出于同情，一半是因为喝了酒，他们给了他一些钱。为了从他那里知道更多的事，他们不断地刺激他，要他继续讲他的故事。这时，三位太太走了进来。为了显示她们的大方，她们争着扔钱给他，一边大声地说着："拿着!""还有这些，也拿去!"钱被扔在桌子上，叮当作响。

少年一边把钱塞进口袋，一边低声地道谢。他的举止很粗鲁，但是他的脸上第一次绽出了灿烂的笑容，他的目光也变得友善了。然后，他就爬上了自己的卧铺，放下床幔，开始静静地计划将来的事。用这些钱，他终于可以在船上好好吃上一顿了，要知道，这两年来，他可从来都没有吃过一顿饱饭啊！到了热那亚以后，他还可以给自己买一件新外套，他的衣服实在是破烂不堪了。余下的钱，他还可以带回家。他知道，如果两手空空地回去，他那没什么人性的父母肯定不会给他好脸色看的。这些钱对于他来说，已经不啻为一笔小小的财富了。躺在床幔后面他愉快地憧憬着未来。而那三个旅客则围坐在二等舱中央的一张餐桌旁开始高谈阔论。他们一边痛饮，一边谈论着各自的旅行生涯以及从前到过的国家。说着说着就提到了意大利。其中的一个开始抱怨意大利的旅馆，另一个开始抱怨意大利的铁路交通，接着所有的人都开始抱怨，把意大利说得一无是处。一个说他宁愿到拉普兰去旅游；另一个说意大利人都是骗子和强盗；第三个人说意大利的职员根本就不识字。

"一个无知的民族！"第一个人说。

"不仅无知，而且下流！"第二个人说。

"小……"第三个人本来是想说"小偷"的，但是他的话还没有说完，一大把硬币冰雹一样砸了下来，砸在他们的头上和肩上，掉在桌子上和地板上，发出一阵清脆的声响。三个人愤怒地站起来，抬起头向上看。又一大把钱币正好砸在他们的脸上。

"拿走你们的臭钱！"少年从床幔后面伸出头，用轻蔑的语气说，"我决不能接受辱骂我的国家的人的施舍！"

十一月

扫烟囱的孩子

一日，星期二

昨天晚上我到附近的女子学校去，因为我的姐姐西尔维亚的老师想看看"帕多瓦的爱国少年"这个故事。这个学校一共有七百多个女生。我去的时候，正好碰上她们放学，一个个兴高采烈的，因为明天是所有神灵的节日万圣节，而后天是所有亡灵的节日万灵节，学校会放假。就在这个时候，发生了一件将令我终生难忘的事。

就在学校的对面，街的另一边，一个扫烟囱的孩子正在哭。他的身材很瘦小，整个脸都被烟熏黑了，肩上挎着一个包，手里拿着一柄刮刀。他一个手臂靠在墙上，他的头紧贴在手臂上，他正在放声哭泣。有两个三年级的女生走了上去，对他说："发生了什么事？你为什么哭得这么伤心呢？"他不答话，只是一个劲儿地哭。

"你到底怎么了?"女孩子们问。他这才抬起头。原来还是一个稚气未脱的孩子。他抽抽噎噎地对她们说,他今天给几家人家扫烟囱,赚了三十个小钱,放在口袋里。但是口袋里有一个破洞,这样,不知不觉地,三十个小钱都从破洞里漏掉了。他边说边给大家看他口袋里的破洞。没有钱,他是不敢回家见他的主人的。

"主人一定会打我的。"他一边哭泣,一边又把头埋在了手臂上,一副绝望的表情。女孩子们全都望着他,满脸的严肃。就在这个时候,又有几个女学生走了过来。她们中有的年龄大些,有的还很小;其中有穷苦人家的孩子,也有阔小姐。她们的右臂下都夹着书包。其中有一个稍年长的,帽子上插了一根蓝色的羽毛。只见她从口袋里掏出两枚小钱来,说:

"我身边只有这两个小钱了,我们凑一下吧。"

"我身上也有两个小钱,"另一个穿红色衣服的女孩子说。

"但是你不要着急,我们一定能给你凑够三十个的!"于是她们开始喊另外一些女生的名字:"阿马利娅!路易吉娅!安尼娜!你们身边有小钱吗?""谁还有一个小钱啊?"另一个女生问。

"钱在这里!"不少女孩子的身边都有几个小钱,那是父母们给她们买花和作业本的。有几个小女孩还拿出了身上仅有的几个分币。那个帽子上插了蓝羽毛的女孩子把所有的钱都收集起来,一五一十地数起来:

"八个,十个,十五个!"但是,还不够。就在这时,一个看起来像小老师的大女生，她拿出了价值半个里拉的一个银币。大家都欢呼起来。这样，就只缺五个小钱了。

"五年级的女生来了，她们一定有的！"一个女孩说。一些五年级的女生走了过来，钱币聚集得更多了。不知不觉中，男孩身边聚集的女孩子越来越多。她们穿着五颜六色的衣服，头上插着各色的羽毛，鬈发上系着鲜艳的绸带，把那个可怜的扫烟囱的男孩围在中央。那情景真是美丽极了。三十个小钱早就凑够了，可是女孩们还在把钱往小男孩这边塞。就连那些最小的女生们也想贡献一点什么东西。没有钱，她们就拨开人群给他送来一小束、一小束的鲜花。

突然，学校的女看门人来了。她冲着她们嚷道："校长来啦！"女孩们听了，惊慌失措，一下子向四面跑开了，就像是一群麻雀一样。这下，只留下那个扫烟囱的男孩儿站在马路的中央，他高兴地擦着眼泪，手里攥着满满的一捧钱。他的上衣纽扣里、口袋上、帽子上都插满了一小束、一小束的鲜花，有一些落了下来，散落在他的脚边。

万灵节

二日，星期三

今天是举国上下祭奠逝者的亡灵的日子。你知道吗，我的恩里科？在这一天里，对于那些死去的人，你们这些孩子也应该表现出你们的心意。那些为了你们这些儿童，或者青少年献出生命的人尤其应该得到你们的尊重。为了像你们这样的人，多少人已经死去了，而多少人正在死去。想想那些被繁重的工作夺去了健康的父亲们，还有那些为了抚养自己的孩子而疲惫不堪的母亲们！望着自己的孩子在苦难中挣扎，父亲们的心里就像是插了一把钢刀那样难受，而因为失去爱子而发疯，甚至投河自尽的母亲们更是数不胜数！可怜天下父母心啊！在这样的一个特殊的日子里，为所有的逝者默哀吧，我的孩子！想想那些年纪轻轻就死去了的女老师们！对孩子的爱，使她们不辞辛劳，呕心沥血，沉重的工作负担使她们早早地就离开了人世，想想那些为孩子治病的医生吧！他们明明知道有被感染的危险却依然勇往直前，终于献出了自己宝贵的生命！想想那些在海难中，在火灾中，在饥荒和一切最危险的时刻，把最后一口面包，最后一只救生圈，最后一条能帮助人从烈火中求生的绳索，让给身边一个孩子的人！为了保护一个无辜的孩子，他们甘愿牺牲自己的生命。

亲爱的恩里科啊，这样的人不胜枚举啊！每一个公墓里面都躺着上百个这样的英雄，假如他们可以有一刻醒来，他们一定会放声高呼出他们所挽救的那个少年的名字。为了那些孩子，他们献出了他们本该拥有的青春的美丽，或者暮年的安宁，牺牲了他们的智慧、亲情和生命。他们中有年方二十的新嫁娘，有年轻力壮的男子，也有老人和青年人。这些为孩子们而牺牲的无名英雄和烈士，是多么的伟大和高尚，即使把这片美丽的大地上所有盛开的鲜花敬献到他们的陵墓前，也不能完全表达我们生者的敬意！孩子们啊！有多少人真挚地爱着你们啊！我的孩子，如果你怀着感激之情想想那些已经死去的人，你就会更友善、更热情地对待所有那些爱你、为了你辛勤付出的人！我亲爱的恩里科啊，在万灵节这一天，你应该感到分外的幸运，因为你还没有必要为了任何一个失去的亲人而痛苦、而悲伤！

你的母亲

我的朋友加罗内

四日，星期五

尽管假期只有两天，我却觉得好像有很长时间没有见到加罗内了。和他认识越久，我就越喜欢他，其他的人也和我一样。班里只有几个刁蛮跋扈的孩子不和加罗内往来，因为加罗内从来都不会让他们的诡计得逞。当大孩子欺负小孩子的时候，这个小孩子只要喊一声"加罗内"，那个大孩子就不敢再欺负他了。加罗内的爸爸是一个火车司机。加罗内比别的孩子上学晚，那是因为他曾经病休过两年。在班里，他个子长得最高，人也最结实。他单手就能把一张课桌举起来，吃得比谁都多，对人非常友善。无论你向他借什么：铅笔、橡皮、卷笔刀，他都不会拒绝，全都会给你。上课的时候，他从来都不乱说话，也不放声大笑，而是一动不动地坐在他自己的位子上听课。学校的座位对于他而言似乎太小了，他只能弯着腰，曲着背，大脑袋缩在肩膀上。每当我朝他看时，他就眯缝着眼睛朝我微笑，好像在说："嗨，恩里科，我们是好朋友，对吗?"但是，加罗内的身材虽然高大，他的衣服、裤子、袖口，却都很短小。帽子也是，几乎遮不住他的光头。他的鞋则太大了，一根领带歪歪扭扭，就像一根绳子一样缠在他的脖子上。这副装束，真的让人忍俊不禁！亲爱的加罗内，只要谁看了他一眼，就一定会喜欢他的。班里那些年龄小的同学都喜欢和他坐得近一些。他的数学很棒。他总是用一根红色的皮带捆着一大摞的书来上学。他有一把柄上镶嵌着珍珠贝母的刀子，那是去年他在武器广场上拾到的。有一天，他不小心把手指割破了，连骨头都露了出来。但是，学校里谁也没有察觉，回到家他也不吱声，因为他不想别人为他而担心。别人跟他开玩笑，他从来都不生气；但是，要是有谁敢骗他，那可就糟了——他的两眼会冒火，拳头会猛砸课桌，简直要把课桌都砸碎了。星期六的早晨，他看到一个二年级的学生在街上哭，因为他把自己的一枚小钱给丢了；加罗内一声不吭地把自己的一枚小钱给了他，可是这样他自己就没有钱买练习本了。这三天里，他写了一封长达八页的信，连信纸的边缘空白处他都精心绘上图画。他要把这封信在他母亲的命名日那天作为礼物送给她。他的母亲经常来接他放学，她长得又高又大，但是为人很亲切。老师很喜欢他，非常注意他的行为。每次走过他的身边时，老师都会拍拍他的脖子，样子就像是在拍一头温柔的小牛一样。我喜欢把他的大手紧紧地握在掌心，因为那双手就像一双成人的手。我肯定他是那种为了拯救朋友会赴汤蹈火万死不辞的人，为了保护别人他甚至会毫不犹豫地献出他的生命，因为他的眼睛里明明白白地写着这一切。尽管他常常粗声粗气地抱怨、呵斥他人，但是大家都感觉得到，他有一颗善良的心。

烧炭工人和绅士

七日，星期一

　　我敢肯定，卡洛·诺比斯对贝蒂说的话，换了加罗内就绝对不会说。卡洛·诺比斯很傲慢，因为他的父亲是当地一位有钱有名望的绅士。他的父亲身材魁梧，胡子浓密，表情严肃，几乎每天都会来接送他的儿子上学。昨天早上，诺比斯和班里最小的孩子之一贝蒂吵了起来。贝蒂是一个烧炭工人的孩子。吵着吵着，诺比斯自知理亏，不知道怎么继续，就冲着贝蒂大喊一声："你爸爸是个叫花子！"贝蒂的脸一下子涨得通红通红，一时语塞，眼泪都流出来了。回到家，他把事情一五一十地告诉了他的父亲。于是，那天下午上课之前，那个个子矮小、浑身黑糊糊的烧炭工就领着儿子跑到了学校来和老师谈这件事情。他述说的时候，大家都没有出声，教室里静悄悄的。和往常一样，这个时候，诺比斯的父亲又来送儿子了。他正在教室门口给儿子脱斗篷，突然听到自己的名字，就走了进来，问老师发生了什么事。

　　"这位工人先生说，您的儿子对他儿子说：'你父亲是个叫花子！'"老师说。诺比斯的父亲听了之后，皱了皱眉，面露惭色。他转身对自己的儿子说："你说过这样的话吗？"

　　他的儿子———动不动地站在教室中间，面对着贝蒂，头沉得低低的，不说话。

　　于是他的父亲就一把紧紧地拽住了他的胳膊，把他推到贝蒂的面前，对他说："快说对不起！"烧炭工想阻止他，连声说"算了，算了"，但是绅士不理会，他态度坚决地对自己的儿子说："快向你的同学道歉。照我的话说：'请你原谅，我说了一个无知的、不理智的人说的不正确的话，侮辱了你的父亲。如果你的父亲同意的话，我的父亲会和他握手致歉，并为此而感到非常荣幸。'"

烧炭工做了个果断的手势，好像在说："不用了。"但是，绅士继续坚持，于是，他的儿子就低着头，垂着眼睛，轻轻地、断断续续地吐出了下面这番话："请……你原谅，我说了……一个无知的、不理智的人说的不正确的话，侮辱了……你的……父亲。如果你的父亲……同意的话，我的父亲会和他握手致歉，并……为此而感到非常荣幸。"

绅士把手伸向了烧炭工，后者紧紧地握住了他的手。然后，烧炭工推了儿子一把，两个孩子就紧紧地拥抱在一起了。

"您能不能让这两个孩子坐在一起？"绅士对老师说。于是老师就让贝蒂坐在了诺比斯的旁边。诺比斯的父亲和大家告了别，就离开了。

烧炭工人没有马上走，他似乎还沉浸在刚才的一幕中。他凝视着那两个孩子，然后走到诺比斯的课桌前，仔细地端详着他，眼睛里带着慈爱和抱歉。他似乎想对他说些什么，但是最后，什么也没有说。他伸出手想和他亲热一下，但是终于没有那么做，只是用他粗粗的手指轻轻抚摸了一下他的前额。他走到教室门口，又转过头，望了诺比斯一眼，这才慢慢地走了。

"孩子们，今天你们看到的事情，要牢牢地记住。"老师语重心长地说，"这是本学期你们上的最好的一课。"

我弟弟的女老师

十日，星期四

烧炭工人的儿子贝蒂原来曾经是德尔卡蒂老师的学生。德尔卡蒂老师是我弟弟的女老师，今天，她来我家看望我生病的弟弟。她给我们讲的故事真让我们发笑。两年前，贝蒂在学校得了一枚小奖章，为了感谢老师，贝蒂的母亲竟然装了一围裙的木炭来到她家。不管老师怎么说，她都不肯把那围裙里的木炭带回家。但是，最后老师还是谢绝了她的好意，她无可奈何，居然大哭了一场。

另一位善良的女人，曾给老师送了一小束鲜花。可是，那束鲜花不知怎的特别重，打开一看，里面原来都是钱。老师讲得绘声绘色，我们都听得津津有味。我弟弟原来不肯吃药，这下也咽下去了。

教那些一年级的学生，要多大的耐心啊！他们每个人都像老头老太一样牙齿不全，发不好"r"和"s"这两个音；他们有的咳嗽，有的流鼻血；他们有的叫唤是因为将鞋子踢到了凳子下面，有的则是因为被笔尖刺破了手指，还有的因为该买二号作业簿却买了一号而大哭。每个班有五十个孩子，每一个都不懂事。要教会那些只会抓黄油的小手写字，得付出多少心血啊！他们在口袋里装着甘草糖、纽扣、瓶子木塞、碎砖块等小东西，听到老师要检查，就胡乱藏起来，有的甚至把它们藏进鞋子里。

他们上课不专心听讲。一只大苍蝇飞进教室，所有的眼睛都会朝上看。夏天里，他们把杂草和甲虫一起带进学校，虫子满天飞，或者掉进墨水瓶里，墨水溅出来，弄得练习本上到处都是。

对于这些一年级的小孩子来说，老师在很大的程度上和妈妈没有什么区别。老师要帮他们穿衣服，要帮他们包扎受伤的手指，要给他们捡掉在地上的帽子，还要当心孩子们相互间不要穿错了外套，要不然最后他们就会吵闹不止。即便这样，还经常有孩子的母亲前来抱怨：

"老师，我孩子的钢笔怎么丢了？"

"老师，我的孩子怎么学不会？"

"老师，我的孩子学习那么用功，你怎么不给他颁奖？"

"老师，您怎么不把凳子上的钉子拔掉？我儿子皮耶罗的裤子都被划破了！"

我弟弟的老师，有时候也会被她的学生惹火。当她实在受不了了，真想动手打人的时候，她就咬自己的手指，强迫自己平静下来；有时候，她实在失去了耐心，也会对某个孩子大声呵斥，但是，过后，她就会非常后悔，于是，便会去安慰他；如果不得不把某个调皮捣蛋的孩子赶出教室的话，她自己会十分痛心，悄悄地流泪；如果家长惩罚他们的孩子，不许他们吃饭，她还会对那些家长大发雷霆。

德尔卡蒂老师很年轻，充满了活力。她身材高挑，衣着整齐漂亮，棕色的皮肤，很容易激动。她做事效率很高，行动就像弹簧一样干脆；但是她也很容易动情，每当这个时候，语气就很温柔。

"孩子们都很喜欢您，是吗?"我母亲问。

"很多孩子是这样。"老师回答，"但是学年一结束，大部分学生都不理睬我们了。特别是当他们由男老师带的时候，他们几乎为曾经被我们教过感到难为情呢! 和一个孩子相处了两年，彼此有了感情，一旦要分开，还真的很让人伤感呢! 只能对自己说: '有一点是肯定的。那个孩子一定不会忘记我的。'可是，假期过了，又回到学校，迎面遇见他，我高兴地叫他'我的孩子，我的孩子!'他却把头转向另一边，"说到这里，老师停了一下，"可是你不会这样的，我的小不点儿?"她抬起湿润的双眼，亲吻着我的弟弟说，"将来，你不会在碰见我的时候，把头转向另一边吧? 一定不要忘记你当初的好朋友哦!"

我的母亲

十日，星期四

我的孩子，今天，在你弟弟的老师面前，对你的母亲，你表现得很不尊重! 恩里科，我希望类似的事再也不要发生，因为我再也不想听到和看到这样的言行! 你的那些目无尊长的言辞就像尖刀一样刺进了我的心里。前几年，你生病的时候，你的母亲夜夜都守候在你的小床边，听着你的呼吸，不能入睡。好多次，她害怕得浑身发抖，牙齿咯咯响，因为，她以为她将要失去你了。对于我而言，这些往事历历在目，你知道吗，当时我真的以为她会挺不住，会失去理智。当然，在那个时候，对于你的病情，我这个做父亲的也很恐慌。然而，你却还要伤你母亲的心！你知道吗？你的母亲是那么爱你！为了减轻你一小时的痛苦，她可以放弃她一年的幸福；为了你，她可以去乞讨；为了拯救你，她宁愿付出她自己的生命！

听着，恩里科！好好地记住我今天对你说的话。试想，在你的一生中，也会遭遇很多艰难困苦的时刻，其中最可怕的可能就是失去你的母亲的那一天。亲爱的恩里科，当你长大成人之后，你一定会有这样的一种感受的：在那个时候，你身强力壮，已经久经磨砺，可谓是一个真正的男人。然而，很多时候，在成千上百个艰难的瞬间，你却在心中呼唤你的母亲，渴望听听她的声音，想要重新哭泣着回到她的怀抱，就像一个无助的、可怜的、需要帮助、需要保护的孩子那样。在那些个时候，再想想你曾经做过的那些让她伤心的事，你会多么后悔，多么自责啊！所以说，如果你现在给你的母亲带来伤害和痛苦，那么，在这一辈子里，你的良心都不会得到平静和安宁的。当然，总有一天，你会为自己的所作所为感到后悔，回忆起你的母亲对你无微不至的关怀，你会在心中乞求她的宽恕。但是，等到那个时候，什么都没有用了。你的良知不会放过你的。你心目中那个温柔可亲的母亲形象将使你悲伤，使你的心灵备受煎熬。

哦，恩里科，你要小心。因为母爱是人世间最神圣的感情，所有肆意践踏它的人都不会有好结果的！即便是一个杀人犯，只要他还敬重他的母亲，那么我们就可以说他的良知还没有泯灭；反之，纵然他是一个功勋盖世的英雄，只要他使他的母亲痛苦，使她难过，那么他也只是个懦夫！今后，我再也不希望从你的嘴里听到任何一句伤害你母亲的话！万一说了，你应该立刻跪倒在她的脚下，请求她的原谅。希望她那表示宽恕的亲吻能洗去烙在你额头上的不孝的痕迹。当然，我希望你这么做不是因为害怕你的父亲，而是出于你的良知，出于你的本能。我爱你，我的儿子！你是我生命中最大的希望。但是，我宁愿看到你死去，也不愿意看到你不尊重你的母亲！去吧！这几天不要在我的面前撒娇，现在我还无法真心地和你一起欢笑。

你的父亲

我的同学科雷蒂

十三日，星期日

虽然我的父亲原谅了我，但是我的心里还是有些难过。于是，妈妈就叫我和门卫的大儿子一起到大街上去散散步。半路上，我们看到一辆货车停在一家铺子的门口。正在这时，我听到有人喊我的名字。转过身，我看到原来是我的同学科雷蒂。他穿着他那件巧克力色的毛衣，戴着他那顶猫皮帽子，肩上扛着一大捆木柴，浑身都是汗，但是神情很愉快。一个男子站在货车上正在给他递柴。他每次递给科雷蒂一捆，科雷蒂接过柴，就把它扛到他父亲开的小柴铺里去，并匆匆地把柴堆放好。

"你在干吗，科雷蒂？"我问。

"你没有看见吗?"他一边回答，一边伸手去接柴火，"我正复习功课呢。"我笑了。但是他却很认真。一边把木柴扛进屋，一边念着："动词的语态变化……动词因数和人称的变化而变化……"

然后，他放下木柴，边堆边念："动词——动词根据动作发生的不同语式而变化……"

他堆好木柴，又跑回货车旁去接另一捆柴，一边嘴里还在嘟囔着："动词……动词根据动作发生的不同态势而变化……"

这是我们明天的语法课内容。"有什么办法呢？"他对我说，"我只能这样抓紧时间复习功课了。我爸爸和一个伙计一起出门做买卖了。我妈妈又病了。只好由我来卸货了。我一边卸货，一边复习复习功课。今天的语法可真难啊！我怎么都记不住。我爸爸说，他七点钟会在这里付您钱，"他又对站在货车上的男子说。

货车开走了。"到我家的铺子里来坐一会儿吧！"科雷蒂对我说。我走了进去。房间很大，堆满了木柴和锯好的柴捆，旁边还有一杆秤。"今天我真是太累了，真的。"科雷蒂说，"我只能干一会儿活，再做一会儿作业。刚才我正在写介词练习呢，就有顾客上门了；顾客刚走，我还没有来得及继续做作业，货车又来了。今天早上我已经去了两次威尼斯广场上的木柴市场了。我的腿都累得没有感觉了，手也肿了。明天要是有绘画课，我就糟了。"一边说，他一边捡起扫帚把砖地上的枯枝败叶扫掉。

"可你在哪里做功课呢，科雷蒂？"我问。

"当然不是这儿了。"他回答，"你进来看。"于是，他把我领进了铺子后面的一个小房间里。那个房间既是饭厅，又是厨房，角落里有一张小桌子。桌子上除了有书和练习本，还有科雷蒂做了一半的练习。"就在这里。"他说，"我的第二道题还没有做完呢！用皮革可以做皮鞋、皮带……现在，我再加上可以做皮箱。"他拿起笔，开始写起来。他的字体很漂亮。"有人吗？"就在这时，只听见外面有人叫门。有一个妇女要买柴。"来了！"科雷蒂赶紧答应。他飞快地跑到前台，把柴给了那个女人，收了钱，又跑到墙角在一本账本上记了账，回来继续做功课。一边还在说："看看这一回能不能把这句复合句做完。"他又写起来：包——旅行包、战士的背包。"哦，我的咖啡！我的咖啡快开了！"他突然之间叫了起来，紧接着，就跑到了炉子边，把咖啡壶从炉子上挪开。"这是给妈妈煮的咖啡，"他说，"我得学会煮一壶好咖啡。请你等一下走，这样我们就可以一起把咖啡端给她。她看见你，一定会很高兴的。她已经在床上躺了七天了……天哪，还有动词的语态变化！我的手总是会被这个咖啡壶烫着，不知怎么搞的！写完了战士的背包，还要加点什么吗？好像还要加点什么，可是我一下子又想不出来。来看看我妈妈吧！"

科雷蒂开了一扇门，我们走进了另一间小卧室。科雷蒂的母亲躺在一张大床上，她的头上裹着一块白色的毛巾。

"妈妈，咖啡煮好了。"科雷蒂一边把咖啡杯递给她，一边说，"这是我的同学。"

"哦，好孩子！"科雷蒂的妈妈对我说，"你是来看我的，对吗？"科雷蒂则帮他的母亲在背后垫好枕头，整理好被子，把壁炉里的火捅旺，把柜子上的猫赶走。"妈妈，您还需要点什么吗？"科雷蒂一边把咖啡杯收拾起来，一边问，"两勺咳嗽糖浆您喝了吗？要是喝完了，我去药铺再买点回来。柴都卸好了。照您说的那样，四点钟我会把肉放到火上煮的；待会儿卖黄油的那个女人来了，我就把那八个小钱还给她。一切都安排好了，您放心吧。"

"谢谢你！我的儿子！"女人回答，"可怜的孩子！哎，你想得真周到！"科雷蒂的妈妈一定要我吃一块糖，接着，科雷蒂又把一张照片拿给我看。照片上，他的父亲穿着军装，佩戴着一八六六年在翁贝托亲王麾下获得的勋章。科雷蒂和他的父亲很相像，照片上，他的父亲目光炯炯，笑容满面。我们回到厨房。"我想出来了！"科雷蒂说，接着，他就跑到桌边，在他的练习本上写道："皮革还可以做马鞍。""其他的，我今天晚上再做。我可能不得不熬夜了。你真幸福啊！有许多时间可以学习，又可以到外边去散步！"科雷蒂对我说。

科雷蒂是个快乐的孩子，动作又很敏捷。回到铺子里，他就又开始忙着干起活来。他把几块木头放在支架上，用锯子锯，干得不亦乐乎，一边还在说："权当是做操好了，不就是把两条手臂往前推吗？等爸爸回来，看到所有的木柴都锯好了，一定会很高兴的。糟糕的是，锯好了木头，再写字，我写的 t 和 l 一定会歪歪扭扭的，像条蛇，就像老师对我说的那样。可我有什么办法呢？我只能告诉他我的胳膊常常干活。但愿妈妈的病早点好，这是最重要的。谢天谢地，她今天看起来好多了。明天早上，鸡一叫，我就起床学语法。哦，货车到了，干活了！"

一辆装满柴的货车停在了科雷蒂家的铺子前。科雷蒂跑去和车上的人说了几句话，然后又跑了回来。"现在我不能陪你了，"他对我说，"明天学校里再见吧！今天你来我家，我真高兴！快去散步吧！你真幸福！"

他和我握手告别，然后就忙着去卸货了。他匆匆忙忙地穿梭在铺子和货车之间，猫皮帽子下面的脸，红红的，像一朵玫瑰。那样子真是人见人爱。

"你真幸福，"他对我说。哦，不，科雷蒂，不是这样的：你才是更幸福的人！因为你既学习又劳动；因为你能为你的父母分忧；因为你善良；因为你比我好比我强上一百倍，亲爱的朋友！

校　长

十八日，星期五

今天上午，科雷蒂特别高兴。因为在他读三年级的时候，教过他的夸蒂老师是我们班上的月考监考老师之一。夸蒂老师身材魁梧，一头浓密的鬈发，一把黑黑的大胡子。他那双深色的大眼睛炯炯有神，声音洪亮而粗犷。他时常吓唬他的学生们，说要把他们撕得粉碎，或者要抓着他们的脖子把他们送到警察局去，有时还做出各种可怕的鬼脸来。但是，事实上，他从来都不惩罚他们。而且，还透过他的大胡子偷偷地笑，并小心翼翼地不被他们发现。监考老师一共有八位，包括夸蒂老师和一位代课老师。那个代课老师身材矮小，没有胡须，看起来像个小伙子。其中有一个五年级的老师，腿脚有些毛病，走起路来一瘸一拐的，一条宽大的羊毛围巾把脖子裹得严严实实的。他浑身上下都是病痛。那些病是他在当乡村老师的时候得的。他的学校地处一个很潮湿的地方，他的住房条件很差，墙壁都渗水。另外一个五年级的老师，年纪已经很大了，头发胡子都白了。他还曾经当过盲人的教师。其中还有一位衣着很考究的老师。他戴着眼镜，留着两撇金色的小胡子，人称"小律师"，因为他一边当老师，一边学习律师的课程，并且获得了学位。他还写过一本教别人如何写信的书。而那位教体操的老师，看起来则更像一名士兵。听说，他曾经在加里波第^①的军队里服过役，脖子上有一道被军刀砍过的伤痕，是在米拉佐战役^②中留下的。再说说我们的校长。他高高的身材，秃顶，戴着一副金丝边的眼镜，灰白的胡子垂到胸前。他总是穿一身黑色的衣服，纽扣整整齐齐地扣到下巴底下。他对学生非常和蔼可亲。当他们犯了错误，诚惶诚恐地被带到校长室的时候，他非但不训斥他们，而是拉着他们的手，给他们讲道理，告诉他们为什么不应该那么做。他希望他们自己能反悔，希望他们会对他保证以后一定会做一个乖孩子。他总是慈眉善目，对孩子和颜悦色，循循善诱；孩子们在听完他的谆谆教导之后，眼睛总是哭得红红的，心里比受了罚还难受。可怜的校长，每天早晨，他总是第一个到他的工作岗位，在校门口迎候学生，并和家长们交谈。每天放学以后，其他老师都回家去了，校长还在学校的四周巡视。他总是担心有学生被马车撞了，或者有孩子还逗留在街头玩耍，或者往书包里装石头和沙子。当他身穿黑衣的高大身影突然出现在某个角落的时候，正在玩蘸水笔尖和

---

① 加里波第(1807—1882)，意大利复兴运动领袖。
② 米拉佐是意大利西西里岛北部墨西拿省城镇，1860 年加里波第在该镇附近击败西西里王国的波旁军队。

弹子游戏的孩子们便会一哄而散。而他则远远地站着，伸出食指，带着关切而忧伤的表情警告他们。

　　母亲说，自从校长的儿子当志愿兵牺牲以后，就再也没有人见他笑过。校长总是把他儿子的相片放在校长室的小桌子上，这样，他就随时可以看到他。不幸发生之后，校长就想离开学校。他向市政府提出的辞职报告，早就起草好了，可是一直都放在桌上没有递上去。他一直在等自己下定决心离去的那一天，因为他的心里，真的很放心不下那些孩子。几天前，他好像决定了，那个时候，我父亲正好在他的办公室里。父亲对他说："校长先生，您如果走了，多可惜啊！"正在这个时候，一个男子走了进来。他是来给他的儿子办转学手续的，因为他们刚搬了家。看到那个孩子，校长的脸上浮起一种惊喜的表情。他仔仔细细地打量了那孩子半晌，回头看看办公桌上他儿子的照片，回头再瞧瞧那个孩子。最后，他把他抱到了膝上，捧着他的脸细细地看。那个小孩和他死去的儿子长得真像！"好吧！"校长说着就给他办了转学手续。送走了那孩子和他的父亲，校长坐在那儿想了好半天。"您如果走了，多可惜啊！"我父亲重复。就这样，校长一把拿起他的辞职报告，一下把它撕成两半，说："我不走了。"

战　士

二十二日，星期二

校长的儿子是在部队里当志愿兵的时候牺牲的。因为这个原因，每次我们放学之后，都会看到校长站在大街上看来往的士兵。昨天，路上走过一个步兵团。五十个孩子随在他们后面，跟着军乐的节奏又唱又跳，还用尺子在书包和背囊上敲打。我们几个站在人行道上观看：加罗内裹在他那过于窄小的衣服里，正在啃一块大面包；沃蒂尼，也就是那个衣着考究，经常有意无意用手拔衣服上的小绒毛的那位，他也在；除此以外，还有铁匠的儿子普雷科西，他仍然穿着他父亲的外套；那个来自卡拉布里亚的男孩；"小泥瓦匠"；长着红头发的克罗西；厚脸皮的捣蛋鬼弗兰蒂，以及从马车下救出了一名幼童，现在拄着拐杖走路的炮兵上尉的儿子罗贝蒂。弗兰蒂正在当面大声嘲笑一位瘸着腿走路的士兵，冷不丁感到有一只成人的大手放在了他的肩上。他回头一看：原来是校长。"小心！"校长对他说："这个士兵在他的队列里，你嘲笑他，他既不可以反击也不可以报复，这就像是侮辱一个被捆绑着的人，是一种懦弱的表现！"弗兰蒂一溜烟就逃跑了。士兵们四个一排，四个一排地从我们的身前走过，他们汗流浃背，满身尘土，他们肩上的步枪在阳光下闪闪发亮。

校长说："这些人值得你们的尊敬和热爱，孩子！他们是我们祖国的卫士。要是有一天有外敌入侵，为了我们，他们有可能付出他们自己的生命！他们比你们大不了几岁，本身也是孩子。跟你们一样，他们也要去学校学习，他们中也有贫富的差别，他们来自祖国的四面八方。你们看，从他们的长相就可以分辨出他们是从什么地方来的：他们中有西西里人，有撒丁岛人，有那不勒斯人，有伦巴第人。这是一支古老的队伍，曾经参加过一八四八年的战争。当然，战士们已经不是原来的战士了，但是队伍的旗帜没有变。在你们出生前的二十年里，为了这面旗帜，有多少人付出了自己宝贵的生命啊！"

"来了！"加罗内喊。只见不远处飘来一面旗帜，在士兵们的头顶上迎风招展。

"你们应该做一件事，我的孩子们，"校长说，"等三色旗经过的时候，把你们的小手放在前额，向它敬一个学生礼。"

一位军官举着一面褪色、破损的三色旗缓缓从我们的面前走过，旗杆上挂满了各种各样的勋章。我们全体立正，认认真真地向它敬了一个礼。那位军官望着我们，笑了，举起手，向我们回了一个军礼。

"这些孩子真不错！"我们的身后有人这样表扬着我们。我们转过头，发现是一位退役的老军官。他的衣扣上，挂着他参加克里米亚战役之后得到的一根蓝色的绶带。"好孩子，你们做得对！"老军官说。

就在这个时候，乐队在街头转弯了。一群孩子跟在他们后面欢呼着，伴随着军乐队中的阵阵鼓声，那欢呼声就像是一首雄壮的战斗歌曲，激奋人心。"真是一群好孩子！"望着我们，老军官又说，"小时候知道尊重三色旗的孩子，长大了一定会用生命和鲜血去保卫它！"

内利的保护人

二十三日，星期三

可怜的驼背内利，昨天，也和我们一起在街边看那些士兵。他失落的眼神，似乎在对旁人说："我永远也不可能成为一名士兵！"内利是个好孩子，学习很用功；但是，他那么瘦，那么苍白，似乎连呼吸都有困难。他总是穿着一件长长的、黑色的粗布罩衫，那衣服的料子还有些发亮。他的母亲是一个身材娇小的金发女子，也穿黑色的衣服。每次放学的时候，她都会来接他，因为她生怕让他自己出门的话，可能会被别人撞倒。她很疼爱他，每次看到他，都忍不住会爱抚他。刚开始的时候，看到内利是个驼背，很多孩子都嘲笑他，还用书包打他的后背。但是，内利从来都不反击，也不把这些事情告诉他的母亲，因为他不想让母亲知道他是其他同学的笑料，更不希望她因此而伤心。别人耻笑他，他什么也不说，只是把头趴在课桌上，一个人偷偷地哭。

有一天，加罗内再也看不下去了。他跳了起来，对大家说：

"如果再有人敢欺负内利，我就狠狠地揍他，打得他鼻青脸肿，狼狈不堪！"

弗兰蒂不信，继续欺负内利，加罗内一巴掌挥过去，果然把他打得晕头转向，落荒而逃。从此，再也没有人敢欺负内利。老师让加罗内坐在内利的旁边，内利和加罗内成了同桌。两个人还成了好朋友。内利很爱加罗内。每次走进教室，他都要看看加罗内来了没有；放学时，总要依依不舍地对加罗内说："再见，加罗内。"加罗内当然也很喜欢内利。每一次内利不小心把铅笔或书掉在课桌底下的时候，他总是马上替他拾起来，因为他不忍心内利弯腰去捡。他还常常帮内利收拾书包，帮他穿衣服。正因为这样，内利才喜欢他，他总是深情地望着他；每次老师表扬加罗内，内利就替他高兴，仿佛老师表扬了他自己一样。最后，内利把一切都告诉了他的母亲，包括同学们欺负他、嘲笑他，他为此承受了许多痛苦，以及加罗内如何保护他、关心他、爱护他的事。于是，今天早上，又发生了一件事：下课前半小时，老师让我把课程表给校长送去。我在办公室里的时候，进来了一位金发的女士，她穿着黑色的衣服。她是内利的母亲。她问校长：

"校长先生，我儿子的班里，有一个名叫加罗内的学生吗？"

"有的。"校长回答。

"能麻烦您把他叫到这儿来一下吗？我有几句话要对他说。"

于是，校长就打发校工去教室叫加罗内。大约一分钟以后，顶着一颗大脑袋，光着头的加罗内就神色疑惑地出现在了校长室门口。女人看到他，就跑了过去，她把手搭在他的肩膀上，一边吻他，一边说：

"你就是加罗内，我儿子的好朋友，我那可怜的孩子的保护神，是吗？亲爱的孩子，谢谢你！"然后，她就匆忙地在自己的口袋和手袋里寻找，一时什么也没有找到，便把脖子上戴的一条装饰着小十字架的项链取了下来，挂在了加罗内的脖子上，放在了他的领带下面。然后对他说：

"拿着，孩子！留个纪念吧。我是内利的妈妈，我真心地感谢你，并且祝福你！"

班级第一名

加罗内让人喜欢，德罗西让人敬佩。德罗西曾经拿过学校里的头奖，今年的第一名看来又是他的了。他每一门功课都很好，在学习上，没有人能比得上他。他不仅算术是第一，语法是第一，作文和绘画也都是第一。无论做什么，他都比别人快；他的记忆力简直惊人。学习对他而言，就像是做游戏一样简单，他简直不费吹灰之力……昨天，老师对他说：

"上天给了你过人的天资，你可要好好珍惜啊！"

除此以外，他还是个高大、英俊的男孩，不仅有一头鬈曲的金发，而且动作灵巧。他只要用一只手轻轻撑一下，就可以轻松跃过一张课桌，他还学会了击剑。德罗西今年十二岁，是一个商人的儿子。他总是穿一身深蓝色的外套，纽扣上镀了金。他活泼而开朗，对人彬彬有礼。准备考试的时候，他总是尽力帮助别人，谁也不敢对他不敬，或者在背后说他的坏话。只有诺比斯与弗兰蒂不正眼瞧他，而沃蒂尼的眼睛里对他则充满了嫉妒。但是，德罗西自己并没有注意到这些。当他举止文雅地在教室里收发作业的时候，大家都笑嘻嘻地望着他，时不时地拉一下他的手，或者碰一下他的胳膊表示亲热。他经常把家里人送给他的画报和图片转送给别人，一点都不吝啬。比如说，他有一本卡拉布里亚大区的小地图就送给了那个卡拉布里亚来的男孩。他经常微笑，帮助别人或者为别人付出的时候，也不怎么在意，就像是一位大方的绅士，对谁都不抱有偏见。想到自己什么都不如他，要说对他一点儿都不嫉妒是不可能的。哎，我和沃蒂尼一样，也嫉妒他。有时候，我在家里做作业遇到困难，绞尽脑汁的时候，想到德罗西一定早就做完了，并且根本没有花费什么力气，我的心里就不是滋味，酸溜溜的，真想和他作对。但是，当我回到学校，看到他是那么的英俊，笑容满面，踌躇满志；听到他充满自信、从从容容地回答老师的问题，对别人彬彬有礼，而所有的人也都喜欢他，我的烦恼和嫉妒就飞到九霄云外去了。我甚至为自己曾经有过那些想法而感到羞愧。我希望能和他在一起学习；我希望能和他一起度过所有的学习生涯。他的存在，他的声音对我而言都是鼓励，他激发了我学习的热情，让我看到了学习的乐趣，并且由衷地感到快乐。

　　老师把明天要讲的每月故事《伦巴第的小哨兵》交给他抄写。今天早晨，他抄写的时候，显然是被故事里的小主人公的英雄行为感动了：他的脸涨得通红，眼睛里噙着泪水，嘴唇微微地颤动。望着他，我觉得他是那么的纯洁，那么的高尚！我想，如果我能当面告诉他"德罗西，跟我比，你就像是个大人！你样样比我好。我打心眼里尊重你，敬佩你！"那该多好啊！

伦巴第的小哨兵
每月故事

　　　　　　　　　　二十六日，星期六
　　故事发生在一八五九年，伦巴第解放战争期间。在索尔费里诺和圣马蒂诺的战役中，法国人和意大利人刚刚打败了奥地利人。那是六月里的一个晴朗的早晨。一小队萨卢佐的骑兵正沿着一条荒僻的小径缓慢地朝着敌人的方向挺进，一路上，他们仔细地观察着敌情。率领这支骑兵队伍的有一位军官和一名军士，他们默默无言地走着，一边睁大着眼睛，紧盯着前方的树丛，随时准备搜索前后的敌军。就这样，他们走到一所包围在白蜡树中的乡村小屋的门前，看到一个十二岁左右的男孩，正一个人坐在那儿用小刀把一根树枝削成木棍。小屋的一扇窗外，飘着一面硕大的三色旗；屋里，空无一人。原来，当地的农民为了躲避敌军，把国旗插在窗外之后就逃走了。看到骑兵，那孩子就丢下手里的木棍，脱下头上的帽子。那是一个很漂亮的男孩子。他有一双天蓝色的大眼睛，一头金色的长发。神情很坚毅。他只穿了一件衬衣，敞着胸。

"你在这里做什么？"军官勒住马，问他。"你为什么没有和你的家人一起离开？"

"我没有家人。"孩子回答。"我是一个孤儿，靠给人家打些零工过活。我留在这儿，是想看打仗。"

"你有没有看到奥地利人从这里经过？"

"没有，已经有三天没来过奥地利人了。"

军官想了一会儿，然后跳下马来。他命令士兵们留在原地观察敌人的动向，自己走进小屋，爬上了屋顶。屋子很矮，从屋顶上只能看到一小片原野。"要爬到树上才行。"军官自语，继而就从屋顶上爬了下来。场院的门口，恰巧有一棵又高又瘦的白蜡树，树梢在蓝天中随风摆动。军官看看那棵树，又看看他的士兵，陷入了沉思。突然间，他转身问男孩："小家伙，你的眼力好吗？"

"我？"孩子回答，"一英里远的地方如果有一只麻雀，我都能看见。"

"那你能爬到那棵树的树顶上去吗？"

"爬到树顶？只要半分钟！"

"那你能爬上去，把看到的一切都告诉我吗？比如说，那边有没有奥地利的士兵、弥漫的硝烟、闪亮的枪支或者马匹？"

"没问题！"

"做这件事，你想要什么报酬吗？"

"报酬？我什么都不要！我很高兴能做这件事！再说了，如果是给德国人做，我是不愿意的。为我们自己人做，我可是心甘情愿的！我也是伦巴第人哪！"孩子微笑着回答。

"那好，你上去吧！"

"等等，让我先脱掉鞋！"

小男孩脱掉鞋，紧了紧裤腰带，把帽子往草地里一丢，抱住了白蜡树的树干就要往上爬。

"喂！你可要小心！"军官大声说，他做了一个阻止他的手势，仿佛在一瞬间感到很担心。

小男孩回过头来，用蓝色的大眼睛凝视着他，一副询问的神情。

"没什么，"军官说，"上去吧！"

小孩子敏捷地爬上了树，就像一只灵巧的小猫一样。

"注意前方的动静！"军官对他的士兵们说。

不一会儿，男孩就爬到了树顶，他抱着树干，两条腿藏在树叶里，赤裸的上身露在外面。太阳光照在他那金色的头发上，闪出金子般的光彩。军官恰好能看到他，在树顶，他看起来那么的小。

"一直往前看。"军官对他大声叫道。

男孩为了看得清楚一些，把抱着树的右手松开，搭在了前额上，仔细地望着前方。

"看到什么了？"军官问。

孩子低下头，朝着军官的方向，用手卷成喇叭状，喊道："路上有两个骑兵。"

"离这儿有多远？"

"半英里。"

"他们在走动吗？"

"没有。"

"还有什么？"沉默了一会儿，军官又问，"看看右面！"

男孩朝右面望去。

然后说："在墓地附近，树丛中间，好像有什么东西在闪光，像是刺刀！"

"有人吗？"

"没有，可能藏在麦田里了。"

这时，一颗子弹从高空呼啸而过，越过孩子的头顶，落在了屋子后面。

"快下来，孩子！"军官叫道，"他们发现你了！我不需要别的了，你快下来！"

"我不怕！"孩子回答。

"快下来……"军官重复道，"你看到了什么？左面有什么？"

"左面?"

"是的,左面!"

男孩把头伸向左面;就在那个时候,另一声刺耳的枪声刺破了静谧的天空,这一次的声音比前一次更低、更尖锐。小男孩浑身一颤:"天哪!"他惊呼,"是冲着我来的!"子弹就落在他的不远处。

"快下来!"军官又急又气,朝着树上大声喊叫。

"我马上就下来,"孩子回答,"有树挡着呢,您不用为我担心。左边,您想知道左边的情况,对吗?"

"是的,左边,"军官回答,"但是,你给我下来!"

"左边,"孩子一边把身子转向左边,一边说:"左面,也就是有座小教堂的地方,我好像看见……"

第三声猛烈的枪声传了过来。突然,男孩子坠了下来,他的身体被树枝挡了一下,但是马上又头朝下,张着双臂栽了下来。

"天哪,糟了!"军官大喊着奔了过去。

男孩儿仰面摔在了地上,双臂摊开,一动不动。一股鲜血从他左面的胸口涌了出来。军士和两名士兵从马上跳了下来。军官俯下身,撕开了他的衬衣:子弹击穿了他的左肺。"他死了!"军官惊呼。"不,他还活着!"军士说。"哎,可怜的孩子!勇敢的孩子!"军官大声说;"挺住!挺住!"他一边喊着让他挺住,一边用手帕去给他堵伤口。可就在那个时刻,孩子的眼睛微微睁了一下,然后,他的头一偏,咽了气。军官的脸一下子变得煞白,他凝视了他一会儿,轻轻地把他的头放在了草地上。他站了起来,就这样望着他。军士和两个士兵也站在那儿，一动不动地望着他。其余的士兵则观望着敌人有没有动静。

"可怜的孩子！"军官悲伤地重复着，"可怜而勇敢的孩子！"

军官朝那间屋子走去，从窗口取下那面三色旗，把它盖在孩子的身上，只露出一张脸。军士把散落在地上的鞋、帽、木棍和小刀都收拾了一下，放在了孩子的身边。

大家静静地站了一会儿。最后，军官回头对军士说："我们要把他放在担架上，等着安葬。他是作为士兵牺牲的，要以军队的仪式安葬。"说完，给孩子送去一个飞吻，对士兵们喊："上马！"大家纷纷上马。队伍集合起来，骑兵们继续上路。

几个小时之后，死去的孩子就得到了作为一名战士应该得到的荣誉。

日落的时候，意大利先锋部队朝敌人发起进攻。他们走的正是那天早晨那队骑兵走过的路线。整整一个营的阻击兵分成两队在那条小路上走着。两天前，他们曾经在圣马蒂诺的山冈上浴血奋战。男孩英勇牺牲的消息，早在他们离开营地之前就在战士们中间传开了。一条小溪，沿着一条小径从那间农舍前潺潺流过。孩子的尸体，躺在白蜡树下，被硕大的三色旗覆盖着。走在最前面的军官，看到他，纷纷举起军刀，向他致敬。其中有一位，还特意走到开满鲜花的小溪边，采了两朵放在他的身上。后面的全体阻击兵也效仿他，每人采了两朵鲜花撒在他的身上。不一会儿，孩子的身上就铺满了花朵。无论是军官还是士兵，走过他身边的时候，都向他告别、向他致意："勇敢的伦巴第孩子！""永别了，孩子！""安息吧，金发的小家伙!""万岁!""光荣属于你!""再见!"一位军官把自己的一枚价值不菲的勋章放在了他的身上,另一位弯下腰去,吻了吻他的额头。花儿像雨点一样落在他的脚边,落在他鲜血染红的胸前,落在他美丽的金发上。而他,就那样,被三色旗包裹着,躺在绿色的草地上。他的脸色很苍白,但是他的唇边却仿佛浮着一丝微笑。可怜的孩子,他仿佛听到了军官和士兵们对他说的话;能够为他的伦巴第献身,他心里感到无比骄傲!

穷　人

二十九日,星期二

　　像那个伦巴第的小哨兵一样,把自己的生命献给祖国,是一种崇高的美德,但是,恩里科,我的孩子,我们也不能忽视一些平凡的、体现我们善良本质的小事。今天早晨,放学的时候,你走在我的前面。路上,有一个贫苦的女人,她的手里抱着一个面黄肌瘦、骨瘦如柴的孩子,跪在地上乞讨。你走过他们身边的时候,女人向你伸出手来。虽然你的口袋里有钱,但是,你看了他们一眼,什么也没有给。听着,我的孩子!我不希望你面对乞求你帮助的穷人无动于衷,更不能容忍你无视一位为了孩子而乞讨的可怜的母亲!试想,那个孩子可能正在挨饿!而他的母亲的处境是多么的艰难!要是有一天,你的母亲,我,不得不对你说:"恩里科啊!今天妈妈连一片面包都不能给你买了!"听了这话,你能体会到我是怎样伤心难过吗?当我把一枚小钱塞在某个穷人的手里的时候,他总会对我说:

"愿上帝保佑您和众生的健康!"听了这话,我的心里每一次都充满了甜蜜,充满了对那个可怜的人的感激。我觉得他的良好的祝愿一定会在我们和其他很多人的身上实现的,并且会保佑我们很长时间。所以,回家的路上,我的心情都会很愉悦:因为我觉得,那个可怜的人给我的比我给他的多得多!好了,孩子,我希望有一天会有人对你说同样的话。如果有那么一天的话,那些话一定是你的善行的回报。时不时地从你的钱包里拿点钱出来,给那些无依无靠的老人、缺衣少食的母亲,或者没有母亲的孩子吧!那些穷人,往往更乐意接受孩子的施舍,因为这会让他们感到好受一些,不会感觉到受了耻辱。孩子就像他们一样,是弱者,需要所有人的帮助。这就是为什么乞讨的穷人都喜欢站在学校附近的原因。一个大人的施舍只不过是一种慈善的行为,而一个孩子的施舍中则包含着许多爱心,你懂吗?这就像是在一枚小钱落下的瞬间,同时落下一朵鲜花一样。想一想,在生活中,你什么都不缺,而他们却一无所有!想一想,当你在考虑怎样才能让自己活得更快乐的时候,他们却在想方设法坚持活下去!想想在车水马龙的街上、在富丽堂皇的楼宇中间,不仅有打扮得花团锦簇的孩子,也有许多穷苦的女人和她们饥饿的孩子!没有东西吃!哦,我的上帝,这是多么可怕的一件事啊!那些孩子,他们像你一样聪明,像你一样乖巧,他们生活在大都市中,却没有东西吃!他们的生活和在沙漠中迷途的饿兽没有什么区别!哦,恩里科啊!从今往后,当你再遇到向你乞讨的母亲的时候,可不要再吝啬你口袋里的一枚小钱啊!

你的母亲

十二月

小商人

一日，星期四

我爸爸要我每个节假日都邀请一位同学到家里来玩，或者去他们家看望他们，他希望我和大家一起交朋友。这个星期天，我准备和沃蒂尼一起去散步。沃蒂尼，也就是那个衣着讲究，整洁漂亮，对德罗西非常嫉妒的同学。

今天，加罗菲来我家玩了。加罗菲又高又瘦，长着一个鹰钩鼻，狡黠的小眼睛一直在转，好像把什么都看在了眼里。他是一位杂货商的儿子，非常有趣。他总是在数他口袋里的钱，无论算什么，他都只要扳扳自己的手指就行了，又快又准；很多时候，他算乘法都用不着九九乘法表。他很节俭，有了钱，就把它们存到学校的小储蓄所里。他从来都不乱花钱。我敢肯定，如果他丢了一个分币在桌子底下，他会不停地寻找，即便花上一个星期他也在所不惜，直到找到为止。德罗西说，加罗菲就像一只喜鹊。什么坏钢笔啦，用过的邮票啦，别针啦，用剩的蜡烛头啦，凡是被他找到的，他都会把它们收藏起来。两年来，他一直都在收集旧邮票，已经收集了几百张了，各个国家的都有。他把它们收藏在一本很大的集邮册里，说是将来要把它们卖给书店的老板。同时，因为他经常带着很多同学去书店买书，书店的老板还经常送几本练习簿给他。在学校里，他总是忙着做他的小生意。他会不断地卖出一些小东西，经营彩票，或者和别人换他看中的东西。但是，和别人换了东西以后，他又常常后悔，直到把它们要回来才甘心。他用两个钱买来的东西，常常要卖四个钱。在玩吹笔尖游戏的时候，他总是会赢。他还把旧报纸卖给杂货店的老板。他有一个小本子，上面密密麻麻地记着他做生意的各种收入和支出。在学校里，他什么都不学，只学算术。如果说他也想获取学习奖章的话，那是因为他想凭这个免费看一场木偶戏。我很喜欢他，因为我觉得他很有趣。我们在一起玩做买卖的游戏，用砝码和天平作道具。他知道每样东西的价钱，认识秤，还会做很漂亮的包装纸袋，专业得和一个真正的小店主没什么区别。他说，他一毕业就要开一家店，并且要用他独创的新方法经营。我送了几张外国邮票给他，他高兴极了。在他把它们卖掉之后，他又特意告诉我我送的那些邮票每一张值多少钱。我爸爸装着看报纸的样子，其实一直都在听我和加罗菲的谈话，他觉得他有趣极了。他的口袋里，总是塞着各种各样的小玩意儿。平日里，他都会穿一件黑色的长外套把它们遮住。他总是很忙，一心一意地想着他的小生意，和那些商人们没什么差别。他收集的那些邮票是他的心肝宝贝，他总是不停地和别人谈论它们，好像集邮册里面装着他的大运似的。同学们说他是个吝啬鬼，爱放高利贷。我不知道他们说得对不对。不过，我喜欢他，他教会我很多东西，我觉得他比我成熟许多。卖柴人的儿子科雷蒂说，即便要他救他母亲的命，加罗菲也不会愿意把他的邮票拿出来的。我爸爸不同意他的看法，说：

"不要把结论下得太早。他的确酷爱集邮，但是决不是个没有良心的孩子。"

虚荣心

五日，星期一

昨天，我和沃蒂尼以及沃蒂尼的父亲沿着里沃利大街散步。在经过多拉·格罗萨路的时候，我们看到了斯塔尔迪。这个家伙最讨厌别人打扰他学习，为此还踢过人呢！那时，他正站在一家书店的橱窗前，专心致志地看着一张地图。天知道他在那儿已经站了有多久了，看来，在街上，他也照样能学习！我们好不情愿地和那个粗鲁的家伙打了招呼。沃蒂尼打扮得太漂亮了！他脚蹬绣着红线的摩洛哥皮鞋，身穿缀着穗子状丝扣的绣花上衣，头上戴着白河狸皮帽，脖子上还挂着一块表。趾高气扬，神气十足。不过这一回，他的虚荣心却遭了殃。在大街上走了很长一段路之后，我们发现，沃蒂尼的爸爸已经被我们甩得很远了。于是，我们就在一条石凳边停下来等他。石凳上坐着一个男孩，他穿得很朴素，坐在那儿，看上去很疲倦，头沉得低低的。一个男子，看上去像他的父亲，在附近的几棵树下走来走去，正在看报纸。我们也坐了下来。沃蒂尼坐在我和那个男孩子的中间。他一下就想到他打扮得很漂亮，很想在那男孩的跟前夸耀一番，好让别人羡慕羡慕。

他抬起脚对我说："你看见我的军官靴了吗？"很明显，他那么说是为了引起那个男孩子的注意，可是人家根本就不理会他。

于是，他就放下脚，给我看他衣服上缀着的穗子丝扣，并对我说，他不喜欢那些扣子，想要把它们换成银扣子。一边说，他一边偷偷地观察着身边那个男孩的反应。可是，那个男孩并没有转过头来看他的穗子丝扣。于是，沃蒂尼就把他那顶漂亮极了的白河狸皮帽拿下来，顶在指尖上转。可是那个男孩子，看起来像是故意的，偏偏就是不愿朝这边瞧一眼。

沃蒂尼有些生气了，他掏出他的表，打开它，让我看里面的齿轮。可是那个男孩还是没有回过头来。"是银子外面镀了一层金吧？"我问他。"不，"他回答说，"是纯金的。""不可能是纯金的，"我说，"里面一定有银的成分吧！""胡说！"他一把抓住了身边的男孩，把表放到他的眼皮子底下，问他："你瞧瞧，是不是纯金的？"

男孩不动声色地说："我不知道。"

"噢，噢，"沃蒂尼生气极了，大嚷道："你这个人怎么这么高傲？！"

正说着，沃蒂尼的父亲赶了上来，听了他儿子的话，他认真地望了那个男孩一会儿，然后，粗暴地对他的儿子说："你不要说了！"接着，他弯下腰，凑在沃蒂尼的耳边轻轻说："他是个盲人。"

沃蒂尼吓了一跳,他站起来,仔仔细细地端详了男孩好一会儿。那男孩眼神呆滞,瞳孔里既没有表情也没有光辉。

沃蒂尼呆住了,他站在那里,眼睛瞧着地下,不知说什么是好。好久,才说出几个字:"原谅我……我……一开始不知道。"

然而,那个盲童却一切都明白了。他和蔼地说:"没关系。"嘴边带着一缕忧伤的笑容。

沃蒂尼虽然虚荣了些,但是他并不坏;那天接下去的散步途中,他再也没有笑过。

第一场雪

十日,星期六

再见了,里沃利大街上悠闲的散步!现在,孩子们的好朋友——冬天的第一场雪来了!从昨天晚上开始,天上就一直在飘着像茉莉花瓣一样洁白的鹅毛大雪。今天早晨,坐在教室里,看着窗外的雪花一片一片朝我们飞过来,被玻璃窗挡住,又落在了窗台上,每个人的心里都兴奋极了。连老师都忍不住搓着双手,朝外面观看。同学们的心里都在想着放学后,搓雪球,打雪仗,最后,当雪地上结了冰,大家一起结了伴去溜冰,再回家烤火的事儿。一个个都眉开眼笑,上课的时候也就心不在焉了。只有斯塔尔迪还跟往常一样,一点儿都不为所动,照样两只手握了拳顶在太阳穴上,一心一意,专心致志地听课。放学后,外面一片欢声笑语,热闹非凡。大家都蹦蹦跳跳地跑到大街上，挥舞着手臂，大声叫喊。许多孩子都抓着雪互相嬉戏，或者用四肢在雪地上行走，就像小狗到了水里一样。站在校门口等着接孩子的家长们手里都撑着伞，在雪地里站久了，伞上就覆盖了一层厚厚的白雪；门卫的头盔也变白了，我们的书包在雪地里不一会儿就整个儿都变白了。所有的人都兴高采烈，连普雷科西，那个脸色苍白，从不爱笑的铁匠的儿子，也跟着我们一起乐；可怜的罗贝蒂，那个从公共马车下救了一个一年级小朋友的小英雄，只能拄着拐杖在雪地上跳来跳去；来自卡拉布里亚的男孩，平生还是第一次看到雪；他做了一个雪球，把它放进嘴里，像吃桃子一样，咯吱咯吱地咬；卖菜女人的孩子克罗西，把雪都装到了书包里；最可笑的是"小泥瓦匠"，他的嘴里塞满了雪，当我父亲请他明天到我家来玩的时候，他既不敢把它们吐出来，也不敢把它们吞下去，所以就鼓着嘴站在那里望着我们不说话。女老师们也笑着跑到外面去玩雪；我的那位可怜的二年级的女老师，也在雪地里奔跑，她用她的绿纱巾遮着脸，一边跑，一边咳嗽。同时，隔壁女校里数百名唧唧喳喳的女生也欢欢喜喜地跑过来，她们的脚踩在松软的雪地上就像踩在洁白的地毯上一样。老师、工友、门卫大声地催着我们："快回家，快回家！"雪花飘进了他们的嘴里，把他们的胡子都染白了。大片大片的雪花迎风飘舞，孩子们欢笑着，他们被感染了，也站在校门口，大声地笑着。

冬天来了，下雪了，孩子们啊，你们欢欣雀跃。可是，你们有没有想一想，在这样寒冷的季节里，有一些孩子，他们既没有衣服，也没有鞋子，更不能在炉边烤火。成千上万的农村孩子，不得不用冻伤的小手，抱着一小捆柴火，走上很长的路，给学校带去一点点温暖；还有很多小学校被大雪覆盖了，那里什么也没有，阴暗、破落，孩子们在里面上课，被烟熏着、呛着；他们咬着牙颤抖着忍受寒冷，心里就怕那漫天的大雪下个没完。积雪有可能把他们远处的小屋压垮，也有可能引起雪崩。

孩子们，在你们庆祝冬天的到来的时候，不要忘了千千万万可怜的孩子们，冬天，对他们而言，意味着痛苦和死亡。

你的父亲

"小泥瓦匠"

十一日，星期日

今天，"小泥瓦匠"到我家来玩。他穿着一身猎装，一看就知道都是他父亲不再穿的旧衣服，上面还沾着泥浆和石灰。其实，我爸爸比我还希望他来我们家。看见他，我们都很高兴。

"小泥瓦匠"一进门，就把头上的那顶软毡帽摘了下来，帽子已经被雪全打湿了，他一把把它塞进了衣服口袋。然后，他就进了屋，慢腾腾的，样子就像那些疲惫的不修边幅的工人。他一边走，一边四处张望。那张小脸蛋红扑扑的，就像是一个熟透了的苹果；他的小鼻子呢，则像一个蒜头。走进餐厅，他环视了一下周围的家具陈设，目光停留在一幅画儿上。

那幅画画的是驼背弄臣黎哥莱托①，非常滑稽。看着看着，"小泥瓦匠"当即就做了一个鬼脸——也就是他最拿手的"兔脸"。看到他这个样子，我们都忍不住笑起来。

我们俩开始玩搭积木的游戏。"小泥瓦匠"搭桥建塔的本领非常高强，那些塔和小桥稳稳地竖在那儿，简直就是个奇迹。"小泥瓦匠"做这些工作的时候，表情很严肃，一块一块地往上搭，耐心得就像一个成年人一样。他一边造塔楼，一边给我讲他家里的事情。他说他们家住在阁楼上。他的父亲晚上去夜校读书认字，他的母亲是比埃拉人。他的父母一定很疼爱他，因为他的衣服虽然很破旧，但是在这个寒冷的冬天里，却穿得暖暖和和的。衣服上破的地方都仔细地打上了补丁，他的母亲还亲手为他系好了领带，整整齐齐的。"小泥瓦匠"告诉我，他的父亲是个彪形大汉，身材魁梧，每次进门都得低着头；但是他的脾气很好，总是说自己的儿子长了一张"兔脸"。而"小泥瓦匠"呢，个子则长得特别矮。

下午四点钟，我们一起喝午茶、吃面包和葡萄。我们坐在沙发上，起身的时候，不知道为什么，爸爸示意我不要去掸"小泥瓦匠"的衣服蹭在沙发靠背上的石灰。可是，过后，他却自己悄悄地把它擦掉了。我们玩耍的时候，"小泥瓦匠"外衣上的一颗扣子掉了下来。我妈妈帮他缝上的时候，他的脸涨得通红，不知所措地站在那里，愣愣地望着我母亲，大气也不敢喘。然后，我就拿出一些漫画书给他看，他学着书上的样子

---

① 意大利作曲家威尔地（1813—1901）作曲的 3 幕歌剧《黎哥莱托》（一译《弄臣》）中的人物。

对我们做鬼脸，他做得那么逼真，连我父亲都忍不住大笑起来。今天，他玩得高兴极了，走的时候连帽子都忘记戴上了。走到楼梯口，为了表示他的谢意，他又对我做了一个"兔脸"。他的名字叫安东尼奥·拉布科，今年八岁零八个月……

恩里科，我的孩子，你知道今天我为什么不让你立即把沙发上的尘土掸掉吗？那是因为，如果你同学看到你去掸沙发，一定会因为自己弄脏了沙发而感到难受。即使我们不说什么，也等于责备了他。这样不好，首先，他也不是故意的；其次，衣服上的尘土和石灰是他的父亲劳动的时候留下的。凡是因为劳动而沾染上的污渍，什么灰尘啊，石灰啊，油漆啊，我们都不能嫌弃。因为劳动本身是光荣的。你决不能对着一个刚劳动完回来的工人说："你真脏！"你应该说："你的衣服上有些污渍，那是你工作的时候不小心蹭上的。"你一定要记住了。你要好好地爱"小泥瓦匠"，首先因为他是你的同学，其次因为他是一个工人的儿子。

你的父亲

一只雪球

十六日，星期五

漫天的雪花飞呀，飞呀。雪就这样下个不停。于是，今天早晨，在学校门口，就发生了一件不愉快的事情。一群孩子，刚跑到大街上，就揉了雪球开始打起雪仗来。刚落到地上的新雪，饱含着水分，被孩子们紧紧一团，变得又沉又结实，硬得像块石头。人行道上有很多路人，一位老先生朝着孩子们大喊："小家伙们，不要打了！"就在这时，只听见大街对面发出一声尖叫，一个老人的帽子被打落在地上，人也摇摇欲坠。他的双手捂着面颊，而他身旁的一个男孩则大声叫着："救人啊，砸到人啦！"

人群从四面八方围拢来。原来，有一只雪球击中了老人的一只眼睛。打雪仗的孩子们立刻像箭一样四散了。当时，我正站在一家书店的门口。我的父亲进书店找书去了，我站在门外等他。突然，我看到我们班的几个同学朝着我这边跑过来，他们混在人群里，装作欣赏书店橱窗的模样。他们是口袋里总装着面团的加罗内、科雷蒂、"小泥瓦匠"和爱集邮的加罗菲。一大群人围在老人的身边。警察和另外几个人正四处询问："是谁？""是谁扔的？""是你吗？""告诉我是谁扔的！"语气里带着威胁。一边问，他们还一边查看着孩子们的手掌，看看谁的手掌心里有湿雪的痕迹。

当时，加罗菲就站在我的身边，我注意到他浑身都在颤抖，脸色白得跟死人没什么区别。

"是谁？""是谁干的？"愤怒的人群咆哮着。

就在这时，我听到加罗内低声对加罗菲说："快点，快出去承认！如果他们抓错了人，那你不就成了名副其实的胆小鬼了吗？"

"可我不是故意的。"加罗菲一边说，一边颤抖，就像是风中的一片树叶。

"没关系的，你承认就好了。"加罗内坚持着。

"但是，我不敢。"

"鼓起勇气来，我陪你走出去。"

警察和围观人群的喊声更大了："是谁？是谁干的？眼镜都碎了！镜片的碎片扎进了他的眼睛！眼睛都快瞎了！你们这些小强盗！"

我深信加罗菲听了这些都快晕倒了。但是加罗内坚决地对他说："快来！我会保护你的！"加罗内抓着他的胳膊，就像扶一个病人一样，把他推出了人群。人们一看那情形，马上就知道是怎么一回事。有几个还举起了拳头想要揍他。加罗内站在中间，挡住加罗菲，他大声喊道："你们十几个大人一起打一个孩子吗？"于是，那些人不动了。

一个警察拉住了加罗菲的手，拨开人群把他带到了隔壁的面包店里。受伤的老人正在那里躺着。我看见老人，立即认出他就是住在我们楼上的那个老职员。他和他的侄子一起住在五楼。这个时候，他靠在一把椅子上，一只眼睛上遮了一块手帕。

"我不是故意的。"加罗菲哭着说，他已经被吓得半死了。"我不是故意的。"两三个人粗暴地把他推进店堂，大叫道："跪下！头碰地！好好求饶！"并一把把他推到了地上。可马上有两只有力的大手把他扶了起来，一个声音果断地说："先生们，不要激动！"原来是我们的校长，他什么都看见了。"他已经自己出来承认错误了，"他补充道，"对于这样一个孩子，没有人有权利侮辱他！"大家都不作声。"快赔礼道歉！"校长对加罗菲说。加罗菲抱住了老人的膝盖，放声痛哭起来。老人把手放到他的头上，摸着他的头发，安抚他。看到这个情景，大家都说：

"去吧，孩子，回家去吧！"

我父亲把我从人群中拉出来，带我回家。一路上，他问我："恩里科，如果犯错的人是你，你敢站出来，勇敢地承认你的过失，承担事情的责任吗？"我说我会的。他又说："你要以你的良心和你的尊严向我保证，孩子！"我回答："我保证，爸爸！"

女老师

今天早晨，老师进来之前，加罗菲坐在教室里，心神不宁。他想今天老师一定会狠狠地责备他的。但是，今天我们的男老师没有来。由于没有人能代他的课，所以就由年龄最大的克罗米太太给我们上课。克罗米太太有两个儿子，他们都已经长大成人了；我们中很多人的父母亲从前都曾经是克罗米太太的学生。是她教会了他们读书写字。今天，克罗米太太的心情不是很好，因为她的一个儿子病了。同学们一看到她进来，就开始吵吵嚷嚷起来。但是，她用缓慢平和的声音对大家说："瞧瞧我这满头的白发你们就知道啦！我不仅是你们的老师，还是你们的老妈妈啊！"这样就没有人再敢说话开小差了。连脸皮比青铜还厚，最喜欢私底下和老师对着干的弗兰蒂也安静了下来。

现在由我弟弟的老师德尔卡蒂来教克罗米太太的班；而德

尔卡蒂老师的班，则由一位外号"小修女"的女老师来教。孩子们这么称呼她，是因为她总是穿着深色的衣服，系着黑色的围裙。她的脸庞很小，肤色很白；头发总是梳得光光的，一双眼睛非常明亮。她的声音很轻柔，就像是在神灵前祈祷。我妈妈总是说："这么说话，谁听得见呢?"就这样，她性格温和，人又很腼腆，说话总是一个语调，声音刚刚能让人听见。她从来都不呵斥孩子，也不轻易动怒，但是却能把孩子们管得服服帖帖。只要她伸出手指警告性地一指，最淘气的小家伙也不敢再闹了。她教的班就像是个教堂，所以，大家都叫她"小修女"。

不过，还有一位女老师，我也很喜欢。那就是一年级三班的女老师。她很年轻，脸红扑扑的，像一朵玫瑰花，笑起来，还有一对漂亮的小酒窝。她总是戴一顶小帽子，上面插着一根很大的红色的羽毛；脖子上还戴着一个小巧的黄颜色玻璃十字架。她性格活泼，于是她带的班便也很活跃。她非常爱笑，她声音很美妙，就像唱歌一样。即便是在她训斥学生的时候，她的声音也像银铃一般好听。她喜欢用教鞭敲击桌子，或者拍着手让大家安静下来。放学的时候，她自己就像是个小女孩一样跑前跑后，直到帮孩子们排好队她才放心；她常常给孩子们整理衣领，扣纽扣，因为外面风大，她怕他们着凉了；她一直要把孩子送到大街上，因为她怕他们打架；她还常常要求家长们不要打骂学生；如果有学生咳嗽了，她就会带一点药片给他；她还把她的暖手筒借给怕冷的孩子。那些最小的孩子总是缠着她，拉着她的纱巾或者斗篷要求抚摸她、亲吻她。她也不计较，笑嘻嘻地让他们亲吻她、拥抱她。就这样，每天她回到家里都衣冠不整、口干舌燥、气喘吁吁。但是她很快乐，笑得两个小酒窝更迷人；头上的羽毛也仿佛更红了。她还是女子学校的绘画老师呢！她用自己挣的钱抚养母亲和她的兄弟。

受伤老人的家

十八日，星期日

被加罗菲的雪球击中眼睛的老人和他的小侄子一起住。他的小侄子是帽子上插着红羽毛的女老师班里的学生。今天，我们在他叔叔的家里看到了他，他叔叔对他就像对待自己的亲生儿子一样。今天，在我抄完了下星期的每月故事《佛罗伦萨的小抄写员》之后，我父亲就对我说："我们去五楼的先生家看看，瞧瞧他的眼睛怎么样了。"

就这样，我们进了一间黑漆漆的屋子，看到了受伤的那位先生。他正坐在床上，背靠着许多枕头。他的妻子坐在他的身边，他的小侄子在一旁玩耍。老人的一只眼睛上缠着绷带。看到我父亲，老人很高兴，忙着让座，并告诉我们说，他好多了。他说他很庆幸，他的眼睛已经没有危险了，并且过两天就可以痊愈了。

"完全是个意外，"老人说，"那个可怜的孩子一定吓坏了。"然后，他又给我们说起给他治眼睛的医生，说他马上就要上门来给他换药了。正在这个时候，门铃响了。"是医生来了。"他妻子说。门开了……你猜我看到了谁？是加罗菲！他还穿着他的长外套，低着头，站在房门口，不敢进来。

"是谁?"老先生问。

"是掷雪球不小心打伤您的那个孩子。"我父亲说。

于是老人说:"哦,可怜的孩子!快进来!你是来看我的伤势的,对不对?我好多了,你放心吧,真的好多了,几乎都痊愈了。快过来。"

加罗菲一副不知所措的样子,根本就没有看到我们。他走到床边,强忍着自己的眼泪。老人安抚着他,但是他还是一句话都说不出来。

"谢谢你来看我,"老人说,"回去告诉你的爸爸妈妈,我的伤不碍事了,让他们放心吧。"

但是,加罗菲没有动,他好像有什么话要说,但却不敢说。

"你有什么话要对我说吗?你想说什么?"

"我……没什么。"

"那好吧,再见,再见了,孩子!你安心地回家吧。"

加罗菲走到了门边,又站住了,他转身朝老人的小侄子看看,然后跟着他,好奇地望着他。突然,他从长袍下面取出一件物品,塞在小孩的手里,匆匆忙忙地对他说:"这是给你的。"然后就如箭一般消失了。

小侄子把东西交给老人看,他们看见上面写着:我把这个送给你。打开一看,大家都发出一阵惊呼。原来,这就是加罗菲那本著名的集邮册,里面插满了加罗菲收集的邮票。可怜的加罗菲把他成天价挂在嘴边的那本集邮册带来了!他花了多少心血才收集到那么多的邮票,它们又承载着他对未来的多少希望和期待,谁也说不清。那可是他的心爱之物啊!可以说是他的生命的一部分，然而，今天他却把它带了来，以求得到老人的宽恕！

佛罗伦萨的小抄写员
每月故事

他叫朱利奥，今年十二岁，上小学五年级。他住在意大利的佛罗伦萨，是个漂亮的小男孩。白皙的皮肤，乌黑的头发，非常惹人喜爱。他的父亲是一位铁路职员，薪水微薄，却要供养一大家子的人，所以他们的生活非常拮据。他是长子，他的父亲很疼爱他，对他百依百顺。但是，一涉及到学习，父亲就对他要求非常严格，从不迁就。因为父亲在儿子的身上寄托着很多希望，希望他毕业之后能尽快找到一份工作，帮他养家糊口。为了尽快学会做点事儿，他学习很用功。但是，他父亲还是不断督促他要加倍努力才行。父亲的年纪已经大了，常年超负荷的劳作，使他看上去比他的实际年龄还要衰老。父亲的工作很忙，但是为了维持生计，他还到处给自己揽了一些抄写的活，这样，他每天都要在他的小桌子边工作到深夜！

最近他从一家出版社接到了一份活。那家出版社出版报刊和书籍，需要人写订单。在订单上用正规的大字写上订户的姓名和地址，每写五百张可以挣三个里拉。但是这份活非常累，在用餐的时候，他经常向家里人抱怨。

"我的眼睛越来越不行了，"他说，"这个晚上的工作一定会把我累垮的。"

于是，有一天，他的儿子对他说："爸，让我来替您抄吧，您知道，我能把字写得跟您一样好的。"

　　但是父亲回答说："不，儿子。你要学习。你的学业比我抄的这些订单要重要得多。浪费你的时间，我会不安的。谢谢你，孩子。但是，我不要你来做，以后我们不要再讨论这个问题了。"

　　儿子很清楚，在这个问题上，他的父亲是绝对不会让步的，所以，他也不再坚持。但是，他自己就悄悄地干了起来。他知道，每天晚上十二点，他的父亲会准时停下工作，从他抄写的小房间里出来，回房间睡觉。有时候，他还听见，在钟打过十二点之后，椅子脚移动的声音和他父亲缓慢的脚步声。一天夜里，等父亲睡着了，他就轻轻地穿上衣服，摸黑走进父亲工作的小房间，重新点亮油灯，坐在了书桌前。桌上堆满着空白的订单和客户的地址清单。他拿起笔，准确地模仿着父亲的笔迹开始抄写。他写得那么用功，心里又高兴，又害怕。他写呀写呀，越写越多，他时不时地放下笔，搓搓手，侧耳细听有没有动静，然后对自己笑笑，又接着干下去。写了一百六十张，等于一个里拉！他停了下来，把笔放在原来的地方，吹灭了灯，蹑手蹑脚地回到床上。

　　第二天，吃午饭的时候，父亲心情格外愉快。他并没有觉察到有什么不对劲。他做那份工作的时候方式很机械，一边还想着别的事。到了时间就停下来，第二天再数一下前一天晚上到底写了几张。那天，坐在饭桌边，他乐呵呵地拍着儿子的肩膀说：

　　"朱利奥啊，你爸爸还行！昨天晚上的两个小时里，我干的活儿比从前多出三分之一。看来，我的手脚还麻利，眼睛嘛也还能对付！"

朱利奥虽然默不作声，但是打心眼里高兴。他对自己说："可怜的爸爸！我这样做，除了给家里多赚点钱，还能让他觉得自己年轻了，何乐而不为呢！一定要坚持下去！"

第一次的成功鼓舞了朱利奥。就这样，第二天晚上，时钟刚打过十二点，他就又从床上爬了起来，点上灯，开始工作了。就这样，他坚持了很多个晚上。父亲什么也没有发现。只是有一天晚上，吃晚饭的时候，他才疑惑地说："真奇怪，这段时间家里的灯油好像用得特别快！"朱利奥心里一怔。幸亏父亲没有往下深究，他也就继续干他晚上的工作。

但是，由于朱利奥每天晚上都睡得不踏实，加上睡眠又不充足，他早上就爬不起来，起床后仍觉得特别的疲倦。晚上做功课的时候，他也直犯困，眼睛酸得怎么都睁不开。一天晚上，他有生以来第一次，竟趴在作业本上睡着了。

"天哪！天哪！你这是怎么啦！快起来做作业！"父亲拍着手对他叫道。他这才醒过来继续做功课。但是，第二天和接下来的日子里，这样的事情重复了很多次。而且每况愈下：他总是伏在书本上打瞌睡，早晨也不能按时起床了，上课的时候无精打采，好像对学习已经厌倦了。父亲开始注意起儿子的举动了，他开始为他担忧，最后忍无可忍，就开始责骂他了。

"朱利奥，你变了，你对不起我了。"

一天早晨，他对他说，"你不再对我说实话了！你和从前不一样了！我不喜欢你现在的样子。你要知道，我们全家的希望可都寄托在你的身上啊！你这样，我很不满意，你懂吗？"朱利奥很难过，因为他的父亲还从来都没有那么严厉地批评过他。"是的，"他对自己说，"不能再这样继续下去了，这样的欺骗该结束了。"

但是，就在那天晚上的晚餐前，他的父亲高兴地对大家说："大家知道吗？这个月，我抄写订单，竟比上个月多赚了三十二个里拉。"说着，他从桌子底下拿出了一包甜点心，那是他用多挣的那些钱买的，他说要庆祝一下，大家都高兴地拍起了手。看到这个情景，朱利奥又恢复了勇气，他对自己说："可怜的父亲，看来我得继续骗你了。以后，白天我会加倍努力学习的，但是晚上，为了你和家里其他的人，我还要继续工作。"他的父亲继续说："多赚了三十二个里拉，我当然高兴。可是……他，"他指着朱利奥说，"却让我很失望。"朱利奥默默地承受了这些责备。泪水都涌到了眼眶里，他把它们强忍了下去。但是，后来想想，他的内心却感到无比的甜蜜。

于是，他继续帮他的父亲工作。但是，一天又一天，他的睡眠一直都不充足，他真的再也坚持不下去了。就这样又过了两个月。父亲不断地责骂他，每一次看他的时候眼神里都充满了愤怒。一天，他跑去找朱利奥的老师了解他的学习情况。老师说："他的功课还可以，因为那是个聪明的孩子。但是，他的确不像从前那么刻苦好学了。上课的时候，他常打瞌睡，打哈欠，开小差。他写的作文很马虎，短而又短，字迹也很潦草。哦，他本来可以学得更好更多的。"

那天晚上，父亲把朱利奥叫到一边，对他说出了最重的话：

"朱利奥，你看，我不停地工作，为了家庭，不惜拼命干活。而你呢，却把我的话当成耳边风。你根本不知道体恤你的父亲。你不爱我，也不爱你的兄弟、你的母亲！"

"哦，不。不要这么说，爸爸！"朱利奥失声大哭，他张开嘴刚想把一切真情都吐露出来，他的父亲又打断了他：

"你知道家里的情况。你知道，只有家里的每一个人心甘情愿地作出牺牲，我们才能坚持下去。像我必须做两份工作。这个月，我原以为我多赚了一百个里拉，可是看见你这样，我觉得我一分钱也没有多赚！"

听了这话，小朱利奥硬是把到了嘴边的话又咽了下去。他再次下决心对自己说：

"不，爸爸，我什么也不能对您说。只有保守着这个秘密，我才能替您工作。我知道我让您伤了心，我会尽量弥补您的。在学习方面，我相信我作出的努力足以让我顺利地通过各项考试。当前最重要的事是帮您减轻负担，维持一家人的生计。否则，您一定会累垮的。"

于是，他又坚持了下去。就这样，又过了两个月。白天，他无精打采；到了晚上，就拼命地工作。除了体力不支，他还要应付父亲严厉的责备。最可怕的是，父亲对他越来越冷淡，都懒得跟他说话了。他觉得他的父亲已经伤透了心，对他不再抱有任何希望了。最后，他连看都不愿意看他的儿子一眼了。这一切都使朱利奥痛苦万分。当父亲避开他转过身时，他偷偷地伸出头，吻了他一下，心里充满了悲伤、温柔与爱怜。由于伤心和过度的劳累，他越来越瘦，脸色也变得很苍白，学习上也越来越力不从心了。他知道，总有一天，他自己会坚持不下去的。所以，每天晚上，他都对自己说："今天晚上，我不再起床了。"可是，每次钟刚敲过十二点，他就觉得，躺在床上是一件令人羞愧的事，就像没有尽到自己的义务，甚至像偷了父亲和家里人一个里拉似的。于是，他又爬了起来。他想：也许哪天他父亲夜晚醒来会看到他，或者在数订单的时候，会发现这件事。那样的话，一切都会自然而然地结束，和他的主观愿望没有关系。主观上，他真的不愿意就此结束。于是，他仍然干了下去。

但是，一天晚上，吃晚饭的时候，他的父亲说了一句对朱利奥而言决定性的话。当时，他的母亲望着他，觉得他比往常更憔悴更消瘦，便对他说：

"朱利奥，你是不是病了？"而后，她便转过身对他的父亲说：

"朱利奥一定是病了！你看他的脸色多么苍白！朱利奥，我的孩子，你觉得怎么样？"

他父亲瞥了他一眼，说："他心术不正，所以身体不好。从前他是个好学生并且是个有良心的孩子的时候，他的身体就很好。"

"可是现在他病了！"他的母亲担心地喊道。

"别管他！"父亲说。

对那个可怜的孩子而言，他的父亲的那句绝情的话就像刀子一样插进了他的胸口。哦，父亲不再爱他了！想当初，只要他微微咳嗽一声，他的父亲就会上来嘘寒问暖，担忧万分，可是现在……总之，他不再在乎他了，这一点是肯定的。在他父亲的心里，他朱利奥已经死了……"哦，爸爸，我的好爸爸，"孩子的心被痛苦纠缠着，他心想："这件事真的应该到此为止了。哦，爸爸，没有您的爱我活不下去啊！我要变回从前的那个好孩子！我要把一切都告诉您！我不能再骗您了！我要像从前一样好好学习。过去的就让它过去吧，只要您能像从前一样爱我，我可怜的父亲！这一次我可真的是下决心了！"

　　然而，那天晚上，他还是按时起了床。与其说是为了工作，倒还不如说是因为习惯。起床之后，他就想到那个小房间里去看看，在宁静的夜里，和它作最后的告别。在那里，他已经悄悄地工作了好几个月，每一次心里都充满了温柔和满足。当他重新坐在小桌子前，点上灯，望着那一堆空白的订单，他的心里忽然涌上了一阵悲伤。从今以后，他再也不会在上面填写那些姓名和地址了，而他几乎都把它们全记住了！他觉得非常难过。他禁不住又拿起了笔，开始了他每天的工作。但是他的手不小心碰到了一本书，书掉在了地上。他的血一下子都涌上了脑门：要是把父亲惊醒了怎么办？当然，那也不会是一件坏事，因为他早就想把这一切都告诉他的父亲了，但是……他一想到在黑夜中听见父亲的脚步声靠近自己，在寂静中自己所做的一切被突然发现，吵醒熟睡的母亲并让她受到惊吓，而平生第一次他的父亲或许当着他的面会感到羞愧无比，他就感到无比的惊慌。他竖起了耳朵，屏住了呼吸静静地听，还好，没有任何动静。他又把耳朵贴到门锁上细听，也没有发现有什么声音——全家人都睡着了。他的父亲没有察觉。他的一颗心又放了下来。于是，他又安心地开始了他的抄写工作。订单一张又一张地堆积起来。他听到空旷的大街上，巡警有节奏的脚步声，接着是一辆马车突然刹车的声音；不久，又有几辆货车轰隆轰隆缓缓地驶过，然后是一片沉寂，只是偶尔会被一两声狗吠打破。

他写着写着，却没有发现他的父亲就站在他的身后。其实，当他听到书本掉下地的声音之后，就起床了。但是，他一直在等待着进入小房间的最好时机。轰隆隆的货车声淹没了他的脚步声和开门的声音。现在，他就站在那里。满头白发的他俯身看着儿子小小的黑色的头颅。他的孩子正用心飞快地在订单上写着。一下子，他全明白了。回首往事，他什么都懂了。无限的怜爱混杂着一种追悔莫及的情绪使他呆呆地站在他的孩子身后说不出话来。终于，他紧紧地抱住了儿子的头。

"哦，是爸爸，爸爸，请你原谅我，原谅我！"朱利奥惊叫起来。他听到了父亲的抽泣声。

"不，应该是你原谅我。"父亲吻着他的前额，哽咽着说，"我全懂了，全明白了，是我，我该向你请求原谅！我的好孩子！来，来，跟我来！"他把朱利奥带到他母亲的床前，送到她的怀里。母亲已经醒来了。父亲说：

"快亲亲这个天使般的好孩子！三个月以来，他不好好睡觉，一直都在为我工作！他为全家赚了买面包的辛苦钱，而我却还不停地埋怨他！"

母亲把他紧紧地抱在怀里，什么话都说不出来。最后，她说："快去睡吧！我的孩子！去休息一会儿！快把他抱到卧室去！"

父亲把他抱进了他的房间，把他放在床上，给他放好枕头，整理好被子。他一边喘着气，一边亲吻着他的孩子。

"谢谢，爸爸，"朱利奥不停地对父亲说，"谢谢您！但是您也该去睡了。我很高兴！您去睡吧，爸爸。"但是，父亲坚持坐在床边看着他睡，他握着他的手，对他说："睡吧，睡吧，我的孩子！"朱利奥实在是累极了，他终于睡着了。他睡了很久，几个月来，第一次享受到这么平静而充足的睡眠。他很放松，做了许多美梦，在睡梦里甜甜地笑了。当他睁开眼睛，太阳已经升得很高了。他看到父亲的前额靠在他的胸前，头放在床沿上，还没有醒来。他的头发雪一样的白，他没有回自己的房间，而是就这样睡了一个晚上！

意志的力量

二十八日，星期三

在我们的班里，大概只有斯塔尔迪能做到像佛罗伦萨的小抄写员一样刻苦。今天早晨，学校里发生了两件事：一是受伤的老人把加罗菲的集邮册送还了给他，并且还送了三张危地马拉的邮票给他。加罗菲高兴极了，不仅因为他的宝物失而复得，而且因为这三个月来，他一直都在找危地马拉的邮票。另一件事是斯塔尔迪获得了一枚二等奖的奖章。这次斯塔尔迪的学习成绩仅次于德罗西，这是大家都没有想到的事。

还记得十月份的时候，他父亲带着他来学校。他裹在一件宽大的绿色外套里，显得很臃肿。他的父亲当着大家的面对我们的老师说：

"这孩子很迟钝，可请您多多费心啊！"

于是，从一开始大家就觉得他是个木头木脑的笨孩子。但是他说："要么放弃，要么努力。"从此以后，不管是白天，还是晚上，不管是在家，还是在学校，即便是在散步的时候，他也咬着牙，握着拳头，在学习。他就像牛一样坚韧不拔，又像驴子一样固执己见。对别人的冷嘲热讽他毫不在意，但是对于那些企图打扰他学习的人他却毫不留情。就这样，这个木瓜脑袋居然走到了大多数人的前面。一开始，他对数学一窍不通；作文里也错误百出；脑子里一个复合句也记不住。可是现在，他把这些问题都解决了。算术题会解了，作文也难不倒他了，朗诵起课文来像唱歌一样悦耳动听。只要看看他的长相就知道他的意志有多么坚强了。他长得敦实，方头，没有脖子，双手粗短，说话的声音又粗又低。他甚至把报纸上的段落和剧场外的广告都拿来学习，每攒满十个小钱就会去给自己买一本新书。他已经有很多书了，完全可以开一个小小的阅览室。在他高兴的时候，他会脱口而出，说改天带我去他家参观他的藏书。他和谁都不说话，也不和大伙儿一起玩。总是一动不动地坐在课桌前，双手撑着太阳穴，聚精会神地听老师讲课。这可怜的家伙，不知道花了多少努力才得到了这块奖章！今天上午发奖的时候，虽然老师的情绪不佳，说话做事很不耐烦，但是他还是对斯塔尔迪说：

"好样的！斯塔尔迪！有志者事竟成！"

但是斯塔尔迪并没有沾沾自喜，他连笑都没有笑一下。领到奖章，他回到座位上，就像往常一样双手撑着太阳穴，全神贯注地听老师讲课。

最有意思的是放学的时候。斯塔尔迪的父亲在校门口等他。他是一位医生，和他的儿子一样，身体粗壮，脸盘很大，嗓门很粗。他根本没有想过儿子能得奖，当老师告诉他是真的时，他开心极了，拍了一把儿子的后脑勺，笑着大声说：

"你真行啊，我的傻小子！"他笑着仔细端详他，一脸的不相信。在场的孩子个个乐开了花，只有斯塔尔迪还是一副不苟言笑的老样子。也许他正在想着明天早晨的功课呢！

感　恩

三十一日，星期六

我相信，你的同学斯塔尔迪肯定不会抱怨你们的老师。"老师的情绪不佳，说话做事很不耐烦"，你说这话的时候，口气里带着怨恨和不满。想想你自己吧！你不也常常对别人不耐烦吗？尤其是对你的父母，你的行为简直就是一种罪过。老师有时候脾气比较急躁也一定是情有可原的。他常年为了孩子操劳。孩子中当然有很多可爱的、乖巧的、善解人意的，但是也有许多不近情理的。他们给他带来了许多烦恼，增加了他工作的负担。遗憾的是，总而言之，孩子们带给他的烦恼和痛苦也许要比带给他的快乐要多得多！你想想，就是一个圣人，处在他的位置上，有时候也难免会动怒的。更重要的是，很多时候，老师都带着病坚持给孩子们上课。虽然，他的病还没有严重到使他不能上课的地步，但是因为他忍受着痛苦，所以就难免会表现得很不耐烦。在这种时候，如果他看到你们根本就没有觉察到他的苦衷，还让他难堪，对他而言就不啻为雪上加霜了。

所以，你应该学会尊重、敬爱你的老师。作为你的父亲，我也同样热爱、敬仰你的老师。因为他们把他们的一生都献给了伟大的教育事业。虽然,他们的学生中绝大多数的人会将他们忘记,他们却依然辛勤工作,任劳任怨,无怨无悔。是他们开启了你的智慧,培育了你的心灵,有一天,当你长大成人的时候,我和他们可能都已经不在人世了,但是他们和我的形象会一起时常浮现在你的脑海中。到了那个时候,再回想起他那天使般善良的面容和曾经流露出的痛苦和劳累的表情,你就会为自己今天的冷漠、无理和蛮横而感到悔恨和难过了。这种良心的折磨会陪伴你很久,即便是在三十年之后,也不会被淡化。你感到羞愧,因为你没有好好地爱他们,反而给他们带来了烦恼和伤心,而这一切此刻却都无法弥补了。所以,好好地爱你的老师吧!因为他是意大利五万名小学教师大家庭中忠实的一员。他们遍布全国,是成千上万和你一样正在茁壮成长的儿童的智慧之师。同时,他们还是一群普通的劳动者,他们的工作得不到尊重,他们的劳动也得不到应有的回报,然而他们却依然在自己的工作岗位上尽心尽职,为了培养出更优秀、更出色的下一代而努力着。所以,如果你只爱你的父母而不爱你的老师,我是不会感到快乐的。他们和许多爱你的人一样应该得到你的爱和尊重。好好爱你的老师吧,就像爱你的叔父一样。不管是他爱抚你还是责备你的时候,不管是他表现得和蔼可亲还是悲伤痛苦的时候,你都应该爱他。永远地爱他!每一次你称呼“老师”的时候,都应该抱有敬意,因为除了“父亲”,“老师”是一个人和另一个人之间可能有的最无私、最美好的称呼了。

你的父亲

一　月

代课老师

父亲说得对，我们的老师近来情绪不好的确和他的身体状况有关系。事实上，他已经有三天没能来上课了。我们的课由那位矮小的代课老师来承担。代课老师没有胡子，看起来就像是个小伙子。但是今天早晨，课堂上发生了一件很不愉快的事。这两天上课的时候，大伙儿一直都吵吵闹闹，代课老师的耐心很好，并不责罚我们，只是不停地说："请大家安静，安静!"今天早晨，同学们闹得更凶了。课堂上的吵闹声淹没了老师的讲课声，老师不断地警告，同时好言相劝，但是都无济于事。校长两次都来教室门口巡视，但是，他前脚刚离开，教室里马上就重新炸开了锅，那喧闹的情形就跟菜市场差不多。加罗内和德罗西不停地转过身示意同学们安静下来，告诉他们这样做是不尊重老师的表现，但是没有人理睬他们。只有斯塔尔迪仍然安静地坐在位子上，双手贴着太阳穴，双肘撑着桌面。他大概在想他家的那个小小的藏书室吧！长着鹰钩鼻子、爱集邮的加罗菲此刻正在忙着写参加他组织的彩票活动的名单。只花两分钱就可以参加摸彩活动，彩票的奖品是一个袖珍墨水瓶。其他的人有的大声说话，有的哈哈大笑，有的用钢笔尖插在课桌上弹着玩，有的把袜子上的橡皮筋拆下来弹纸球。代课老师不断地上前阻止他们，一会儿拉住这个同学的胳膊，一会儿又抓住那个，警告他们，还把一个同学罚到墙边去站，可是都没有用。他实在无计可施了，只能请求大家不要这么做，他说：

"你们为什么要这么闹呢？难道你们一定要看到我被校长责怪才开心吗?"

然后，他用拳头击敲着讲台，又气又急地说："安静！安静！安静！"声音里带着哭腔。但是，大家几乎都听不到他的声音。教室里的吵闹声越来越响。弗兰蒂朝老师掷了一架纸飞机，有人在学猫叫，有的顶着脑袋斗牛，教室里闹翻了天。忽然之间，进来了一位校工，对代课老师说：

"老师，校长请您去一下。"

代课老师连忙站起身出去，做出一个绝望的姿势。他走后，教室里的狂欢愈加不可收拾。突然之间，加罗内霍地跳了起来，攥紧了拳头，环顾四周，怒不可遏地吼道：

"别闹了！你们这些畜生！老师脾气好，你们就欺负他！如果他真的要打断你们的脊梁骨，你们反而要像小狗般跪在地上求饶。你们是一群胆小鬼！谁再敢对老师不尊重，我就要他好看！放学后，我在校外等着他，不打掉他的牙齿我就不是加罗内！我发誓，就是他把他的爸爸请来，我也照样打！"

于是，大家一下子都不出声了。加罗内的眼睛里几乎都要喷射出火花来了，他就像是一头发怒的小狮子，威风极了！他盯着最淘气的几个学生看了一会儿，他们都胆怯地低下了头。当代课老师带着红肿的双眼回到教室里的时候，班级里鸦雀无声。老师惊讶极了。他呆了一会儿，然后看到怒容满面的加罗内，这才明白过来。于是，他用很温柔的声音，对加罗内说："谢谢你，加罗内！"那口气仿佛就是在对他的好兄弟说话。

斯塔尔迪的藏书室

斯塔尔迪的家就在学校的对面。今天，我去他家玩了。他的小小藏书室真的让我羡慕极了！斯塔尔迪家并不十分富裕，他本不该有那么多书的；但是，他总是细心地收藏着每一本学校里用过的书，并且把大人给他的每一个小钱都攒了起来，从书店买来自己喜欢的书。再加上亲戚朋友们的赠书，他的小小藏书室就渐渐有了规模。当他父亲发现他喜欢看书以后，就给他买了一个漂亮的胡桃木书架，并且帮他按他喜欢的颜色把书排列起来，书架上面还挂着一条绿色的小帘子，这样，只要他轻轻一拉细绳，绿色的小帘子就悄悄滑到一边，露出三排各种颜色的书籍。每一本书都像新的一样，被排放得整整齐齐，书脊上烫金的书名熠熠生辉。有小说、游记、诗集和连环画。斯塔尔迪把各种书的色彩巧妙地搭配起来，比如说红色的书被放在白色的书边上，黄色的书放在黑色的书边上，蓝色的书和白色的书放在一起，这样从远处看，就分外悦目。他还喜欢时常调换书的排列次序。他给他的书编排了目录，就像一个真正的图书管理员一样。他总是围着他的书转，时不时地给这本掸去灰尘，又翻翻那本，或者检查检查它们的装帧是否完好。你看他打开每一本书的时候，那种小心翼翼的样子，就知道他有多么爱他的书了！他的手指又短又粗，可是他翻书的动作轻而又轻，仿佛那些纸张比蝉翼还薄似的。就这样，他用过的书都还像新的一样。而我的书用过之后往往就已经破旧不堪。他每一次买了新书，就如获至宝。兴高采烈地把书压平整，再把它放在合适的位置上。时不时地把它拿下来瞧瞧，左看看，右看看。在大概一个多小时的时间里，他就光和我一起看他的书了。因为读书太用功，他的视力已经不太好了。

我们正玩得高兴，他的父亲走了进来。他的父亲长得和他一样，粗粗壮壮的，头很大。他在斯塔尔迪的后脑勺上拍了几下，用他粗大的嗓门说：

"你看我们家这个木头疙瘩怎么样？我看，他将来一定大有出息呢！"

斯塔尔迪眯缝着眼睛，任由他的父亲用粗大的手掌抚摩他，在我看来就像是一条粗大的猎犬在享受猎人的爱抚。但是，我不敢和他开玩笑，他看起来并不像一个只比我大一岁的男孩子。出门时，他向我道别，还是一脸的严肃。当时，我真想对他说："我像敬重一个大人似的敬重你，斯塔尔迪！"但是，我没有说。

回家后，我对我父亲说："我真不懂，斯塔尔迪人不聪明，举止也不文雅，简直可以用滑稽可笑来形容，然而，我却觉得自己很敬重他。"父亲回答说："那是因为他有性格。"
我又说："我和他在一起待了一个多小时，他说的话不超过十句；他既没有给我看他的玩具，也没有对我笑过，可是我却觉得和他在一起很愉快。"父亲又回答："那是因为你钦佩他。"

铁匠的儿子

是的，父亲说得对，我钦佩斯塔尔迪，但是，我钦佩的人当然不止是他，还有普雷科西。当然，对于后者，我除了钦佩之外，还怀有深深的同情。普雷科西就是那个铁匠的儿子。他身材瘦小，脸色苍白，目光里透着善良和忧伤，神情里充满了惊慌。他胆小而腼腆，总是不停地对别人说："对不起，请原谅！"别看他总是病恹恹的，一副弱不禁风的样子，学习可用功呢！他父亲每天在外面喝醉了酒，回家就无缘无故地打他，还把他的书籍和练习册扔得到处都是。第二天他上学的时候，脸上就青一块、紫一块的。有时候，他的整个脸都会被打肿，眼睛也因为哭得太久而充了血。但是，他从来都不肯承认那是被他父亲给打的。同学们对他说："你爸又打你了！"他总是马上否认："不是的，不是的。"他不愿意让他的父亲丢脸。老师指着被烧去一半的作业对他说："这本子一定不是你烧的，对吧？"他却用颤抖的声音说："是我烧的，是我不小心把它掉到火里才烧坏的。"其实，我们大家都知道是怎么一回事。他做功课时，他的酒鬼父亲一脚踢翻了桌子，油灯摔破了，才烧坏了作业本。

普雷科西和我同住一幢楼，但是他们家住在阁楼上，和我们也不合用一个楼梯。只是看大楼的女人每一次都会把他家发生的事情告诉我的母亲。一天，我的姐姐西尔维亚从阳台上听到普雷科西的哭叫声，原来是他问他父亲要买语法书的钱，并因此被他父亲一脚踢下了楼。他的父亲不仅酗酒，还不务正业，全家人都跟着他忍饥挨饿。好多次，可怜的普雷科西都饿着肚子来学校上课，只能悄悄地啃加罗内塞给他的小面包，或者啃帽子上插着红羽毛的女老师带给他的苹果。女老师在他上一年级时曾经教过他，对他家的情况很了解。但是，我们大家都从来没有听他抱怨："我饿，我的父亲不给我吃饭。"

他的父亲有时候也到学校来接他。我们偶尔在学校门口看到他时，他总是脸色苍白，步履不稳。他的样子很凶，长长的头发遮住了眼睛，帽子歪戴着。可怜的普雷科西一看到他的父亲就浑身发抖，但是他还是笑着迎上前去。可他父亲却好像根本没有看到他一样仍然想着他自己的事。

可怜的普雷科西！他不得不修补破烂的作业本，问同学借了书去学习。他还用别针把衬衣的破洞别住。做体操的时候，他穿着一双笨重的大鞋，很显然和他的脚不成比例；他的裤子实在太长了，拖在地上；而那件上衣也太大了，他不得不把袖口卷到肘部才能勉强做事。看了他的那副装束，谁都会感到难过的。即便这样，他学习还是很用功。我深信，如果他能够在家里安安稳稳地学习，他的成绩一定会名列前茅的。

今天早上，他来学校上学时，脸上带着被指甲抓出的伤痕。同学们都对他说：

"又是你爸！这一次你不要再为他辩护了，是你爸把你抓伤的。快把这事告诉校长，把他抓到警察局去。"

但是他马上站了起来，脸涨得通红，用颤抖的声音生气地说："不是的，不是的！我爸爸从来都不打我！"

然而，到了后来，上课的时候，他的泪水却不停地在往下掉。同学们回过头去看他时，他就强颜欢笑，他不想让别人知道。可怜的普雷科西！明天，德罗西、科雷蒂和内利都要到我家来玩，我想请普雷科西也来。我想请他和我一起吃点心，送书给他，只要能逗他开心就是把家里闹得翻天覆地也可以。他走的时候，我还要在他的口袋里塞满糖果。多想看到他真正高兴一回啊，可怜的普雷科西！他是那么的善良，又是那么的勇敢！

愉快的聚会

十二日，星期四

今天是星期四，对我来说，是这一年里最充实、最快乐的一天。下午两点整，德罗西、科雷蒂和驼背内利来到了我家。可怜的普雷科西没有来，因为他的酒鬼父亲不允许他出门。德罗西和科雷蒂笑呵呵地说他们在路上碰到了克罗西——也就是那个卖菜女人的儿子。克罗西长着满头的红发，他的一条胳膊有残疾。他们遇到他的时候，他正抱着一棵很大的白菜在叫卖，说是要用卖白菜的钱去买一支钢笔。他一脸的兴奋，告诉几个同学说他的爸爸从美国来信了，说不日就会回来，他和他的母亲正翘首盼望着他的归来呢！

我们在一起度过了两个小时，大家都愉快极了。德罗西和科雷蒂是我们班里最活跃的两个孩子，我父亲都被他们感染了，打心眼里喜欢他们。科雷蒂还是穿着巧克力色的毛衣，戴着猫皮帽子。他顽皮极了，一刻也停不下来。今天一大早，他就已经扛了半车的木柴，可是他仿佛一点儿都不觉得累，照样在我家到处蹦蹦跳跳，瞧瞧这，碰碰那，还不断地问问题。他那灵巧敏捷的模样，就像一只小松鼠。走过厨房的时候，他问厨师他买十公斤的木柴付了多少钱，并且告诉他说，他父亲的柴每十公斤卖四十五个铜币。他总是不断地谈起他的父亲，说他曾经是翁贝托亲王麾下四十九军团的战士，还参加过库斯托扎战役。他的谈吐和举止那么文雅，虽然他的父亲以卖柴为生，他也成天和柴火打交道，但是我父亲说他天生文雅，心地善良。

德罗西把我们大家都逗乐了。他就像老师一样精通地理。他闭上眼睛对我们大家说："这样，我就看到了整个意大利。亚平宁山脉一直延伸到爱奥尼亚海，河流纵横交错。白色的城市，海湾，蔚蓝色的港湾和碧绿的岛屿……"他能按照顺序一一道出它们的名字，仿佛他的眼前放着一张地图一般。他长着满头的金发，穿着一身深蓝色的衣服，上面还镶着镀金的纽扣。他闭着眼睛，高昂着头，优雅地站在那里，英俊得就像一尊唯美的塑像，我们都看得羡慕不已。只花了一个小时，他就把一篇长达三页的稿子记在了心里。下周二就是维托里奥国王①葬礼

---

① 即维托里奥·埃马努埃莱二世(1820—1878)，撒丁王国国王(1849—1861)，意大利王国国王(1861—1878)。

的纪念日了，届时老师将让他上台朗诵一篇纪念文章。内利也一直盯着德罗西看，眼神里充满了惊奇和喜爱。他不时地用手揉搓着他宽大的黑色罩衣的边角，一双眼睛明亮而忧郁。

今天的聚会让我感到快乐极了，我觉得他们把一些闪光的东西留在了我的记忆和我的心里。更让我高兴的是，临行的时候，我看到高大、粗壮的德罗西和科雷蒂走在矮小的内利的两边，拉着他的胳膊，一起出门。在他们的感染下，内利笑得那么开心，那种幸福的样子，我先前从来都没有在他的脸上看到过。回到餐厅，我这才注意到驼背弄臣黎哥莱托的那幅画儿不见了。原来是父亲怕内利看见了多心，特意摘掉了。

维托里奥·埃马努埃莱国王的葬礼

十七日，星期二

今天下午两点，老师一走进教室，就叫德罗西。德罗西走上讲台，满脸通红地面对着我们，开始演讲。他的声音开始有些发颤，但是逐渐变得高亢而清晰。他朗诵道：

四年前的今天，也就是在这个时刻，载着国王维托里奥·埃马努埃莱二世遗体的灵车，缓缓地驶到了罗马的万神殿。维托里奥·埃马努埃莱二世是意大利统一之后的第一位国王，在位二十九年。在他的带领之下，我们的祖国意大利终于摆脱了外族的侵略和奴役，推翻了暴君们的统治，结束了七个城邦制小国的分裂割据状态，成为了一个独立的、自由的、统一的国家。

在这二十九年中，维托里奥·埃马努埃莱国王以其出众的才华，无比的忠诚，临危不惧、居安思危、勇往直前的品质为意大利赢得了利益和荣耀。

覆盖着花环的灵车，在缓缓地驶过罗马的各个街区，鲜花像雨点一样落在它的身上。四周一片沉寂，整个意大利都沉浸在一片沉痛的哀悼中。走在灵车前面的队伍由将军、大臣和王公贵族组成。紧跟在后面的是一支由伤残的军人、各色的旗帜、三百个城市的代表和一切能代表这个国家的国威以及民族荣耀的人组成的游行队伍。灵车徐徐地驶到了万神殿的门前，维托里奥·埃马努埃莱二世的遗体就将被安放在那里。十二名穿着胸甲的骑兵将灵柩抬下。此时此刻，整个意大利都在向他们深深爱戴的国王的遗体告别。那也是向这位勇士、这位国父，以及以他的名字命名的二十九年承载了意大利的最光辉、最骄人的历史的告别。那是一个伟大而庄严的时刻。

八十名军官高举着意大利八十个军团的旗帜，列队向灵柩致意。这无比庄严的场景，震撼着所有人的心灵和灵魂。

因为这八十面旗帜就是整个意大利的象征。成千上万的人为了它们而牺牲，无数的鲜血为了它们而抛洒；旗帜上面有我们最神圣的荣誉、最无奈的牺牲和我们最深刻的悲伤。

胸甲骑兵抬着灵柩经过的时候，所有的旗帜都下半旗致哀。新兵团的旗帜，以及戈伊托、帕斯特伦戈、圣卢西亚、诺瓦拉、克里米亚、帕莱斯特罗、圣马蒂诺和卡斯特尔菲达尔多各个战役的破旧的老战旗纷纷垂向地面，八十面黑纱纷纷落到地上，无数枚勋章碰击着灵柩，发出庄严的响声。

刹那间，所有意大利人的鲜血仿佛凝固了。好像有千百个声音，汇合成一个：永别了，我们仁慈的君王，骁勇的君王，忠诚的君王！只要阳光照耀着你的国土，你便将永远活在你的人民的心中！

然后，一面面旗帜又逐个被举向天空，而维托里奥·埃马努埃莱国王的灵车则在一片辉煌中驶入圣殿。

弗兰蒂被赶出校门

二十一日，星期六

当德罗西在讲台上作维托里奥·埃马努埃莱国王的葬礼纪念日演讲时，只有一个人敢在下面偷偷地笑——那就是弗兰蒂。

我对这样的人讨厌极了。他不是个好人。每次如果有家长在学校里训斥他们的孩子，被他看见了，他就幸灾乐祸得不得了；别人哭了，他也笑。在加罗内面前，他胆怯得像只老鼠；可是他却最喜欢欺负像"小泥瓦匠"一样的小个子同学。他折磨克罗西，因为他是个手臂不能动的残废；大家都尊敬普雷科西，他却时常嘲笑他；他甚至还取笑三年级的罗贝蒂——那个因为救人而不得不靠拐杖走路的小英雄。他总是向比他弱小的孩子挑衅，一旦和人打架的时候，心狠手辣。他的额头长得很低，那顶油布小帽的帽舌底下时不时射出两道浑浊的目光，令人在厌恶之余感到毛骨悚然。他什么也不怕，当着老师的面哈哈大笑，毫无顾忌；一有机会他就偷东西，即便被当场抓住，他也要抵赖。他总是不停地和人吵架，还带了一些大别针到学校里来戳他的同伴。他不仅把自己的纽扣扯下来玩，还扯别人衣服上的纽扣；他的书包、书、练习本全都皱巴巴、脏兮兮、破破烂烂的；他用牙齿咬指甲、标尺和铅笔，把它们啃得参差不齐；他的衣服上油渍斑斑，满是打架时撕破的口子。

听说，他的母亲因为他不住地给她找麻烦，担忧得生了病；而他自己已经有三次被他的父亲赶出家门了。他母亲每次来学校打听他的情况，走的时候总是泪流满面。而他则恨学校，恨他的同学和他的老师。老师有时候故意不惩罚他的行为，希望他会自己悔过，谁知他反而变本加厉。于是老师就对他好言相劝，却被他嗤之以鼻；如果老师忍不住，对他说出一些严厉的话，他就用双手捂住脸，看上去好像在哭，其实是在偷偷地笑。他被学校停了三天的课，可是回来之后，却变得更骄横更恶毒了。

有一天，德罗西对他说："你不要再捣乱了，你没看见老师为此很伤心吗?"他非但不听，还威胁要把一根钉子插进他的肚皮。

今天早晨，他终于像一只狗似的被赶出了校门。

事情是这样的。今天，当老师把每月故事《撒丁岛的少年鼓手》交给加罗内抄写时，弗兰蒂把一支爆竹扔到了地上。"轰隆"一声，爆竹在教室里炸响了。震耳的响声让大家惊恐万分。老师站起来大声嚷道：

"弗兰蒂，你给我出去!"

"不是我。"弗兰蒂笑着回答。

"出去!"老师重复道。

"我不出去!"弗兰蒂说。

老师也火了，他扑上去，抓住弗兰蒂的胳膊，一把把他从座位上揪了起来。弗兰蒂拼命挣扎，咬牙切齿；老师费了很大的劲才把他拖出了教室。然后，又把他拉进了校长室。等老师回到教室之后，他气喘吁吁地坐在讲台后面，双手抱着头，神情疲惫而痛苦。大家看了都很难过。

"我当了三十年的老师，从来没有遇到过这样的学生！"老师摇着头，伤心地说。

大家都屏息不语。

老师的手因为极端的愤怒而颤抖着，他额头中间的那道直直的皱纹变得那么深，好像是被弗兰蒂刺出来的一道伤口。

可怜的老师！大家都很为他难过。德罗西站了起来，说："老师，您别太伤心了。要知道，我们大家都很爱您啊！"

听了这话，他这才稍微平静了一些，对大家说：

"孩子们，我们继续上课吧！"

撒丁岛的少年鼓手
每月故事

一八四八年七月二十四日，库斯扎托战役打响的第一天，我军步兵团约六十名士兵被派往某高地占领一所与其他建筑前后不相连的房屋，谁知却突然遭到奥地利两个连士兵的袭击。子弹暴风雨一般从四面八方飞来，他们不得不把几个伤亡的士兵弃置在荒野，飞快地撞开了门，躲进了那所房屋。

进屋以后，我们的士兵迅速占据了底楼和二楼的窗口，猛烈地还击敌人。敌人围成半圆形向我军步步逼近，用密集的炮火拼命射击。

率领这六十位士兵的，有三位军官。其中除了两名少尉，还有一位老上尉。老上尉须发花白，瘦高个，神情严肃。有一个来自撒丁岛的少年鼓手与他形影不离。少年刚过十四岁，但是看起来仿佛还不到十二岁。他身材矮小，肤色黝黑，两只黑色的小眼睛里闪烁着深邃的光芒。

老上尉在二楼的一个房间里指挥战斗。他发出的命令犹如射出的子弹一样迅速果断，在他刚毅的脸上没有任何表情。小鼓手的脸色有些苍白，但是他并没有被吓趴下。相反，他跳上了一个桌子，紧贴着墙壁，努力伸出脖子朝窗外张望着。透过弥漫的硝烟，他隐约看到身穿白色制服的奥地利士兵正缓缓地朝着他们的小楼逼近。他们所处的那幢小楼位于整个山冈的最高处，背面是悬崖峭壁，顶楼上只有一扇小窗，所以奥地利的军队不会从背面进攻，而只会从正面和两翼攻击。

猛烈的炮火仿佛来自于地狱。铅弹像冰雹一般飞过来，墙面不断地开裂，瓦片被震得粉碎。房间里，门窗、顶棚、家具、插销在剧烈地摇晃；木制品、餐具和玻璃的碎片在空中飞舞。加上子弹的呼啸声，炮弹的轰鸣声，人们的脑袋都快被震裂了。

在窗口作战的士兵不时有伤亡，倒下的人被迅速拖到一边。有些人踉跄在房间与房间之间，双手捂着伤口，痛不欲生。厨房里，一个士兵被击碎了脑壳，死去了。敌人的半圆形包围圈越缩越小。

一直沉着应战的老上尉终于也有一些沉不住气了。他大步流星地离开房间，他的身后跟着一名军士。三分钟之后，那名军士回到了原来的房间，叫着少年鼓手的名字，示意他跟着他走。鼓手跟着军士疾步登上了木楼梯，进了阁楼。阁楼里空荡荡的，什么也没有。上尉正靠在窗边，用铅笔在一张纸上写着什么，他的脚边有一根井绳。

上尉把纸对折了几下，然后，用他灰色的、冷冷的眼睛紧紧地注视着少年。少年在他的目光的注视下，不由得打起了冷战。

"鼓手！"他厉声说。

鼓手立正敬礼。

上尉说："你有足够的胆量吗？"

少年的眼睛闪着光。

"有。上尉先生。"少年回答。

"你从这里往下看。"上尉把少年推到窗口说，"在平原上，维拉弗兰卡村房子的附近，有一片开阔地带，那里驻扎着我们的军队。现在，你拿着这张条子，抓住这根绳子，顺着它从窗口慢慢地滑下去。跑下山冈，穿过田野，找到我们的部队，把条子交给你遇到的第一位军官。解下你的腰带和背包。"

少年解下了他的腰带和背包，把纸条放进了胸口的口袋里。军士把绳子的一端扔出窗外，然后，用两只手牢牢地抓住绳子的另一端。上尉帮助鼓手跨出了窗外，少年的背对着底下的田野。

"你一定要小心。"老上尉对少年鼓手说，"我们分队能不能获救就全指望你的勇敢和你的两条腿了。"

"请相信我，上尉先生。"少年一边回答，一边往下滑。

"下坡的时候要弯着腰跑！"老上尉一边说，一边和军士一起抓紧绳子。

"您放心！"

"愿上帝保佑你！"

几分钟以后，小鼓手就滑到了地上。军士把绳子重新收上来之后，就离开了。老上尉伸出头，用急切的目光注视着少年。少年正在山坡上狂奔。

老上尉正在暗自庆幸奥地利的军队没有发现少年鼓手的离开，突然间，飞奔的鼓手的前后飞起了五六股硝烟，他马上意识到敌人已经发现那少年的行踪了。现在，他们正在山顶上朝他猛烈地射击。少年继续飞快地奔跑。突然，他跌倒在地上。

"他被击中了！他死了！"上尉大吼，同时咬住了自己的拳头。但是，他的话音还没有落，少年又重新站了起来。

"嗬，还好，他好像只是摔了一跤。"上尉松了一口气，喃喃自语。

小鼓手又鼓足了劲，拼命跑起来，但是他的脚却一瘸一拐的。

"他的脚一定是扭伤了。"上尉想。少年的四周还是不断地有尘埃被弹片掀起，所幸的是都离他比较远。他安然无恙。上尉发出一阵胜利的欢呼，但是他仍然用目光追随着少年，心存焦虑。毕竟，这几分钟是一个生死关头：如果少年不能把纸条尽快送到大部队的手里，援军不能及时赶到，他手下的士兵就会——战死；而他，到最后也不得不缴械投降，成为敌军的俘虏。

少年飞快地跑一阵，然后就瘸着腿放慢步伐。过一会儿，他又重新加速。但是看得出，他的步履越来越沉重。他时不时地被绊倒，或者停下来歇息一会儿。

"他大概是被子弹擦伤了。"上尉想。少年鼓手的一举一动都在他的眼里。他目不转睛，焦急得浑身发抖。他不断地对他说话，鼓励他，好像远处的少年能听见似的。远方的麦田在阳光下闪烁着金色的光芒，大队人马就驻扎在那里。上尉的眼睛几乎在喷火。他不断地目测着少年和平原上自己的军队之间的距离。

同时，楼下的子弹在呼啸，军官和军士们在怒吼，伤兵们在呻吟。家具破碎的声音，残墙倒塌的声音，都传入了他的耳中。

"加油啊！快跑啊！"上尉的眼睛盯着远处的少年，大声喊着，"不要怕！糟糕！他停下来了！该死的！哦，还好，他又开始跑了！"

一位军官跑过来气喘吁吁地报告说敌军一边用炮火猛攻，一边晃动着一块白布引诱我军投降。

"别管他们！"上尉一边对他吼，一边还是注视着往平原方向奔跑的男孩。少年已经跑到了平地上，但是，他好像跑不动了，而是费力地在向前移动。

"怎么搞的！快跑啊！"上尉咬紧了牙齿，握紧了拳头大声喊，"你死了吗？快跑啊！蠢货！怎么搞的！"然后，他发出一声咒骂："唉，真是的！他居然坐下了！"少年可能是倒下了，因为上尉看不见少年的脑袋伸出麦田。但是不一会儿，他的脑袋又出现了。他又跑了起来，随后在篱笆后面消失了，上尉再也看不到他的身影了。

于是，上尉急匆匆地下了楼。子弹还在横飞。屋子里到处都是伤员。有一些人抓着家具踉跄着抽搐，痛苦不堪；墙壁和地板上都溅满了血；几具尸体横七竖八地躺在门口；上尉的副官有一条胳膊被子弹打断了；屋里屋外都被尘埃和烟雾笼罩着。

"坚持住！援军马上就要来了！一定要顶住啊！"上尉大声喊着。

奥地利的军队进一步逼近。透过炮火和烟雾，他们狰狞的面目已经依稀可辨。阵阵枪声中，敌人的吼叫声也越来越清晰。他们在用最野蛮的言辞辱骂，在逼我军投降，扬言否则的话就要杀得鸡犬不留。

有的士兵胆怯了，躲到了窗后；军士又把他们推上去。即便如此，很明显，上尉的这支小分队的抵抗力度已经越来越弱，士气越来越不足，许多人的脸上都出现了主张"放弃"的表情，看来大家都已经不能坚持下去了。奥地利军队突然减弱了攻击的力度，一个声音先用德语喊，后来又改成意大利语说："投降吧！"

"不！"上尉在窗子里高声回答。

于是，敌人又开始另一轮猛攻。在密集的炮火中，又有许多士兵倒下了。有几个窗口已经没有防御力量了，对于这支小分队来说，末日就要来临了。

上尉咬牙切齿地喊：

"援军怎么还不来！援军怎么还不来！"

他急得团团转，用痉挛的手握着手中的军刀，决定拼个你死我活。就在这个时候，一个军士从阁楼上跑下来，用鼓舞人心的声音大声叫道：

"援军到了！"

"援军到了！"上尉也兴奋地重复了一句。

听到喊声，士气大振。所有的士兵，不管是健康的，还是伤残的；不管是军士，还是军官，都重新扑到窗口。防御力量在瞬间强了起来。片刻间，敌军中很明显出现了混乱的状况，军心开始动摇。

上尉立即召集一队人到底楼的房间，命令大家上好刺刀，准备冲出去搏斗。而他自己，又箭一样地冲上了阁楼。他刚到阁楼，就听到一阵急促的马蹄声，接着是震耳欲聋的呐喊声。从窗口眺望，在烟尘中，意大利卡宾枪手的两角帽隐约可见。一队骑兵在满地的硝烟中飞驰而来，刺刀在阳光下闪光，闪电般地落在敌人的头上、肩上或者腰间……于是，上尉的小分队也端着刺刀冲出门外。敌军溃败，像鸟兽一样四处逃散。被围困的屋子解放了。不久，两个营的意大利步兵又带着两门大炮占领了整个的高地。

上尉率领着他的残部回到了他们的军团，但是战争还在继续，而他们也不得不继续作战。在最后一次白刃战中，他的左手被流弹击中，上尉受了轻伤。

最后，那天的战争以我军的胜利告终。

但是，第二天，我军又重新和奥地利的军队开始激战。意大利的士兵虽然作了顽强的抵抗，但是无奈敌军在数量上占有绝对的优势，二十六日清晨，意大利军队不得不朝明乔河的方向撤退。

上尉虽然受了伤，但是仍然坚持和他的士兵一起步行。连日的征战使大家都非常疲惫，所以行军的队伍里一直都是静悄悄的。日落黄昏的时候，他们来到了明乔河边的戈伊托。上尉立刻想起他的副官。在前天的战争中，副官的一条手臂被子弹打穿，如果不出意外的话，他应该先于他们已经被送达了戈伊托了。有人告诉上尉，战地医院刚刚搬到当地的一个教堂里。上尉急匆匆地赶去。教堂里有两排床，地上还有一排床垫，全都躺满了伤员。两个战地医生和几个护士来来往往，应接不暇。到处都能听到伤员痛苦的叫喊声和呻吟声。

　　走进门，上尉就停下了脚步，开始环视四周，寻找他的副官。

　　就在那时，他突然听到近旁有一个虚弱的声音在叫他："上尉先生!"

　　他回过头，原来是那个少年鼓手。他躺在一张吊床上，一块红白相间的粗布窗帘一直盖到他的胸口，两条手臂露在外面。他的脸色很苍白，非常憔悴，但是一双眼睛依然闪着光，就像是两颗璀璨的黑宝石。

　　"你也在这里?"上尉问，看到小鼓手他感到很惊讶，但是他的语气仍然像平时一样严肃，"不错! 你尽了一个做军人的职责。"

　　"是的，我尽力而为了。"小鼓手回答。

　　"原来你也负伤了。"上尉一边说，一边还在附近的床铺上寻找着他的副官的踪迹。

　　"没事儿!"少年说。他是第一次受伤，为此他感到很骄傲。要不然他是不敢在上尉面前说话的。是内心的骄傲给了他勇气。

"虽然我尽量弯着腰跑，但是他们还是马上发现了我的行踪。要不是他们打中了我的话，我还能早二十分钟到的。所幸的是我很快就找到了参谋部的一位上尉，并且把纸条交给了他。不过受了伤之后，再要跑下山可真不是件容易的事。我渴得要命，而且真的害怕再也跑不动了。一想到晚一分钟，就可能多牺牲一个人，我就急得直哭。哎，不说了，反正我也已经尽力了。我很高兴。啊，上尉先生，对不起，您看，您在流血呢！"

果然，上尉受伤的手掌没有包扎好，几滴鲜血正顺着他的手指流下来。

"要不要我给您重新包扎一下，上尉先生？请把手伸过来吧。"

上尉把左手伸过去，又伸出右手想帮助少年把绷带的结打开。但是少年刚吃力地把头从枕头上抬起来，脸色立刻变得煞白，不得不又躺了回去。

"算了，算了，"上尉说，他望着他，抽回少年努力想重新握住的左手，说，"好好照顾你自己的伤吧，不要光想着别人了。即便不是什么严重的伤，如果不好好治疗，也会变重的。"

少年摇摇头。

上尉又仔细地看了看他，说："你看上去很虚弱，是不是失了很多血啊？"

"失血？"少年笑了笑，说，"何止是失血啊！您看！"

于是，他一把掀开了盖在身上的窗帘。

上尉简直不敢相信他所看到的一切，他惊得朝后退了一步。

少年只剩下一条腿了。他的左腿膝盖以下部分都被截去了。剩下的部分被纱布缠着，渗出殷红的鲜血。

就在这个时候，一位穿着衬衫，长得矮矮胖胖的军医正好走过。

"哦，是您啊，上尉先生！"他朝小鼓手点了点头，飞快地对上尉打了个招呼，"这孩子可真不幸啊！他要不是受了伤还那么拼命地跑，那条腿本来是可以保住的。哎，结果是并发了恶性的炎症，只能截肢。不过，我向你保证，这真是一个非常勇敢的孩子。他不仅没有哭，而且没有叫一声疼。在给他做手术的时候，我真的为有像他一样坚强的意大利孩子而感到骄傲。上帝啊，在他身上我看到的可是我们整个民族的精神！"

说完，军医就匆匆地走了。

上尉皱了皱浓密的白眉毛，凝视着少年。

他伸出手，给他盖好被单，然后，慢慢地从头上摘下帽子。他的眼睛一刻都没有离开过那个孩子。

"上尉先生！您这是干什么？上尉先生，您这是为我吗？"少年惊奇地连声问道。

于是，我们听到那个粗暴的，从来都没有对他的部下和颜悦色地说过一句话的军人，用无比温柔的声音对少年说："我只不过是一个上尉，而你却是一个英雄。"

说完，他张开双臂，伏在少年的身上，在他的胸口深深地吻了三次。

爱国情结

亲爱的孩子，既然老师给你们讲述的每月故事《撒丁岛的少年鼓手》已经把你给深深地打动了，那么今天早晨考试时的命题作文"你们为什么热爱意大利"应该难不倒你了吧？你的心中是不是马上就有了答案？我爱意大利，因为我的母亲就是意大利人；因为我的血管里流淌的是意大利人的血液；因为让我的母亲哭泣，使我的父亲缅怀的许多人死后就葬在这块美丽的土地上；因为我出生在一个意大利的城市；说的是意大利的语言；学的是意大利的文化；因为我的兄弟、姐妹，我的同学都是意大利人；因为我身边的绝大多数人，和我看到的大自然也都属于意大利。我所见到的一切，我所爱的一切，我正在学习的一切和我尊重景仰的一切，无不是意大利的。

可惜你现在还不能完全体会到这种感情，我的孩子。等到有一天，你长大了，成了一个真正的男子汉，你也许就会懂了。当你从异国他乡归来的时候，某一天清晨，你站在客轮的甲板上眺望地平线上祖国的绿水青山，这种感情会油然而生。当你心潮澎湃，热泪盈眶时，你会在内心对她发出千万次的呼喊。如果你在异国的一个大城市居住，某一天在一个陌生的人群中突然听到从一个陌生人的口中吐出你熟悉的乡音，你一定会感到热血沸腾。如果有一个外国人用卑鄙的语言辱骂你的祖国，你一定会感到怒火中烧。当然，你的爱国情绪会更激烈，如果有一天，敌人的军队要入侵你的祖国。全国各地的民众都纷纷起来奋勇抗敌，年轻人争先恐后地报名参军，父亲吻着儿子说："勇敢杀敌！"母亲对着儿子喊："等你凯旋归来！"最后，如果有一天你看到了你的亲人凯旋的情景，你就明白了一切。他们回来的时候，虽然人员已经减少，神情疲惫，衣衫褴褛，步履维艰，但是他们的眼睛里都闪烁着胜利的喜悦。被子弹打得千疮百孔的军旗，头上缠着绷带、带伤行进的病人，都淹没在人们的鲜花、祝福和亲吻里，人们的心都被满腔的喜悦所填满了。亲爱的恩里科啊，只有这个时候，你才会真正体会到爱国的深意。

祖国是这么的伟大和神圣。

要是有一天，我看到你为了保卫祖国而战，并且平安地归来，我会觉得无比的幸福，因为你不仅是我的亲骨肉，而且是我的好孩子。但是，如果我知道你是因为贪生怕死而侥幸保存了性命，我就不会像你每天从学校回来那样，怀着喜悦欢迎你。我将痛哭流涕，将无法再爱你。不仅如此，我的心上将永远插着一把匕首，直到我悲伤地死去。

你的父亲

嫉　妒

二十五日，星期三

这一次的命题作文"你们为什么热爱意大利"，又是德罗西写得最好。而沃蒂尼还以为他会得到一等奖的奖章呢！

虽然沃蒂尼有点儿虚荣，又爱打扮，但是我还是很喜欢他。不过他是我的同桌，看到他那么嫉妒德罗西，我有些看不起他。沃蒂尼读书很用功，他一心想和德罗西一争高下。但是，他怎么都比不上德罗西，后者的每一门功课都要比他好上十倍。沃蒂尼为此难过得直咬自己的手指。

卡洛·诺比斯也很嫉妒德罗西。但是这个人非常高傲，所以也就不会轻易让人觉察到他的心事。沃蒂尼和他不一样，什么都写在脸上。在家里，他常常抱怨自己得的分数，说老师对他很不公平。上课的时候，对老师的提问，德罗西总能回答得又快又好。而沃蒂尼呢，则对此视而不见，一脸阴沉地装作听不见，还偷偷地笑，虽然那笑容里充满了醋意。

大家都知道沃蒂尼对德罗西嫉妒得不得了，所以每次老师表扬德罗西，大家就会不约而同地回过头去看沃蒂尼的反应。沃蒂尼的脸色总是很难看，于是"小泥瓦匠"就会偷偷朝着他扮兔脸。

今天早晨的事就是个很好的例子，沃蒂尼又出了一次丑。老师走进教室，向大家宣布考试的结果：

"德罗西，满分。第一名。"老师的话音刚落，沃蒂尼就打了一个响亮的喷嚏。老师看了他一眼，马上就明白了事情的原委。于是对他说："沃蒂尼，不要让嫉妒的蛇钻进你的身体里。要知道，它会腐蚀你的心灵，吞噬你的灵魂。"

大家都盯着沃蒂尼看，只有德罗西没有。沃蒂尼想为自己辩解，但是，什么都说不出来。于是，他的脸色发白，僵在那里，一动都不动。

后来，在老师上课的时候，他开始在一张纸上用很大的字体写："我才不会嫉妒那些因为老师的偏心和特别关照才获得第一名的人呢！"他想把那张纸传给德罗西。就在这时，他看到坐在德罗西旁边的几位同学交头接耳，正在商量着什么事。其中的一个用铅笔刀刻了一枚一等奖的奖章，上面还画了一条黑色的蛇。沃蒂尼也看到了。乘着老师出去的空儿，坐在德罗西旁边的几位同学离开了自己的座位，来到沃蒂尼的跟前，"庄严"地把"奖章""颁发"给他。全班同学都来了兴致，眼看着一场闹剧就这样开始了。沃蒂尼气得浑身发抖。就在这时，德罗西大声说："把纸给我！"

那几个说："也好，那就由你来颁发给他吧！"德罗西接过"奖章"，一把把它撕得粉碎。

就在那个时候，老师回来了，大家继续听课。我注意看了一下沃蒂尼的反应：他的脸涨得通红。他装作漫不经心地把他写好的那张纸条叠起来，悄悄地揉成一团，趁别人不注意，又把它塞进嘴里，嚼了几下，然后，把它吐到了桌子底下。

放学的时候，沃蒂尼经过德罗西的桌子，他有些不知所措，一不小心就把吸墨纸弄掉在地上。好心的德罗西弯腰给他捡起来，帮他放在书包里，还给他扣好了书包的皮带。整个过程中，沃蒂尼都不敢抬头看他一眼。

弗兰蒂的母亲

二十八日，星期六

沃蒂尼真的是恶习难改！昨天，上宗教课的时候，当着校长的面，老师问德罗西是否记得《圣经》上的两个句子："无论我把目光投向哪里，都能看到您——我仁爱的上帝。"德罗西刚说他不记得了，沃蒂尼马上说："我记得。"他的脸上带着胜利的笑容，明摆着是给德罗西难堪。但是，他还没有来得及好好表现，把那两个句子完整地背诵出来，上课就被打断了。弗兰蒂的母亲闯了进来。她气喘吁吁，灰白的头发乱蓬蓬地堆在头上，沾满了雪花，身上也被雪打得湿漉漉的。她一边走，一边推操着她的儿子朝前走。弗兰蒂已经被学校停了八天的课了。接下来的那种情景，大家看了都觉得很难过。

那个可怜的女人双手合十，几乎是双膝跪着恳求校长说："哦，校长先生，请您开开恩吧，让这孩子回学校念书吧！他在家里已经待了三天了，我一直把他藏着。因为他父亲如果发现他又被学校开除了，一定会宰了他的！请您可怜可怜我吧，我真的不知道该怎么做了！我只有全心全意地恳求您发发慈悲了！"

校长想把她带出教室，但她就是不肯走，一个劲地求，一个劲地哭："哦，您要是知道为了这个孩子，我遭了多少罪，您就一定会同情我的！帮帮我吧！我希望他会悔改！我自己已经活不了多久了，校长先生，我快要死了！但是在我死之前我希望能看到他变好……因为……"她突然痛哭起来，"他毕竟是我的儿子啊！我是真心爱他的啊！他要是不能改过，我死了都不能安心的啊！重新收下他吧！校长先生！要不然我们家就要出大事了！请您可怜可怜我这个可怜的女人吧！"

说完，她用双手遮住脸，不断地抽泣着。

弗兰蒂低着头，脸上的表情很无所谓。

校长望着他，想了一会儿，然后说："弗兰蒂，回到你的座位上去吧！"

那女人这才把手从脸上移开，仿佛松了一口气。心里踏实了，她就开始不断地向校长道谢，可怜的校长连插句话的机会都没有。她一边说，一边擦着眼泪朝门口退去，边走还边说："我的孩子，你一定要听话哦！大家一定要多多包涵啊！谢谢，校长先生，您真的是做了一件大好事。好好的，孩子！再见了，孩子们！谢谢您，再见了，老师！请大家都原谅我这个可怜的母亲的打扰。"在门口，她用恳求的目光最后看了她的儿子一眼，拉了拉正在往下滑的长披肩，就离开了。她的脸色非常苍白，背也有些驼了，头颤巍巍的。大家都听到她一边下楼一边还在咳嗽。

弗兰蒂坐在那里，默不作声，校长盯着他看了一会儿，然后用颤抖的声音说："弗兰蒂，你这是要把你的母亲害死啊！"

大家都回头看弗兰蒂，可是那个不要脸的家伙却还在笑！

希　望

二十九日，星期日

亲爱的恩里科，你上完宗教课，一回家就投向母亲的怀抱，真的让我很感动！是的，老师给你讲了许多让人感到安慰的话。是上帝让我们每个人都能投入自己亲人的怀抱，并且让我们从此永不分开。

就这样，即便有一天，我或者你父亲离开我们了，我们也不必说那些令人伤心绝望的话："妈妈，爸爸，恩里科，我们永远都不能相见了。"

我们会重逢在另一个世界里。在那里，那些曾经在这个世上饱受痛苦的人会得到补偿；在那里，那些曾经付出过很多爱心的人会和他们的爱人相聚。那是一个没有罪过，没有泪水，没有死亡的世界。但是，并不是每一个人都能进入那个极乐世界的。听着，孩子。你对那些爱你的人的每一个善行、每一颗爱心，你对你的同伴的每一个礼貌的言行以及你的每一个善良的想法都是你今后通向那个极乐世界的通行证。而你的每一个不幸、每一份痛苦也能帮助你得到升华。因为痛苦能帮助你赎去罪过，而泪水能抹去心灵的污渍。你要一天比一天更好，一天比一天更有爱心。每天早晨，你都要对自己说："今天我要做一些我的良心会感到愉悦的事，我希望我的父亲会为此而感到高兴；同样，我也要做一些让我的老师、我的同学、我的兄弟以及别人感到愉快的事。"你应该请求上帝给你力量使你的决心变成事实。"上帝啊，我要做一个好孩子。高尚、勇敢、善良、真诚。主啊，请您帮助我！我希望每天晚上，我的母亲向我吻别的时候，我都能对她说：'您亲吻的是一个比昨天更正直，更值得您爱的孩子。'"

我的孩子，你要时时提醒自己，你现在所做的一切都会影响另一个恩里科，你今天的行为将决定你死后能不能去天国过上幸福和美好的生活。好好祈祷吧！当一位母亲看到自己的孩子双手合十，向着苍天虔诚地祈祷时，她的快乐是你无法想象的。每次看到你默默地向上帝祈祷时，我就觉得一定有人在注视你，在倾听你的心声。于是，我就更加坚定地相信，这个世界上存在着神宽大的胸怀和对人无边的怜悯。这种信仰，使我更加爱你，使我能够更加热情地工作，在遇到困难的时候更加坚忍不拔。同时，宽容地对待他人，平静地面对死亡，仿佛也更加容易了。

　　哦，仁慈而宽容的上帝啊！我祈求您，在我死后让我听到我母亲的声音，让我能看到我的孩子，和我的恩里科重逢。请您保佑我的恩里科，让他的灵魂得到永生。请您用您的一条手臂紧紧地抓住他，永远永远不要松开手！

　　哦，快祈祷吧，孩子！让我们一起祈祷吧！让我们彼此相爱，做个好人。让我们把对天国的渴望时刻藏在心中，我亲爱的孩子！

　　　　　　　　　　　　　　　　　　你的母亲

二　月

一枚沉甸甸的奖章

今天早晨，督学来学校颁奖。督学是一位白胡子的长者，穿着黑色的衣服。快下课的时候，他和校长一起走了进来，坐在老师的旁边。他询问了一些同学的学习情况，然后，把一等奖颁给了德罗西。在颁发二等奖之前，校长和老师低声对他说了几句话。大家都在猜测：

"谁会得二等奖呢?"

就在这时，督学大声宣布：

"本周的二等奖由彼得·普雷科西同学获得。他当之无愧，因为他在家庭作业、课堂表现、书法、品德等方面都非常出色。"

大家都回过头去看普雷科西，看得出来，大家都为他感到高兴。普雷科西站了起来，一副不知所措的样子，紧张得连东南西北都分不清了。

"到这里来。"督学对他说。

普雷科西离开座位，走到讲台旁。督学全神贯注地打量着他：他的小脸蜡黄蜡黄，瘦弱的身体被又大又肥的衣服裹着，一双眼睛善良而忧伤。普雷科西不敢直面督学的目光，但是督学从他的眼神里已经看出这个孩子的身上背负着一个沉重的故事。督学先帮他把奖章佩戴在胸前，然后用充满温情的语气对他说：

"普雷科西，我把这枚奖章颁发给你，因为没有人比你更有资格获得它。这不仅仅是因为你的聪明和好学，还因为你那颗金子般的心。是你的勇气、你坚忍不拔的性格为你赢得了它。你是一个当之无愧的好孩子。"接着，督学转过身，对全班同学说：

"你们说普雷科西是不是应该获奖？"

"应该，应该！"大家齐声回答道。

普雷科西脖子动了一下，好像咽了什么东西下去似的。然后，他用温柔的目光看了看坐在下面的同学，那目光里充满了感激。

"回到位子上去吧，亲爱的孩子。"督学对他说，"上帝保佑你！"

放学的时间到了。我们班的学生比其他班的学生先放。刚出校门，我们就看到传达室那边站着一个人。你猜他是谁？是普雷科西的父亲。那个铁匠。他的脸色和往常一样阴沉，一样苍白。头发遮住了眼睛，帽子歪戴着，两条腿站都站不稳。老师马上看到了他，于是就在督学的耳边低语了几句。后者马上找到了普雷科西，拉着他的手，把他带到他的父亲面前。普雷科西吓得直发抖。校长和老师也跟了过去，他们的身边还围着许多同学。

"您就是这个孩子的父亲吗?"督学用愉快的口吻问铁匠，好像他们是老朋友似的。

还没有等对方回答，他又接着说:"我为您感到高兴。您瞧，您的孩子得了二等奖。他的成绩超过了五十四位同学。他在作文，数学等各方面都很出色。他是一个又聪明又好学的孩子，将来一定会很有出息的。不仅如此，这个孩子还赢得了所有同学的尊敬和喜爱，真的很不容易! 我向您保证! 为此，您应该感到骄傲才是!"

铁匠呆呆地站在那里，惊讶得张大了嘴巴。他直瞪瞪地看着督学和校长，然后又看看站在他的面前，还在不停地颤抖的儿子，突然之间好像全明白了。回想起他是怎样虐待这个孩子，而他的孩子却一直用非比寻常的忍耐力和拳拳的爱心来回报他，他的脸上流露出一种不可思议的惊喜;然而，想起这个可怜的弱小的孩子所承受的巨大的痛苦，他又深深地蹙紧了双眉。最后，汹涌的温情和无比的悲伤涌了上来。他一把拉过他的孩子，紧紧搂在了怀里。

我们走到他们的面前，我请普雷科西星期四和加罗内、克罗西一起到我家去玩;而其他同学都亲热地上前和他们道别。有人吻了普雷科西一下，有人摸了一下他的奖章，每个人都对普雷科西说了一些话。他的父亲一直紧紧地抱着他的儿子的头，惊讶地看着这一切。而普雷科西则在他父亲的怀里不断地抽泣着。

决　心

　　普雷科西得奖的事对我而言不啻为当头一棒。开学到现在，我连一枚奖章都没有得到过。我厌学已经有一段时间了。为此，我厌恶我自己；而老师以及我的爸爸、妈妈对我当然也不满意。以前我刻苦学习的时候，做完作业，到了该玩的时候，我总是能玩得很尽兴。蹦蹦跳跳地放下书包，我就一头扎进我的那些游戏里面，好像有一个月没有玩过似的。可是现在，这种乐趣我却感受不到了。我的心里仿佛总是笼罩着一层阴影，一个声音不断地对我说："这样下去不行，这样下去不行。"

　　傍晚的时候，我看到许多孩子和工人们一起收工下班，经过我家附近的广场。他们看上去很疲惫，但是却很快乐。他们加快了步伐，赶着回家吃晚饭。他们边走边说，谈笑风生，并且用沾满了煤灰的黑手或者沾满了石灰的白手互相拍打着肩膀。我猜想，他们是从日出时分一直工作到傍晚。他们当中有不少人年纪还很小，却成天要在屋顶、锅炉前度过，与机器相伴，在水里，或者地下工作。不管工作得有多么辛苦，他们的食物却只有一丁点儿的面包。想到这些，我真的感到很羞愧。因为我每天除了胡乱写上几页作文之外，什么都不用干。

　　"哦，我真的对自己很不满意，真的！"

　　我看出父亲情绪很不佳，他本想对我说什么，但是最后什么也没有说，我知道，他在等待。

亲爱的爸爸，你每天工作得那么辛苦！家里面的财富都是你创造的。我每天吃的、穿的、用的、玩的都是你辛勤工作的果实。而我呢？不仅不能为你分忧，还让你操心、劳累、生气。唉，我真是一个废物！

哦，这一切都太不公平了！再也不能这样了！我感到太难过了！从今天开始，我要好好学习，就像斯塔尔迪那样全心全意地学习！晚上，我要克服一看书就犯困的坏习惯；早上，我要鸡鸣即起。我要不停地鞭策自己好好用功，努力改掉爱偷懒的坏习惯。为此，我要勇于承受各种痛苦，即便熬出病来也在所不惜。

这种让我身边的人痛心，让我自己灰心的生活真的应该赶快结束了。应该鼓起勇气，重新开始学习！全心全意地刻苦学习！

能够学习着是美好的。好好学习一天之后，我一定玩得很痛快，吃得有滋味，睡得很香甜；老师和父亲看到我又重新振作起来努力学习之后，一定会很高兴。老师又会对我微笑，而父亲则又会亲吻着祝福我，那将会是多么美好啊！

玩具小火车

十日，星期五

昨天，普雷科西和加罗内到我家来了。我相信，就是有王孙公子来造访，我家里的人也不会那么热情。加罗内是第一次到我家来玩。他一般不太愿意到别人家里去，因为他的个子长得那么高，却才念四年级，他怕别人取笑他，所以很害羞。

听到门铃响，我们大家一起出去开门。克罗西没有和他们俩一起来，因为他的父亲终于从美国回来了。他们已经六年没有见面了。看到普雷科西，我的母亲立刻吻了他；而我的父亲则把加罗内介绍给了她：

"这就是加罗内，他可不仅仅是个普通的好孩子，他还是一位正直而勇敢的绅士。"

加罗内害羞地低下他的大光头，偷偷地朝我笑。普雷科西戴着他的奖章，他看起来很快乐，因为他的父亲终于又开始重新工作了。不仅如此，而且他已经有五天没有喝酒了，他总想把普雷科西带到工场去陪他，看起来就像是变了一个人似的。

我们开始一起玩。我把我的玩具一股脑儿都拿了出来。普雷科西看着我的小火车，整个儿都呆住了。只要上紧了发条，小火车就能自己开。他以前从来都没有看见过这样的玩意儿。他的眼睛紧盯着那辆由红色和黄色的车厢构成的小火车，一眨都不眨。我把发条钥匙交给他，让他自己痛痛快快地玩。于是，他就跪在地上开始玩，连头也不再抬了。我从来都没有见过他这么高兴。他不停地对我们说：

"对不起，对不起！"并且打着手势让我们给小火车让路。小火车一停下来，他就把它拿起来，那小心的劲儿就仿佛那小火车是玻璃做的一样，唯恐他吹口气就坏了。他把小火车的车厢一遍一遍地擦拭干净，上上下下地翻看。一个人傻傻地笑。

我们大家都站在那里看着他玩。他的脖子那么细，耳朵那么小。有好几次，我都曾经看到他的耳朵被他父亲打得出血。

他穿着肥大的外套，外套的袖子显然是太长了，卷了好几卷，两条瘦弱的胳膊露在外面。想想吧，有多少次他就是举起这样细细的胳膊抵挡他父亲的毒打的。

哦，此时此刻，我真想把我所有的玩具，所有的书籍都放在他的脚边！供他玩耍，供他阅读！我想如果他饿了，我会把嘴边唯一的一口面包留给他吃；如果他觉得冷，我会脱下身上的衣服给他穿。我还想跪下来吻他的手！

"但是现在，我至少可以把我的小火车送给他。"我这样想着。但是，这得经过我父亲的同意。可就在这时，我感觉到我的手心里多了一张小纸条。原来是我父亲用铅笔写给我的，上面说："普雷科西很喜欢你的小火车。他什么玩具也没有。你不觉得你应该为他做点什么吗？"

我立刻捧起小火车，把它拿到普雷科西的面前，对他说：

"拿着，它是你的了。"

普雷科西望着我，一副茫茫然的样子。

"它是你的了，"我说，"我把它送给你。"

于是他回头看看我的爸爸和妈妈，更迷惑了。过了一会儿，他问我：

"可，这是为什么呢？"

于是，我父亲对他说：

"恩里科把他的小火车送给你是因为他是你的好朋友，他真心地喜欢你。并且他也想祝贺你获得了学习奖章。"

于是，普雷科西怯生生地说："那我可以把它带走……带到家里去了？"

"当然了！"我们齐声回答。

他已经走到了门口，但是还是不太敢就这样离开。他的样子看起来幸福极了！他连声地向我们表示着谢意，嘴唇快乐地颤抖着。加罗内帮他把小火车包裹在手帕里。他弯腰拿的时候，满口袋的酥皮面包棍被挤得嘎吱嘎吱地响。

普雷科西对我说：

"你有空的话，来工场看我爸爸干活吧！我送一些铁钉给你。"

我的妈妈在加罗内衣服的扣眼里插了一小束鲜花，让他以她的名义送给他的母亲。

加罗内用他的粗嗓门对我母亲说："谢谢！"他还是因为害羞不敢抬头，但是他的眼睛里闪烁着善良和美好的光芒。

盛气凌人

十一日，星期六

每次普雷科西走过诺比斯的身边不小心碰到他的时候，他总要装模作样地掸掸他的衣袖，好像他的衣袖被弄脏了似的。诺比斯非常傲气，就因为他的父亲很有钱。德罗西的父亲也很有钱，可人家就不像他那样！

他总是怕与别人同坐会被别人弄脏衣服，所以一直想一个人坐一张桌子。他看人的时候，眼睛总是朝上，嘴角边还带着一缕不屑的笑容。排队外出的时候，大家都是两个两个地并排走。这个时候，要是谁不小心踩了他的脚，那可就糟了。

诺比斯会为了一丁点儿的小事当面骂人，或者威胁说要把他的父亲请到学校里面来。可是有一次，他冲着烧炭工人的儿子叫乞讨，却被他的父亲狠狠地教训了一下。我从来都没有见过一个像他那么令人反感的人！没有人愿意和他说话，放学的时候也没有人和他说再见。他在学习上遇到困难的时候，也没有任何人愿意帮助他。他谁都看不起，尤其瞧不起德罗西，因为他是班上的第一名。当然，他也不喜欢加罗内，因为大家都喜欢加罗内。不过德罗西根本不理睬他，而加罗内也不和他计较。有人对加罗内说诺比斯说他的坏话，加罗内不在乎地说：

"他又蠢又骄傲，根本不值得我去教训他。"

科雷蒂也看不惯诺比斯。有一次当诺比斯嘲笑科雷蒂戴的猫皮帽子时，科雷蒂对他说：

"你怎么就不能学学人家德罗西呢？瞧瞧人家多有风度！"

诺比斯昨天向老师告状说那个卡拉布里亚的孩子踩了他一脚。老师问那个卡拉布里亚的孩子："你是故意踩他的脚的吗？"

卡拉布里亚的孩子诚实地回答："我不是故意的，老师。"

于是老师对诺比斯说："诺比斯，你也太爱小题大作了。"

而诺比斯却盛气凌人地说："我要告诉我的爸爸！"

听了这话，老师也恼怒了。他说："你父亲如果知道了这件事，一定会像前几次一样说是你的错。况且，这是学校！在学校里只有老师才能裁决学生的是非，并给出相应的奖励或者惩罚。"

接着，老师又温和地对他说："我们走吧，诺比斯。你的毛病要好好改一改才好。对待你的同学要友好，要有礼貌。你瞧，你的同学中有出身工人阶级的穷孩子，也有有钱人家的孩子，可是他们不都相处得很好吗？简直就像亲兄弟一样。你为什么不能同他们和睦相处呢？其实对别人好一点并不是很难，而且如果你这样做了，你自己也会感到很高兴的！……好了，你还有什么话要说吗？"

诺比斯的嘴边挂着他惯有的轻蔑的微笑，冷冷地回答道：

"没有，老师。"

"回到你的座位上去吧，"老师对他说，"我真的为你感到难过，你是一个没有办法被感化的孩子。"

本来一切好像都到此为止了，但是坐在第一排的"小泥瓦匠"突然把他的小圆脸转向坐在最后一排的诺比斯，向他做了一个兔脸，他的模样是那么滑稽可笑，惹得全班同学哄堂大笑。

老师也看见了。他虽然喝住了"小泥瓦匠"，但是私下里却也捂住了嘴在偷偷地笑。诺比斯也笑了，但是他的笑容一看就知道不是真心的。

受工伤者

十三日，星期一

诺比斯和弗兰蒂真是天生的一对。今天上午，面对那么可怕的场面，这两个人居然都无动于衷。

放学的时候，我和父亲正在大街上看几个淘气的三年级学生滑冰。为了滑得快一些，他们把自己的小斗篷或者小帽子垫在膝盖下面。就在这个时候，我们突然看到一大群人从街道的另一头匆匆走来。他们正交头接耳，每个人的神情都很严肃，甚至可以用惶恐来形容。人群中有三个警察，警察的身后有两个人抬着一副担架走来。看到这种情况，许多同学从四面八方围了上去，所有的人都朝着我们的方向走过来。担架上躺着一个男子，因为失血过多，脸色像死人一样苍白。他的脑袋侧在一边，头发凌乱不堪，上面沾满了污血。他的嘴巴和耳朵都在汩汩地流血。担架旁，一个女人怀里抱着一个孩子正在哭泣，她发疯似的喊着：

"他死了！他死了！他死了！"

女人的身后还跟着一个少年，少年的腋下夹着一个书包。他也在不停地哭泣。

"出了什么事？"我父亲问道。旁边的一个人说，出事的是一个泥瓦匠，他干活的时候不小心从五楼摔了下来。抬担架的那两个人稍微停了一会儿。很多人转过脸去不敢再看。

我看见我二年级时的女老师吓得快要晕倒了，幸亏有头上装饰着红羽毛的女老师搀扶着她。就在这时有人碰了一下我的胳膊，原来是"小泥瓦匠"。他的脸色很苍白，从头到脚浑身都在颤抖。我猜他肯定是在想他的父亲。其实，那个时候，我也在想自己的父亲。但是有关他的安全这一点，至少我没有必要担心。当我在学校里上课的时候，我知道我的爸爸在家里，在他的书桌前伏案工作，不会有什么意外的危险。可是，我的许多同伴，他们的父亲工作的环境就不一样了。他们有的在很高的桥上工作，有的在飞转的机轮边工作。他们只要稍一疏忽，就可能有生命危险。我的那些同学，他们就像是战士的儿女，他们的父亲在前线冲锋陷阵，他们随时都有失去自己的亲人的危险。"小泥瓦匠"看着，看着，抖得越来越厉害。我的父亲发现了他的情况，安慰他说：

"孩子，回家去吧！快到你的父亲身边去，看到他平平安安的，你就会放心了。"

于是，"小泥瓦匠"就走了，但是他每走一步都忍不住回过头来看看。

就在这时，人群又开始移动了。那女人撕心裂肺地喊：

"他死了！他死了！他死了！"

"不，不，他没有死。"旁边的人安慰她说。但是她全然不理会他们的话，一个劲儿地撕扯着自己的头发。

突然，我听到一个声音愤然喝道：

"你这孩子居然还在笑！"

我回头一看，原来是一个满脸胡子的男子在斥责嬉皮笑脸的弗兰蒂。只见那人一把将他的帽子打在地上，厉声对他说：

"那个人是因为工作才受伤的，应该得到我们大家的尊敬！你也应该脱掉你的帽子向他致敬，没教养的小子！"

慢慢的，人都走完了，只看到路的中央有一条长长的血迹。

囚　徒

十七日，星期五

哎，这真应该算是这一年以来最离奇的一件事了！

昨天上午，我父亲和我一起到蒙卡列里的近郊去看一座别墅。我们准备把它租下来，今年夏天就到那里去度假避暑。往年我们都是去基耶里的，但是今年我们想换换环境。

掌管钥匙的人自称曾经当过老师，现在是这座别墅主人的私人秘书。他带着我们看了房子，随后就请我们进屋去喝茶。桌子上，除了杯子，还放着一个木制的墨水瓶，圆锥形，看上去像是手工做的，雕刻得很精致。

当他看到我的父亲不停地朝那个墨水瓶看，便对我父亲说：

"这个墨水瓶对我来说是一个珍贵的纪念。先生，不知道您是否想听一听这个墨水瓶后面的故事……"于是，他就开始给我们讲这个墨水瓶的来历以及它原来的主人的故事。

几年前，他曾经在都灵教过不少年的书。有整整一个冬天的时间，他都去监狱里给看守所的犯人上课。教室就设在看守所的教堂里。教堂是一座圆形的建筑，四周的墙壁很高，光秃秃的，没有任何装饰物。就在这些高墙上，开着一个个方形的小窗户。每扇窗户的后面都是一个小小的囚室，因此窗户上都钉有两根交叉的铁条。他就这样在这个黑暗而阴冷的教堂里一边散步，一边给那些囚徒上课。而他的学生们则站在那些洞一样的小窗子后面听课，要写字的时候，就把作业本贴在窗格子上将就着。他看不清他的学生的模样，所见的不过是一些模糊的脸庞，那些脸大都很憔悴、很消瘦。乱蓬蓬的头发和灰白的胡须，还有失神的眼睛。他们当中既有杀人犯，也有小偷。

在那些人中，有一个七十八号。他比别人都更勤奋、更刻苦。他望着老师的眼神充满了尊敬和感激。他还是个小伙子，留着黑黑的胡子。他是个木工。与其说他是个坏人，还不如说他的遭遇太不幸。他之所以被判了刑，是因为他用刨子砸了他的主人。他的主人长期虐待他，他实在是忍无可忍。一天，他满腔的怒火终于爆发出来，一刨子砸在了主人的头上。主人受了重伤，不久就死去了。他也因此而被判了六年的监禁。那个木匠在三年的时间里学会了读书和写字，并且越发努力地学习。学得越多，他就越对自己所犯下的罪行感到后悔。有一天快下课的时候，他招呼老师到他的窗口去，怀着无限的伤感对老师说他第二天早上就要离开都灵，去威尼斯的监狱继续服刑了。他想向老师告别，同时，他用激动而谦卑的声音请求握一下老师的手。老师把手伸给他。当他重新抽回他的手的时候，他感觉到他的手掌心里湿湿的，都是那囚犯的泪水。

从此以后，他就再也没有见过他。

就这样，一晃六年过去了。

"我一点都不记得那个可怜的人了，"他继续说，"可是前天他却到这里来看望了我。当时，我只看到家里来了一个陌生人，长着黑黑的大胡子，但是有一些灰白了；从衣着来看，仿佛很是穷苦。他对我说：'您就是某某老师吧?'我说：'是的。您是……''我就是那个您曾经教过的七十八号囚犯，'他回答，'六年前，是您教会了我读书写字。不知道您是否记得，在最后一堂课上，我还握过您的手。您瞧，我现在已经刑满出狱了，所以我想来看看您……希望您能收下我的一份小小的礼物——它是我全部的心意，是我在监狱里的时候做的。您会收下的，是不是，先生?'我站在那里，惊呆了，一时不知道该说什么好。他以为我不愿意收下他的礼物，用悲哀的眼神望着我，好像在说：'难道六年的牢狱生涯还不能洗清我手上沾染的血迹吗？'我的心都几乎被他眼睛里的痛苦灼伤了，所以，我马上伸出手接受了他的礼物。故事就是这样。"

我们仔细地看了看那个手工制作的墨水瓶。它好像是用钉子一点一点刻成的。真的无法想象在这上面他究竟倾注了多少心血！瓶子盖上雕刻着一支横在作业本上的笔，旁边写着："敬献给我的老师，留作这六年的纪念。七十八号。"下面还用小一号的字体写着："学习和希望……"

那位老师没有再说什么，于是我们就离开了。

在从蒙卡列里返回都灵的路上，我的脑海里始终萦绕着那个囚徒的身影。我好像亲眼看到他站在窗前和他的老师告别的动人场面。那个在狱中制作的墨水瓶仿佛正在述说着许多故事，当天晚上我梦见了它，第二天早上，我还一直在想这件事。

谁知道，今天在学校里还有更让我吃惊的发现等着我呢！

走进教室，我一屁股就坐在了我的新课桌前。我的桌子就在德罗西的旁边。一做完月考的算术题目，我就迫不及待地把那个犯人和他制作的墨水瓶的故事告诉了德罗西，还向他仔细描述了墨水瓶盖子上面刻着的钢笔和作业本图案，以及旁边的题词等等。"六年，"听到这两个字，德罗西突然从他的座位上跳了起来。他看看我，再看看坐在他前面的克罗西，也就是那个卖菜女人的孩子。克罗西正坐在他的位置上，专心致志地做作业。

"别再说了！"德罗西抓住我的一条胳膊低声说，"你知道吗？克罗西前天告诉我，有一次他偷看到他那从美国回来的父亲就有一个这样的木头墨水瓶，手工制作的，圆锥形，上面还刻着钢笔和作业本，并且有六年的字样。看来，克罗西的父亲就是那个故事的主角！克罗西说他的父亲在美国，事实上他父亲是在坐牢！不过他父亲犯罪的时候，克罗西还很小，当然记不得到底是怎么回事了。他的母亲为了安慰他就骗了他，所以到现在对这件事他还一无所知。嘘！小心，别作声！千万不要把事情传出去！"

我惊呆了，目不转睛地朝克罗西看。德罗西做完算术题，把题从桌子下面传给克罗西，同时，还给了他一张纸。他又从克罗西的手中接过每月故事《爸爸的看护人》替他抄写，这本来是老师让克罗西抄写的。德罗西还送给克罗西一些蘸水钢笔尖，并亲热地拍了拍他的肩膀。德罗西叫我用我的名誉担保决不把这件事告诉任何人。放学的时候，我们一起出门，他又对我说：

"昨天，克罗西的父亲来学校接他了，今天看起来还会来的。到时候，你可不要出错啊，照着我的样子做就行了。"我们走到大街上，看到克罗西的父亲站在那里等他，他站的地方和其他的家长都保持一定的距离。他的确长着黑胡子，略微有些灰白；他的衣服很破旧，脸色苍白，神情若有所思。

为了引起克罗西的父亲的注意，德罗西使劲握了握克罗西的手，对他说："再见，克罗西！"然后，他又摸了摸克罗西的下巴。我也照着他的样子做了一遍。但是，我们这样做的时候，又都难为情得很，两个人都涨红了脸。

克罗西的父亲认真地看着我们，他的目光很祥和。但是，我们都觉得他的目光里还带有一丝不安和疑惑，这一点让我们的心直发紧。

爸爸的看护人
每月故事

　　三月的一个细雨蒙蒙的早晨，一个乡下人打扮的小伙子，来到那不勒斯的"朝圣者"医院。他的腋下夹着一个包袱，浑身都是泥浆和汗水。他向医院的看门人递上一封信，说是来找他的父亲。小伙子长得很英俊，椭圆形的脸庞，浅棕色的皮肤，眼神深邃而忧郁，两片厚厚的嘴唇微微张开，露出洁白的牙齿。他来自那不勒斯近郊的一个小村庄。他的父亲一年以前为了谋生去了法国，最近才回到意大利。他在快到那不勒斯的时候下了船，谁知道突然病了，所以就住进了当地的医院。住院之前，他匆匆忙忙给家里写了一封信，告诉家里他已经回到了意大利但是因病暂时无法回家。他的妻子收到信之后非常着急，但是，她自己却抽不开身去看他。因为，在家里，他们的小女儿病了，而她还要照顾一个襁褓中的婴儿。于是，她就给了自己的大儿子几个钱，打发他去那不勒斯照顾他的父亲。少年徒步走了十英里才到达那不勒斯。

　　看门人接过信，看了一眼，然后就叫了一名护士，让她带少年去找他的父亲。

　　"你父亲叫什么？"护士问。

　　少年用颤抖的声音说出父亲的名字，他非常担心护士会告诉他什么不幸的消息。

　　但是护士并不记得那个名字。于是她又问：

"是不是一个刚从国外回来的老工人？"

"是的，是个工人，"少年更加焦急了，他回答说，"年纪嘛，还不是特别大，对了，是刚从国外回来。"

"他是什么时候住进我们医院的?"护士问。

少年重新看了一眼手中的书信，说："我想，大概是五天前。"

护士站在那里想了一会儿，然后，好像突然想起了什么似的，说：

"啊，是的，是住在四号病房最里面那个床位的病人。"

"他病得很严重吗? 现在怎么样了?"少年急着问。

护士看了他一眼，没有回答。然后对他说："你随我来吧。"

他们一起上了二层楼，走到一个宽敞的走廊的尽头。护士在一个大病房的门口站住了，病房的门开着，少年看到病房里有两排病床。护士对少年说："进来吧。"

少年鼓起勇气跟着护士进了病房，他的心里怦怦直跳。他的眼睛一一扫过左右病床上那些苍白憔悴的病人的面孔: 他们中有几个紧闭着眼睛，看起来和死人没什么两样；另外一些睁大了眼睛直勾勾地望着天花板，眼神里充满了恐惧。还有的人因为病痛，像孩子一样呻吟哭泣着。病房虽然很大，但是并不明亮。沉重的空气里散发着呛人的药味。两个修女手里拿着瓶瓶罐罐忙忙碌碌地走来走去。

护士带着少年走到病房的尽头，护士停在一张病床的床头，拉开了床前的小帘子，对少年说：

"瞧，这位就是你的父亲。"

少年忍不住失声痛哭。他的包裹掉在了地上，但是他并没有去捡。他把头靠在病人的肩上，伸手去拉病人直挺挺的手臂，可是病人毫无知觉地躺着，一动也不动。

少年重新站起来，望着他的父亲又一次失声痛哭。这时，病人睁开了眼睛，凝视了少年很久。从他的眼神来看，他仿佛认识少年，但是他的嘴唇始终都没有动。可怜的爸爸，他的变化多大啊！少年都认不出他来了。瞧，他的头发全白了，他的胡子那么长，他的整个脸都肿着，变成了一种可怕的赤红色，他脸部的皮肤因此而被绷得很紧，甚至闪闪发亮。他的眼睛变小了，嘴唇变厚了，整个样子都变了。只有额头和眉毛还有一些原来的样子。他呼吸困难。

"爸爸，我的爸爸！"少年呼喊着他的父亲，"是我啊，你认不出我来了吗？我是奇奇洛，您的奇奇洛啊！我从乡下赶来看您来了！是妈妈让我来的。您好好看看我啊，您不认识我了吗？您和我说句话呀！"

但是，病人睁眼仔细看了他一会儿之后，又闭上了眼睛。

"爸爸！爸爸！您怎么了？我是您的儿子，您的奇奇洛啊！"

但是病人不再有什么动静，只是艰难地喘着气。

于是，少年一边哭，一边去别处搬了一个凳子，坐下来静静地守候着，他的眼睛一刻都不敢离开他的父亲。

"待会儿就会有医生来给他诊治的，"他想，"到时候我就可以知道他到底病得怎样了。"

就这样，少年陷入他悲伤的思绪中间。和他的父亲相处时的点点滴滴在他的脑海中重现。他想起父亲离开家的那一天，站在船头和全家人告别的情景；想起全家人都把希望寄托在父亲外出打工的收获上；想起母亲接到父亲的来信之后伤心担忧的样子。他甚至还想到了死亡，恍惚中他好像看到他的父亲已经死去了，而他的母亲则穿着一身黑色的丧服，他的整个家庭因为父亲的不幸亡故而陷入了无望和困苦之中。他就这样昏昏沉沉地坐了很久，直到一只手轻轻地放在他的肩头，他才骤然惊醒。原来是一位修女。

"我父亲生了什么病？"少年马上问。

"他是你的父亲吗？"修女温柔地问。

"是的，是我的父亲。我是来看他的。他到底怎么了？"

"勇敢一些，小伙子，"修女说，"待会儿医生就会过来的。"

说完，修女就走开了，她并没有给少年一个明确的答复。

大约过了半个小时以后，铃响了。医生带着一个助手进来查房，后面还跟着一名修女和一个护士。他们开始逐个给每一位病人诊治，在每一张病床前停留。少年焦急地等待着医生的到来，但是时间过得那么慢，对他而言，等待仿佛永无止境。医生每往前走一步，他心中的焦虑就增加一分。最后，医生终于走到了他们旁边的那张病床前。那医生的年纪看起来已经很大了，他的身材虽然高大，但是背已经驼了。他神情严肃，看起来不苟言笑。

医生还没有离开前面的病床，少年已经坐不住了，他站了起来。当医生终于朝着他父亲的病床走来的时候，他忍不住哭出声来。

医生回过头，疑惑地望着他。

"他是那个病人的儿子。"修女解释说，"他是今天早晨从乡下赶来看望他的父亲的。"

医生把一只手放在少年的肩膀上，俯下身给病人诊脉，然后又摸了摸病人的额头。最后，他询问了修女病人的情况变化，修女说：

"他看起来没有什么变化，一切都还是老样子。"

这时，少年也鼓起了勇气，用带着哭腔的声音问医生：

"我爸爸他到底得了什么病？"

"鼓起勇气，孩子！"医生重新把手放在他的肩上，鼓励他说，"他的面部生了丹毒，的确很严重，但是也不是说完全不可治了。你好好照顾他吧。我相信有你的照顾他会感觉好一些。"

"但是他连我都认不出！"少年失意地说。

"他会认出你的。或许……是明天。希望如此！你放心吧！勇敢一些！"医生说。

少年还想问他一些别的问题，但是他没有胆量。于是，医生就走开了。就这样，他开始一心一意地照顾起那个病人来。他时不时地给病人盖好被子，碰碰他的手，把飞过来的苍蝇赶走。一旦病人发出呻吟，他就马上俯过身去看他；每次修女送来水和饮料，他就忙着给病人接过来喂他。有时候，病人也会朝他看；但是他似乎根本就不认识他。只是，他的目光在少年身上停留的时间越来越长，尤其是当少年将一块手绢放在他眼前晃动的时候。

就这样，一天很快就过去了。晚上，少年睡在病房的一个角落里。两条拼起来的长凳就是他临时的床。第二天一醒来，他就继续他的看护工作。这一天，他的病人看起来似乎比原先清醒一些了。当少年用轻柔的声音呼唤他的时候，他的眼睛里闪过感激的光辉。有一次，他的嘴唇还动了一下，他仿佛想对少年说些什么。每次昏睡醒来，他都会睁开眼睛，用眼神寻找少年的身影。

医生又来看过两次，说他的病有一些好转了。快傍晚的时候，少年喂他喝水，当杯子凑到他浮肿的唇边的时候，少年好像看到病人的脸上浮起一抹淡淡的微笑。这一切都让少年感到非常安慰，他的心底又开始充满了希望。他不停地和病人讲话，讲他的妈妈，讲他的几个小妹妹的情形。讲他的全家人翘首盼着父亲回家的心情。他多希望他能听得懂他的话啊！他说的话头绪有些乱但是充满了温情，他觉得他正在用他温暖的心激励着他看护的病人。病人虽然不见得听得懂他的话，但是他并没有因为这个而气馁。因为他从病人的表情看出来，他很喜欢听他说话，因为那是一个儿子对他病重的父亲说话时才有的充满悲伤和深情的声音。第二天就这样过去了。第三天、第四天也是这样，病人的病情时好时坏；少年为了照顾他可以说是竭尽全力，废寝忘食。他每天只吃两顿饭，每次修女给他送饭来，他也都只吃一两口面包和一点儿奶酪。他是如此之专注，以至于很少注意到他的身边发生的一切。病房里住的大多数是垂死的病人；夜晚值班的修女时不时匆匆地跑进来；前来探病的家属常常在病房外悲痛欲绝，失声痛哭。医院里的空气沉闷而压抑，要不是他全心全意地照料着身边的病人，无暇他顾，他一定早就被这一切吓坏了。时间就这样一点一点地过去，朝暮晨昏，日子也就这样慢慢地流淌过去了。少年一直陪伴在病人的身边，怀着拳拳的赤子之心，精心地照顾着他。病人的每一个目光，每一次呼吸都牵动着他的心。病人在生死的边缘徘徊，而少年也在希望和绝望的两边奔波。每一次看到他的父亲有些好转了，他就欢欣雀跃，信心倍增；反之则辗转反侧，心惊胆战。

然而，就在奇奇洛到达医院之后的第五天，病人的病情明显恶化了。

医生来查房的时候，看了他的情况之后直摇头，看来病人是没有生还的希望了。只有一件事让少年稍感安慰。那就是病人的身体情况虽然每况愈下，但是他的神志似乎比原来清楚了一些。他总是盯着少年看，眼神里充满了温情。不管是药还是饮料，他只喝少年端给他的那一份，对别人都不予理会。他努力动着嘴唇，好像想对他说一句什么话。他说话的动机那么明显，重新让少年对他的生还充满了希望。他忍不住紧紧地抓住了他的手臂，满怀希望地对他说：

"爸爸，爸爸，鼓起勇气来！你的病很快就会好的。病好了，我们就可以离开这里回去看妈妈了！你一定要挺住!!"

就在那天下午四点钟光景，病人又有了极大的动静，少年又一次沉浸在他美好的希望里。可就在那时，从隔壁的病房里传出他熟悉的脚步声，接着他听到一个强有力的声音说："再见！修女。"

那句话让少年一跃而起，他差点儿叫出声来。

紧接着，他看到一个男子提着一个大包袱走进他所在的病房，他的身后跟着一名修女。

少年惊叫起来，然后就如同一尊雕像一样站在那里纹丝不动。

那男子转过身，盯着少年看了一会儿，也惊呼起来：

"奇奇洛！奇奇洛！"然后，他就朝着少年奔跑过来。

少年叫着："父亲！"扑倒在男子的怀里，激动得再也说不出话来。修女们、护士们、助理医生们纷纷跑过来，个个惊讶得说不出话来。

男子仔细地看了看少年身边的病人，便再一次深情地拥抱亲吻少年。然后，他不无惊奇地说：

"哦，我的奇奇洛！奇奇洛！亲爱的孩子！这到底是怎么一回事？他们错把你带到了这里，而你错把这个人当作了你的父亲，是不是？你妈妈写信给我说你已经来了，我就一直心急火燎地等着你！可怜的孩子！你在这里待了有几天了？你的样子怎么这么憔悴？我倒还可以，已经恢复健康了。你知道，我一直都能渡过难关的。你妈妈好吗？孔切泰拉好吗？小宝贝呢，他好吗？家里人都好吗？哎，我不得不在医院里耽搁这几天。我们走吧。哦，我的上帝，怎么会发生这样的事呢？"

少年把家里的情况简要地对他的父亲说了一下，可是就这几句话，他也是费了好大的劲才说出口的，他实在是太激动了，话都说不连贯了。

"哦，爸爸，能再见到您真是太高兴了！太高兴了！"奇奇洛结结巴巴地说，"您不知道这些天我是怎么熬过来的，我真的以为我要永远失去您了！"他不停地亲吻着他的父亲。

但是，即便这样，他并没有要跟着他的父亲马上离开的意思。

"快跟我来！我们如果现在就走的话，今天晚上还来得及赶到家里呢！走吧，我的孩子！"父亲一边说，一边把少年往他的身边拉。

但是，少年一直犹豫着，他回过头望了望他看护了好多天的那个陌生的重病人。

"孩子，你怎么了？你不愿意跟着你的父亲回家吗？"望着少年，父亲不解地问。

少年忍不住又望了床上的病人一眼，就在那个时候，病人也正好睁开眼睛，目不转睛地望着他。

于是奇奇洛不再结巴了，他滔滔不绝地对他的父亲说："不，爸爸，别着急……您看，现在我还不能走。这位生病的老人，他需要我。我在这里已经照顾了他有五天了。他不能说话，但是总是望着我。原来我以为他就是您，所以全身心地照顾他：给他喂吃的，喂喝的。而他现在也已经离不开我了。您知道他的病很重，需要人照顾。我实在不忍心就这样离开他。请您一定不要生气啊！您先走吧！我明天再回家，您就让我和他再待一会儿吧。您看他望着我的眼神！真的好可怜！我不知道他是谁，但是我知道他需要我。如果我走了，他就会一个人在这里孤孤单单地死去……让我陪陪他吧，爸爸！"

"多善良的孩子啊！"一个助理医生听了这话忍不住称赞道。

奇奇洛的父亲被他搞得有些糊涂了，他一会儿看看奇奇洛，一会儿又看看那个不知名的病人，问："可他是谁呢？"

"他和您一样是一个农民。"助理医生说，"他也是去国外打工刚回来，和您同一天进的医院。他被抬进医院的时候，已经神志不清了，所以我们也不知道他的具体情况。也许他也有家、有孩子，所以就把您的儿子当成了自己的孩子了吧。"

病人仍然定定地看着奇奇洛。

于是，父亲就对儿子说："奇奇洛，那你就留下来吧。"

"他也不需要留很久了。"旁边的助理医生悄悄对奇奇洛的父亲说。

"尽管留下来吧，我的孩子！"奇奇洛的父亲说，"你是一个有爱心的好孩子，我这个做父亲的以你为荣。我这就回家去，你母亲她一个人在家一定累坏了。这里还有一个银币，你留在身边以备不时之需。再见了，我的乖儿子。回家见！"他又拥抱了奇奇洛，注视了他很久，然后在他的前额上重重地吻了一下，就走了。

少年回到病床边，床上的病人立刻安静下来。于是，奇奇洛就继续干他的看护活。虽然他不再哭泣，但是他对他身旁病人的照顾跟从前一样一丝不苟、无微不至，不仅上心，而且非常非常的耐心。他给他喂水，给他整理被褥，抚摩他的手，轻声细气地和他说话，鼓励他战胜病魔。那一天，他除了白天工作以外，晚上也没有休息。第二天也是一样。但是，病人的情况越来越糟：他的脸色开始发紫，气也越喘越粗，人越来越烦躁，经常会发出一些含混不清的叫声。因为他全身浮肿了，所以看起来面目狰狞。晚上，医生又来看过他，说他拖不过当晚了。于是，奇奇洛就更加小心地照顾他，一刻都不放松。病人望着他，望着他，嘴唇时不时微微翕动着。看得出，他努力想要说什么。他的目光中有一种很温柔的表情时不时地呈现。但是，他的眼睛睁得越来越小，目光也越来越浑浊。那天晚上，少年一直都没有合眼，直到东方发白，值班的修女走进了房间。修女朝病人看了一眼，就迈着大步，匆匆走开了。不久她带着助理医生和一个护士拿着灯笼走了进来。

"他已经到了生命的最后时刻了。"助理医生说。

少年拉住了病人的手，后者睁开眼睛，望了他一眼，又把眼睛合上了。就在那一刻，少年觉得病人似乎紧紧地握了一下他的手。

"他握了我的手！"少年惊呼。

助理医生俯下身躯仔细查看了病人一会儿，然后无奈地抬起头。修女从一旁取下了十字架。

"他死了！"奇奇洛大叫。

"你回去吧，孩子。"助理医生说，"你为他做的已经够多了。回到你的亲人身边去吧！祝你好运！你的善心一定会得到回报的，上帝一定会保佑你的，好孩子！再见！"

修女从窗台上的花瓶里取来一束紫罗兰，递给奇奇洛，对他说："我没有什么东西可以送给你，孩子。把这束花带走吧，就算医院留给你的纪念吧。"

"谢谢，"少年用一只手接过花，抬起另一只手来抹眼泪，一边说，"可我还有许多路要走……就这样拿着，这花会蔫掉的。"这样说着，他把手中的花铺在死者的病床上，说："我就把它们献给我照顾过的病人吧。谢谢你，修女。谢谢你，医生。"接着，他转身回到病人的身边，对他说："再见了……"他不知道怎么称呼他，可就在这时，一个无比温柔的称呼跑到了他的嘴边，事实上他已经用这个称呼叫了他整整五天了——"永别了，可怜的爸爸！"

说完，他重新把包袱夹在腋下，拖着疲惫不堪的身体，离开了医院。

天边微微发亮发白，天就要亮了。

工　场

十八日，星期六

昨天晚上，普雷科西到我家来过了。他来是为了邀请我去参观他父亲工作的工场。工场位于街的另一头，距离他家很近。今天早上，我是和我的父亲一起出的门，我让他陪我一起去。

走到工场附近，我们看到加罗菲手里拿着一个包裹跑出来。他宽大的外套里面塞满了稀奇古怪的东西，在风中飘动。噢，现在我终于知道他用来换取旧报纸的铁锉屑是从哪里来的了，这个古怪精灵的加罗菲，真是个天生的买卖人！

一进门，我们就看到普雷科西。他坐在一堆砖头上，膝盖上摊着书本，正在温习功课。看到我们，他马上站了起来，请我们进去。工场很大，里面到处飞扬着煤灰。靠墙边，码着许多废铁：有铁锤、铁钳子、铁栅栏条等等；墙角里，一只熔铁炉里正燃着熊熊大火，一个小孩正在炉子前面拉风箱，一位年轻的伙计正在熔炉上烧一根铁棍。普雷科西的父亲正站在铁砧前，看到我们马上脱下了帽子，向我们招呼道："啊，你们来了！你就是那个送小火车给普雷科西的好孩子吧！你来看看我是怎么工作的，是不是？瞧，你们来得正好！看！"他一边说，一边笑，以前那副凶巴巴的无赖相一点都不见了。年轻的伙计把一根烧红的长铁棍递给普雷科西的父亲，后者接过铁棍，把它放在铁砧上开始敲打。他们正在制作一根用来放置在阳台上的护栏。只见他拿起一个大锤子开始敲打，烧红的铁棍在他的反复敲打之下逐渐改变了模样。他打得又快又准，坚硬的铁棍在他的手里柔软得就像是面粉做的一样。不久，铁棍的一头就被敲出一个个花瓣，一朵好看的花儿就这样打好了。普雷科西父亲精湛的手艺真的让人拍案叫绝。我们看着普雷科西的父亲工作，忍不住发出一声声惊叹，而普雷科西呢，则在一旁自豪地看着我们，好像在对我们说："瞧，我父亲的手艺让人羡慕吧？"

做完手上的那根栏杆，铁匠把那根铁棍放在了我的面前，那根铁棍看起来就像是主教的一根权杖一样。望着它，普雷科西的父亲对我说：

"小朋友，现在，你知道打铁是怎么回事了吧？"说着，他把打好的铁棍放到一旁，把另一根放到了火上。

"您的手艺真棒！"我父亲说。他停顿了一会儿，又对铁匠说："不管怎样，最重要的是，您又重新开始工作了……并且心情舒畅，看来工作的确是有助于一个人的身心健康的！"

"是啊，您说得一点儿都不错！"铁匠一边回答，一边擦汗，听了父亲的话，他的脸有一点点红，"但是，您知道这一切是谁的功劳，是谁让我彻底悔悟过来的吗？"

父亲摇摇头，装作不知道。

铁匠指着自己的儿子说："是这个好孩子！他学习那么用功，给我这个父亲带来了荣誉，而我这个做父亲的呢？却成天饮酒度日，还粗暴地打骂他……直到看见他胸前佩戴的学习奖章的时候,我才悔悟过来……哎,我的小不点儿啊,你真可怜,来来来,快到你父亲身边来,让我好好地看看你!"

普雷科西飞快地跑到他父亲的身边,铁匠把他抱起来,径直放在面前的铁砧上,双手插在他的腋窝下支撑住他,并对他说:"来,孩子,给你那不负责任的坏爸爸擦擦脸。"于是普雷科西就捧着他父亲黑黑的大脸亲吻起来,直到把自己的小脸蛋也蹭得黑糊糊的一片。

"好了,好了,就这样吧!"他父亲满意地说,一边把他抱回到地上。

"普雷科西,你真是个好孩子!"我父亲动情地称赞道。

和普雷科西以及他的铁匠父亲道了别之后,我们就离开了工场。出门的时候,普雷科西对我说:"请原谅!"并且把一包钉子塞进了我的口袋。我顺便邀请他来我们家一起过狂欢节。

在回家的路上,我父亲对我说:"你送给普雷科西的玩具小火车即便是金子做的,里面装满了珍珠,比起普雷科西用自己的赤子之心使自己的父亲改邪归正这件事,也还是微不足道的。"

马戏团的小艺人

二十日,星期一

虽然狂欢节已经接近尾声了,但是整个城市里还是热闹非凡。每个广场上都有不少游艺机,还有许多卖艺团体搭建的小棚屋。我们家的窗户底下就有这样一个用帆布搭建起来的马戏棚，在那里表演的小马戏团来自威尼斯，总共拥有五匹马。马戏棚建在广场的中央，另外有三辆大篷车停在广场的一个角落里，马戏团的成员们就在那三辆车里面过夜或者换装。每一辆大篷车上都开有窗子，还有一个烟囱，烟囱里冒着烟，整个儿看起来就像是三所带有轮子的小房子一样。窗子和窗子之间挂着绳子，绳子上晾晒着小孩子的衣物。马戏团里有个女人，她给大家做饭，给婴儿喂奶，还表演走钢丝。

说实话，这些人可真够可怜的。因为虽然他们靠本事谋生计，挣的也都是辛苦钱，同时又给人们带来了许许多多的快乐，人们提起他们时，却总是说他们是"街头卖艺"的，口气里带着轻蔑和不屑。他们成天在马戏团和大篷车之间穿梭奔跑，天气再冷也只穿很单薄的衣服，连坐下来好好吃顿饭的时间也没有，只能利用表演的间歇站着匆匆吃几口，生活得真的辛苦极了。有时候，他们表演得好好的，场子里的观众也很多，突然一阵大风刮来，马戏棚被刮倒了，灯也被吹灭了，整个场子乱作一团！他们不仅不能继续演出，还要退票给观众。临了，在深夜里还要赶修棚子，以免耽误了第二天的演出。

在马戏团里工作的，有两个孩子。当他们穿过广场的时候，我父亲认出其中的一个。他是马戏团团长的孩子，比另一个孩子的年龄更要小一些。去年，他在维托里奥·埃马努埃莱广场表演马术的时候，我们也曾见到过他。他又长高了，该有八岁了吧！那是个十分漂亮的孩子，脸蛋圆圆的，皮肤呈棕色，许多浓密油黑的发卷从圆锥形的小丑帽帽檐下滑了出来，一副调皮捣蛋的样子。他身上穿的也是小丑的衣服，上身的那件衣服是白色的，跟装面粉的大口袋差不多，不过袖子上面绣着黑色的花纹。脚上是一双帆布的鞋子。淘气得了不得，却非常讨人喜欢。在马戏团里，他什么活都干。每天一大清早，他就裹着一条大围巾，去给全家人买牛奶。然后，去位于贝尔托拉大街的马厩牵马；他还要抱小孩、搬铁环、运梯子和演出用的横杆、拿绳索、生炉子、清扫大篷车；他和他的母亲很亲，没有活干的时候，总是待在她的身边缠着她。我的父亲经常从窗口注视他，有事没事也经常谈论他和他的家人，说他的父母看起来都像是正经人，很疼爱他们的孩子。

一天晚上，我们也去看表演。因为天气很冷，场地上观众很少。但是那个扮作小丑的男孩表演得仍然很努力，把我们这少数几个观众都逗乐了。他有时在马背上一个接一个地翻筋斗，有时用身子紧贴着马尾巴做出高难度的动作，有时两手着地，双脚朝天，在马背上倒立行走。他的动作都是独立完成的，表演的时候嘴里还唱着歌，漂亮的棕色小脸蛋上总是挂着甜美的笑容。他的父亲身穿红色的上衣，白色的裤子，脚上蹬着长筒靴，手里拿着马鞭，在一旁看他的儿子表演。但是，他看起来并不像他的孩子那么无忧无虑，脸上布满了愁云。我的父亲很同情这靠表演维持生计的一家子。第二天画家德利斯来我家造访的时候，他就和他谈起了他们的情形。

"这些人拼命地干活，生意却并不好。我真的很喜欢那个小男孩，可是，我能为他们做些什么呢?"

画家想了一会儿，有了一个主意。他对我父亲说:

"你的文笔好，不如在报上给他们写一篇专题文章，详细介绍一下那个扮演小丑的孩子高超的技艺;而我呢，再给他画一幅肖像，和文章一起刊出。这份报纸人人都会看，就等于给他们做了个广告，一定会给他们的表演带来很多顾客的。"

他俩说做就做：我父亲马上写了一篇优美、诙谐的文章，把我们每天从窗口看到的一切都绘声绘色地描绘了一番；还说那个小艺人非常可爱，表达了自己非常想结识他、和他进行近距离交流的愿望。而画家则给那个小孩画了一幅简单但是惟妙惟肖的可爱的肖像，和我父亲的文章一起登在了星期六晚上的报上。

这一招可真管用，星期天白天，马上有许多观众去广场上的马戏棚里观看他们的表演。马戏团的广告海报上写着："为了支持小艺人的演出，欢迎光临"——和报纸上我父亲的文章标题一模一样。我父亲带着我一起坐到了前排。我们看到马戏棚的门口就贴了前一天晚上的那张报纸。马戏棚里挤满了人，很多人的手里都拿着那张为他们做了广告的报纸。很多观众还指着文章给扮演小丑的男孩子看。他今天高兴极了，不停地在观众中间跑来跑去。他父亲今天也特别高兴，试想，哪家报纸曾报道过他们这个不起眼的小小马戏团的故事呢？对他而言，这可是无上的荣耀啊！况且，这样一来，他也就有钱赚了，不用愁了。

我的父亲坐在我的身边。前来看马戏的人中间，有许多还都是我们熟识的。马匹入场的那个口子旁边，站着我们的体育老师，他曾经和加里波第并肩战斗过；脸蛋圆圆的"小泥瓦匠"和他身材魁梧的父亲一起坐在我们的对面，第二排的位置上。他一看到我，就给我做了一个俏皮的兔脸。加罗菲坐得离我们比较远，但是，我还是能看清楚他正在做什么。这精明的家伙正在数观众的人数，然后扳着指头算马戏团今天可以得到的收入呢！可怜的罗贝蒂也和我们一样，坐在前排。自从他见义勇为，从公共马车的轮子下面救出了那个一年级的小朋友之后，就只能靠拐杖走路了。今天，他夹着拐杖，紧紧地靠在他那曾经当过炮兵上尉的父亲身边。他的父亲则把一只手搭在儿子的肩膀上。

演出开始了。滑稽的小艺人在马背上、秋千上、绳索上都做了出色的表演。他每做完一个精彩的动作，重新落到地面上，观众们就会向他报以热烈的掌声。很多人还跑到场子中央去摸摸他满头漂亮的鬈发。接着，其他演员们上场了。他们有的走钢丝，有的变魔术，有的玩马术，都作了精彩纷呈的表演。他们的演出服虽然都很破旧，但是在灯光的照耀下，却闪闪发光，令人觉得眼花缭乱。只可惜，只要小艺人不出场，观众们便仿佛很失望。

忽然间，我看到站在马匹入场口的体育老师悄悄地俯在马戏团团长的耳边说了几句话。完了，马戏团团长就开始朝观众席上四处张望，好像在找什么人。最后，他的目光定格在我和我的父亲身上。我的父亲立刻意识到，那体育老师一定把是谁给晚报写的文章这件事告诉马戏团团长了。为了避免马戏团团长跑来向他致谢，他便对我说他想先行离开。他站起身，对我说：

"恩里科，你留在这里看，爸爸先走了，我在外面等你。"

马戏团团长和他的儿子说了几句话之后，小艺人就又重新上场了。他站在运动中的马背上，更换了四次演出服，分别摆出了朝圣者、海员、战士、杂技演员四种造型。在演出的过程中，每一次他的马走过我的面前，他都会盯着我看。

演出结束以后，他下了马，开始拿着他的小丑帽在观众席中四处走动，而观众们则都踊跃地朝他的帽子里投钱和糖果。我也准备了两个小钱等他来。可是，他在经过我的面前时，却没有向我伸出他的小丑帽，而是跳过了我继续朝前走。我的心里很不是滋味，他为什么对我那么不友好呢？

演出结束了。马戏团团长向观众表示了感谢，大家都站起身准备回家，人流朝出口处涌去。我混在人群中，也准备离开，突然间觉得有一只小手碰了我一下。我回过头，一看，原来就是那个小艺人。他棕色的小脸蛋儿，黑色的鬈发，双手捧着许多糖果，正在朝我笑呢！

直到这时我才明白了他的心意。

"你能收下我的糖果吗？"他问道。

我点点头，顺手拿了三四颗糖果。

他接着问："那么，我可以吻你一下吗？"

"当然，两下也行！"我一边回答，一边把脸凑过去。

他用袖口擦擦脸上的粉，凑过头来在我的脖子上印下了一个吻，又在我的脸上吻了两下。然后，对我说："请为我带一个吻给你的父亲！"

狂欢节的最后一天

二十一日，星期二

今天是狂欢节的最后一天。假面化装队伍游行的时候，我们亲眼目睹了很惨烈的一幕。虽然这件事最后是以喜剧的形式收场，但是在这样的情况下也完全可能酿出一场悲剧。

今天，整个圣卡洛广场都张灯结彩，被装饰得五彩缤纷。黄色的、红色的、白色的彩带花团锦簇，令人眼花缭乱。广场上人来人往，车水马龙。五颜六色的假面人在人群中前后穿梭；挂着彩旗的镀金马车从广场中央徐徐驶过。这些扎彩的马车有的被装饰成亭台楼阁的形状，有的被搭建成供人看戏的舞台，还有的被做成一艘艘小船。演员们穿着小丑、士兵、厨师、水手或者牧羊女的衣服，站在花车上，与花车一起浩浩荡荡地穿过广场。广场上人头攒动，一时间，我都不知道应该看什么才好。喇叭声、号角声、铙钹敲击的声音，震耳欲聋。花车上的假面人一边喝酒，一边高歌，并且频频地向大家挥手致意；除了挤在广场上狂欢的人，还有许多人从广场边的住宅楼上探出头来看热闹。大家齐声高呼，向花车致意，并且和花车上的人一起互相抛撒橘子和糖果。放眼望去，马车和人群的上方彩旗飘扬；演员们的帽盔闪闪发亮；羽毛、饰物五彩缤纷；硬纸帽、大风帽、礼帽、红色宽边帽以及奇形怪状的兵器、手鼓、响板和瓶子像波浪一样，此起彼伏。人们都好像疯了一样。

当我们的马车缓缓驶进广场的时候，另有一辆马车走在我们的前面。那是一辆装饰华美的马车。车前有四匹马，每一匹马都披挂着金线刺绣的挽具，还佩戴着人造玫瑰编成的花环。车上坐着十四五位绅士，人人都戴着面具，装扮成法国宫廷贵族的模样。他们身穿闪闪发光的丝绸服饰，头戴长长的白色假发，腋下夹着饰有羽毛的礼帽，腰间插着短小的佩剑，胸前系着饰有花边及流苏的绶带。个个英俊潇洒、光彩照人。他们一边高唱着法国歌曲，一边向人群抛撒糖果和点心，人们拍着手高呼着欢迎他们。大家兴高采烈，前呼后拥。

突然，我们看见，在我们的左边，一个人用双手把一个五六岁的小女孩高高举过头顶，而那个小女孩正在撕心裂肺地哭泣着。她的两个小胳膊不停地乱舞着，看起来是受了极大的惊吓。抱着孩子的那个男子拨开人群，径直朝坐着绅士们的那辆马车挤了过去。马车上，一位绅士俯身向外探出头来，于是男子就大声地对他说：

"请您抱着这个孩子吧！她和她的妈妈被人群挤散了。请您把她抱在怀里吧！她的妈妈肯定在不远处，您抱着她，她的妈妈就比较容易发现她了。暂时也就只有这一个办法了。"

于是绅士就接过小女孩，把她抱在了怀里。马车上其他的成员也都停止了歌唱。女孩继续大声哭泣着，并且在绅士的怀里不断地挣扎。绅士摘下面具，他们的马车继续缓缓前行。

然而，与此同时，在广场的另一边，有一个女人正用尽她平生所有的力量在人堆里猛推猛搡，企图用她的双手打开一条通道。她一边推，一边发疯似的喊着：

"玛丽亚！玛丽亚！玛丽亚！我的孩子！哦，我把我的孩子给弄丢了！天哪！有人拐走了我的孩子！她一定是被踩死了！"

那个女人就这样狂躁不安地折腾了好一会儿。在人群中，她绝望地往这边挤挤，又往那边挤挤。但是人群始终挡在她的面前，任凭她怎么努力，还是寸步难移。

马车上，绅士把女孩紧紧地抱在胸前，目光在广场上依次搜索，寻找着女孩的母亲。同时，他还努力想使女孩平静下来。那可怜的孩子，用双手捂着脸，搞不清楚自己在哪里，只是一味悲伤地哭泣，那哭声真的让人感觉心碎。

绅士也动了恻隐之心，看起来他真的为那小女孩感到难过。大家都把手中的橘子和糖果递给她，可是那小女孩什么也不要，只是越来越惶恐，越来越不安。

"快把她的母亲给找来！快把她的母亲给找来！"绅士朝着人群大喊。大家左看看，右看看，可就是看不到她的母亲。

最后，在距罗马大街入口只有几步路的地方，有一个女人跌跌撞撞地朝着马车扑过来……哦，我永远都不会忘记她的那个样子！她看起来都没有人样了：头发散了，一张脸已经急得扭曲了，衣服也被挤破了。她发疯似的朝马车扑过来，发出嘶哑的叫声，让人分辨不清那到底是喜悦、愤怒，还是痛苦。她伸出两只瘦削的手臂去抓她的孩子。马车戛然停下。

"她在这里！"绅士吻了一下小女孩，把她放进了她母亲的怀里。母亲紧紧地把女孩搂在自己的胸前。但是，此时，小女孩的一只小手还留在绅士的手中。只见那绅士飞快地从自己的右手上摘下一颗镶着大钻石的金戒指，套在小女孩的一个手指上，对她说：

"拿去吧，给你将来当结婚嫁妆。"

女孩的母亲惊呆了。人群中爆发出雷鸣般的掌声。那绅士重新戴上面具，他的同伴们又放声高歌起来。马车在一片掌声和欢呼声中徐徐地开动起来。

盲　童

我们的老师病了，而且听说还很严重，学校因此派了五年级的一位老师来给我们代课。据说，这位老师曾经在盲童学校授过课。他比所有给我们上过课的老师年纪都大，头发雪白雪白，乍一眼看过去，就好像戴着一顶白花花的棉花做成的假发套似的。他说话的样子也很特别，就像唱歌一样，但是很忧伤。不过，他的人很好，知识也非常渊博。

走进教室，他就看到有一个学生的眼睛上缠着绷带。他立刻走到他的课桌前，问他出了什么事。然后，他对那个学生说：

"孩子，一定要好好保护好你的眼睛啊！"

于是，德罗西就问老师：

"老师，听说您曾经教过盲童，那是真的吗？"

老师点点头，说：

"是的，我在一个盲童学校教过几年书。"

德罗西又轻声对老师说：

"那您能给我们讲讲那里的事情吗？"

老师没有说话，他回到讲台边，坐了下来。

这时，科雷蒂大声说：

"盲童学校在尼采大街！"

于是，老师就娓娓地讲述起来。

"孩子们，你们提到那些盲人时，就好像提到病人、穷人或其他一些词的时候一样随便。可是，你们知道这个词到底意味着什么吗？请你们好好想一想！盲人！他们什么都看不见！他们不能区分白天和黑夜，看不见太阳和月亮，连自己的亲人长什么模样也不知道。他们身边的一切，他们用他们的双手能触摸到的一切，他们都无法看见。他们生活在永恒的黑暗中，就像被埋在了地心深处一样。请你们试着闭上眼睛，并且假想你们将永远这样生活下去，你们一定会感到害怕，感到焦虑，感到难以忍受。你们会大声呼喊，觉得你们会发疯，会死掉！然而……那些可怜的孩子的实际生活却和我们想象的不一样。当你第一次走进他们的学校，如果正好碰上他们娱乐的时间，会听到小提琴和笛子的声音从四面八方传过来。他们像正常的孩子一样在笑，在大声地说话；楼梯上不时地传来他们上上下下敏捷的脚步声。他们在走廊里，在他们的卧室里随意地走动，根本没有什么困难，要是不仔细看，一下子，你很难看出他们和普通的孩子有什么区别。但是，如果你仔细观察，却还是能看出一些端倪来的。有一些十六到十八岁之间的盲人青年，他们从外表看起来身强力壮，性格开朗，行动自如，他们甚至为自己虽然失明，但是仍然能和正常人一样做事而感到自豪，有一点点清高和傲慢；但是同时，通过他们那带着愤懑和高傲的表情，人们不难看出，在接受命运的这样一个安排之前，他们一定承受了常人难以想象的巨大的痛苦。其他一些孩子，他们的脸色有些苍白，但是神情很温顺，他们似乎已经在生活中习惯了逆来顺受的方式；但是从他们神情中流露出的悲伤，我们可以猜想到，有时候，背地里，他们一定还在偷偷地哭泣。哎，我的孩子们啊！你们想一想，他们中的有些人，在短短的几天之间就丧失了他们的视力；另有一些，则是在忍受了很多次可怕的手术，受尽了病痛的折磨之后才失明的。当然，也有人生来就是个瞎子。这些人在黑夜中诞生，在黑暗中继续他们的生活。在这样一个黑漆漆的世界上生活，和待在坟墓里没有什么区别。有生以来，他们就没有见过别人和他们自己到底长得什么模样。孩子们，你们想想，为此他们已经承受了多少痛苦，并且还将为此承受多少痛苦啊！身体的这种残疾让他们感到难过，感到困惑；每当想起那些能看到这个世界的人，想到自己与他们的区别，他们就会无数次问自己：上帝啊，我并没有犯下什么罪过啊，为什么要让我和普通人不同呢？和他们一起生活过几年之后的今天，每当我回想起那些孩子，想起他们那些永远睁不开的眼睛，他们那没有表情，没有光彩的瞳仁，我就会感到很揪心。再看看你们，那么精神，那么活泼，我就会觉得你们真的没有理由觉得自己不幸福了！你们想一想，整个意大利，大约有两万六千个盲人。也就是说，有两万六千个人看不见光明，你们懂吗？如果把这些人组成一支军队，那么这支军队大约要花上整整四个小时才能完全从我们的窗下走过去。"

老师沉默了。整个教室里静悄悄的。只听得德罗西又问老师，盲人的感觉是否真的比我们普通人来得更敏锐。

老师回答说：

"是的，因为视觉的缺陷，他们的其他感觉都比普通人更为灵敏。因为他们要靠它们来弥补视觉的欠缺。每天早晨，在寝室里，如果有一个盲人问另外一个：'今天有太阳吗？'先穿好衣服的那个盲人就会跑到院子里，伸出手在空气里来回摆几下，感觉一下天气的暖和程度，然后跑回房间，向他的室友们报告好消息：'今天有太阳！'另外，他们还能通过一个人的声音来大致判断他的高矮。我们通常从一个人的眼神来判断他当时的情绪，而这些盲人则通过一个人的声音来判断他情绪的好坏。一旦听了某个人说话，他们能把那个人说话的口音和语调记上好几年。即便屋子里只有一个人在说话，那些盲人也能够通过他们的感觉判断出在场的有几个人。用手摸一下，他们就知道一个汤匙是干净的，还是脏的。女盲童不费吹灰之力就可以把染过色的毛线和未着色的毛线轻易地区分开。两个盲童在街上散步，可以通过气味的不同把路边的商铺一一区别出来。可是，有些商铺的气味并不明显，我们普通人通常是感觉不到的。他们也玩陀螺，靠的是从陀螺旋转时发出的声响来判断它们的位置，因此，他们总能准确无误地抓住它们。平时，他们跳绳、滚铁环、用小石块砌房子、采紫罗兰花，跟你们这些有视力的孩子没有什么两样。他们的手很巧，会用彩色的干草编织篮子和席子，干起这些活来又快又好。这一切全要归功于他们发达的、经过特殊训练的触觉。他们的手就相当于我们的眼睛，他们喜欢通过触摸去感觉、推测、了解一个物体的形状。带领他们到工业展览馆去参观，让他们随心所欲地去触摸那些几何状的展品，对他们而言就像过节一样快乐。他们会欢天喜地地把各种展品拿在手里，兴致勃勃地把它们在手心翻来覆去，这些物品有些是家用的，有些是工业模具，他们就靠反复的触摸来'观察'它们，了解他们的用途，以及它们是如何制成的。对于他们而言，这就是'看'。这种情形，看起来，真的让人很感动。"

老师停顿了一下，加罗菲马上问：

"老师，听说盲童们学起算术来比普通的孩子快，是不是这样？"

老师回答："是的。他们不仅学习算术，和你们一样，他们还要学习读书和写字。不过，他们用的书都是特制的，因为他们使用的文字也和我们不一样，是一种凹凸不平的文字，叫做盲文。盲人阅读的时候，把手放在书上，依靠触觉辨认那些文字，并且可以把它们给念出来。通常他们能读得很流利，有时候念错了，他们会很害羞，脸涨得通红。他们写字的时候，也跟你们不同，他们不需要墨水。他们用一个金属的器械在一种很厚很坚韧的纸上写字。写出来的字，其实是打在纸上的一系列含有特殊意义的点。打完了，他们把纸翻过来，用手摸着凸出纸面的圆点，就可以知道自己写的是什么意思了。当然，别人写的他们也能阅读，通过这种方式，他们可以写作文，或者给其他盲人写信。通过这种方式，他们还可以写数字、学习算术。他们的心算能力很强，这和他们行为做事不依靠视觉有很大的关系。我们正常人却往往没有这样的能力。他们喜欢听别人阅读，上课听讲的时候，聚精会神，一丝不苟，老师讲的内容他们全能记下。他们还常常在课堂上展开讨论，连最小的孩子也会参加。他们常常四五个人一起坐在一条长凳上，就历史或者语言的问题展开讨论。讨论的时候，他们并不像我们一样要回过头去看着对方，即便是第一个人和第三个人，第二个人和第四个人这样间隔着高声说话，他们也不会搞错，更不会听漏。这一切都要归功于他们发达的听觉功能。

"我深信，他们比你们更热爱老师，更重视考试。他们可以通过脚步声或者气味，辨认出不同的老师，还能从老师说话的声音准确地判断出今天老师的情绪如何，身体状况怎么样，等等等等。老师鼓励他们，或者表扬他们的时候，他们希望老师能抚摩他们；同样，他们也会用触摸老师的手或者老师的手臂这种方式，来表达他们对老师的感激之情。他们同学之间，相互都很团结，很友爱。课间休息的时候，好朋友们总是聚在一起谈天说地。比如说，女生部里面，就根据她们选择的乐器的不同自然而然地分成好多小组；拉小提琴的、弹钢琴的、吹笛子的，总是聚在一起，一刻也不分开。他们一旦对某个人投入了感情，就不会吝惜付出。友情对他们来说，是一种莫大的安慰。他们善恶分明，有很强的是非观念。对于宽宏大量的义举和高尚伟大的行为，他们比任何人都容易感动。"

　　沃蒂尼问老师，盲童学校里的那些孩子是不是都会演奏乐器。

　　老师回答说：

　　"音乐是他们的生命，音乐给他们带来无与伦比的快乐，所以他们非常热爱音乐。有一些盲童，虽然刚上学没几天，却能站在那里一动不动地听上三个小时的演奏。他们学得很快，演奏的时候也很投入。当老师告诉某个盲童他并没有音乐天赋的时候，他会很难过，但是即便这样，他仍然不会放弃，相反，他会非常努力地去学。要是你们去过盲童学校，你们就会知道他们演奏的时候是怎么一回事了。他们总是高高地昂起头，唇边挂着微笑，脸上神采飞扬。演奏到动情之处，他们会因为激动而颤抖；因为沉浸在音乐带给他们的和谐意境中而表现得如醉如痴。音乐对于他们而言，不啻为一道刺破黑暗的亮光，使他们的世界一下子光亮起来。这就像是神的礼物，让他们得到无限的慰藉。有时候，老师会对他们中的某个人说：'你一定会成为一名音乐家的。'这样的一句话，会让他高兴上好久，简直可以说是让他心花怒放。他们大家都很崇拜在音乐演奏方面有天赋的同学，尤其是演奏小提琴或者钢琴的孩子，其中出类拔萃的，就更容易得到同学们的爱戴和拥护，对他们而言，那些孩子就是他们的骄傲，是他们这个盲人王国的'国王'。同学之间有了矛盾和争议，都会跑到他们那里去寻求仲裁；两个好朋友吵了架，感情破裂了，也是他们去帮助他们和解。他们自己还带学生，手把手地教低年级的学生学琴。对于那些小孩子而言，他们就像他们的父母一样。每天晚上睡觉之前，他们都要去给他们的小老师道'晚安'。在日常生活中，他们总是不停地探讨音乐。一天的学习和工作结束了，晚上躺在床上，虽然很劳累、很困倦，却还要低声讨论一会儿音乐作品、音乐家和乐队的事。对他们而言，最大的惩罚就是剥夺他们学习文化、学习音乐的权利。因为这种处罚方式会给他们带来极大的痛苦，所以一般的老师都不会采取这样的方式。对他们而言，音乐就像是阳光，照亮了他们的心灵。"

德罗西问老师能不能带我们去盲人学校参观一下。

老师回答说：

"当然可以，但是孩子们，你们现在最好不要去。等晚些时候，当你们更深刻地了解了他们的不幸，对于发生在他们身上的一切感同身受之后，你们再去。孩子们，你们要理解，他们本身就是一场悲剧。在盲童学校里，你有时候会看见这样的一幕：一个孩子静静地坐在窗前，窗外是碧绿的原野和连绵起伏的山峦，空气清新，清风拂面。他好像就在享受着这美好的一切。然而，当你突然意识到，事实上他什么都看不见，那些被我们称之为自然美景的东西，对他而言，根本就不存在，你的心是否会因为难过而抽搐，你是否觉得自己仿佛也在那一瞬间被剥夺了光明？那些先天失明的孩子，可能还好受些。因为他们从来都没有看到过这个世界，对这个世界上的各种物体的色彩和形象一无所知，所以心理上还不会有太大的落差。但是，其中有些孩子，他们几个月前，还是好好的，什么都看得见，什么都感受得到，突然之间什么都失去了。对于这样的孩子，打击就太大了。灾难像阴霾一样遮住了他们心灵的阳光，随着时间的流逝，他们心中最珍贵的记忆一天一天逐渐变得黯淡。连他们生命中最重要的人的面容也一天一天逐渐变得模糊了，这使他们感到痛苦万分。

"曾经有一个盲童悲伤欲绝地对我说：'我多想重新获得一次视力，再看一眼我的妈妈。哪怕一会会也好！你知道吗？我已经想不起来她长什么样了！'等到他们的妈妈去看望他们时，他们就用手一遍又一遍地抚摸他们的妈妈的脸，从额头到下巴，从鼻子到耳朵，用这样的方式细细体会自己妈妈的模样。他们不愿意相信自己再也看不到自己的妈妈这个现实，一遍又一遍地喊着'妈妈'、'妈妈'，要求让他们再看她们一眼。

"哪怕铁石心肠的人看了这种情形也会伤心落泪，许多家长都是哭着从学校走出来的，就连男子也不例外。从盲童学校出来，你再看看蓝天、白云、街道、房子、人群，你就会觉得自己仿佛是拥有某种本不该享有的特权一样，心里难过极了。

"哦，我深信，从那里出来的人都会愿意将自己的视力分一点给他们，让那些不幸的孩子也看看这个美好的世界，让他们的生活也有一点点色彩。因为在他们的现实生活里面，太阳没有光芒，母亲也没有笑容。"

探望生病的老师

二十五日，星期六

昨天放学后，我去探望了我们生病在家的那位老师。他生病是因为他平日里劳累过度了。每天白天要上五个小时的文化课，一个小时的体操课，晚上还要在夜校上两个小时的课。睡眠严重不足，饮食也不均衡，从早忙到晚，连歇口气的工夫都没有。身体当然就这样被搞垮了。至少，我母亲是这样对我说的。我一个人上楼去老师家探望他，母亲在大门口等我。在楼梯上，我碰到了长着大胡子的夸蒂老师。他最爱吓唬人了，但是却从来都不惩罚我们。他睁大眼睛，用他那圆鼓鼓的大眼睛瞪着我，像狮子一样大吼了一声，和我开了个玩笑。我爬到五楼，在按老师家的门铃的时候还在笑，可他自己却没有笑。

但是在女仆来给我开门，把我带进老师的屋子里之后，我就马上笑不出来了，心里觉得很难过。老师的卧室里光线很昏暗，房间里的陈设也很简陋，老师他就躺在一张小铁床上，胡子已经长得很长了。听到有人进来，他用一只手挡在额前，以便看得清楚一些。当看清来人是我的时候，他不胜惊讶，用很亲热的语气招呼我："哦，是你，恩里科！"

我走到他的身边，他把一只手放在我的肩上，说：

"好孩子，你来看你生病的老师了？好，好，真不错！亲爱的恩里科啊，你没想到吧，你的老师居然病成这个样子。学校里怎么样？你的同学们都好吧？我不在一切也都好，是不是？还是，一旦离开了我这样上了年纪的老师，你们就不再用功、不再努力了？"

我刚想说："不是这样的。"他就打断了我："算了，算了，我知道你不想让我难过，一定会安慰我的。"说完，就叹了一口气。

我环视四周，发现墙上挂着许多照片。忍不住，仔细看了起来。

老师看见我注视着那些照片，就对我说：

"你看，这些照片都是我在这所学校的二十几年教学生涯中，我的学生送给我的。是他们的照片，他们送给我留个纪念。都是些很优秀的孩子，他们是我生命中最美好的记忆。当我死去的时候，我会把我的最后一眼留给他们，我的学生们，因为我就是在他们中间度过我的一生的。恩里科，等你小学毕业的时候，也会送一张你的照片给老师的，不是吗？"说着，他从床头的小桌子上拿了一个橙子放在我的手心，说：

"没有什么可以给你的，孩子，吃个橙子吧，就算是一个病人的礼物。"

我望着他，不知道为什么心里一阵阵地心酸。

老师又说：

"听着，孩子！我希望我能尽快好起来，但是万一我好不了……你一定要在你的数学上好好加把劲，你知道，那是你的弱项。有时候，一个人学不好某件事，并不是他缺乏这方面的天赋，而是他的思维定势造成的，是一些先入为主的想法阻碍了他的进步。"可是说着说着，他就呼吸急促起来，看得出来，他正承受着巨大的痛苦。

"我正发着高烧，"老师说，一边说，他一边叹着气，"唉，我觉得自己的日子已经不多了。不管怎样，你一定要用心把你的数学好好补一补。万事开头难，如果一开始不行呢，就等一等，积蓄一些力量，再试！如果还是不行，那也不能气馁，稍加喘息之后，还要从头再来。要一直向前，从从容容地和困难作斗争。但是你也要小心，既不能把自己的精力给耗尽，也不能向困难低头。好了，孩子，你妈妈还在等着你呢！你也不要再来看我了，我们争取在学校里见吧。万一你再也见不到你的老师，我希望你时时会想起我，想起我在你四年级的时候曾经教过你，想起我一直都很喜欢你。"

听着这样的话，我都快哭出声来了。

"把头低下来！"老师对我说。我听话地把头低到他的胸前，他凑上来，在我的头发上吻了一下。

然后，他对我说："你回去吧！"说完就把头转了过去，面朝墙睡了，并且不再理我。于是我只能离开。

我转身出门，沿着楼梯飞奔下去。此时此刻，我多么需要投入我母亲温暖的怀抱啊！

街道文明

二十五日，星期六

孩子，今天下午你从老师家回来时，我一直从窗口看着你：你走路不小心，撞到了一位妇女。我希望今后你在街上走路的时候会更小心一些。要知道，就是在大街上走路也是要遵守一些规则的。

孩子，我想，如果是在某人的家里做客，你一定会很谨慎地关注自己的举手投足，约束自己的言辞，规范自己的行为的。那么，在大街上，你为什么就不能同样做到呢？要知道，从某种意义上来说，大街就是我们所有人公共的家啊！恩里科，你一定要牢牢地记住你父亲今天对你讲的话！当你在路上碰到步履蹒跚的老人、穷人、怀抱婴儿的妇女、拄双拐的残疾人、身负重物的人、披麻戴孝的人，你都要毕恭毕敬地给他们让路。这是因为，我们应该学会尊重长者、贫穷、母亲、疾病、劳动和死亡。

在路上，看到马车快要撞到人的时候，一定要快速地作出反应。如果那是个成人，就赶快警告他危险；如果是个小孩，就要尽量把他拉到安全的地方去。碰到当街哭泣的小孩，就应该问问他出了什么事；看到老人的拐杖掉了，就应该马上帮他拾起。如果看到两个孩子在打架，你要尽量把他们拉开；但是如果打架的人是成人，你就该尽快躲开。尽量不要去看那些可怕的暴力场景，因为它们不仅会使我们的情绪变坏，而且会让我们的心灵变得麻木。不要挤在人群里去嘲讽一个五花大绑被两个警察押解着的人，因为他很有可能是无辜的。看到送葬的队伍，或者有人抬着睡在担架上的垂危的病人经过，就应该停止和你的同伴谈笑，因为这样令人悲伤的场面极有可能在明天发生在你或者你的家人身上。

对排着队，手拉着手，相互扶持着过街的福利院的孩子要保持尊重，并且表示出礼貌和关怀。他们可能是盲人，是聋哑人，是得了佝偻病的孩子，是孤儿或者弃儿。他们的心中藏着许许多多的不幸，只有在我们温情的目光中才能得到宽慰。

如果有一个长相丑陋，或者肢体残疾的人在你的面前走过，你要尽量装作什么都没有看见。在路上看到还没有完全熄灭的烟头或者火柴，一定要踩灭它，因为它很可能是一场重大火灾的隐患，会伤及人命。如果有人向你问路，你一定要热情、耐心地回答他，没事不要朝着别人发笑，更不要乱跑、乱叫。要做一个文明的行人。

你知道吗？一个民族的道德水平、文明程度往往可以从这个国家的大街上表现出来。街上的行人如果粗鲁野蛮，缺乏教养，那么他们在自己的家里也同样是这样。所以，要好好地观察你身边的街道，好好地认识你生活的城市。如果有一天，你离开了她，去了远方，她将留在你的记忆中，成为你最珍贵的记忆的一部分。只要你愿意，你就可以在你的脑海中展开你最亲爱的城市的地图，对你自己说：

"这就是我的故乡，我多年生活过的地方。在那条街上，我度过了我的童年。我的母亲就是在那里看着我牙牙学语的，在那里我迈出了我人生的第一步。那里有我童年的朋友，有我最初的感动，有我启蒙的理想。"孩子啊！故乡就像是一个人的另一位母亲一样：她教育你，呵护你，保护你。好好地爱她吧！仔仔细细地观察她的每一条街，和街上走的每一个人。如果有一天，有人胆敢欺侮她，你一定要奋力保卫她！

你的父亲

三　月

夜　校

　　昨天晚上，我父亲带我去参观了我们巴雷蒂学校的夜校。我们到的时候，看到整个教学大楼灯火通明。上夜校的工人们已经陆陆续续开始进来了。校长和老师们看起来很恼火，我父亲上前一打听，才知道，原来，就在几分钟前，有人恶意打碎了教室窗户上的一块玻璃。一位校工闻讯跑出去，把一个过路的男孩抓了进来。但是，就在这个时候，住在学校对面街上的斯塔尔迪跑了进来，对校长说："不是他扔的石头！是弗兰蒂干的！我亲眼看到的。他还对我说：'如果你敢把你看到的事说出去，我就要你的好看！'但是，我不怕！"校长愤怒极了，说这一次一定要把弗兰蒂开除出学校。

　　来上课的工人们三三两两地走进教室。校长时不时地和他们打着招呼。不一会儿，教室里就已经坐了两百来个人。以前，我从来没有来夜校看过，不知道原来那么有意思！这里的学生中间，有十三四岁的孩子，也有长了胡须的成人。很多人一下班，拿上书和本子，就赶来了。木匠的身上沾着木屑；锅炉工的脸上都是黑黑的煤灰；泥瓦匠的双手上有白色的石灰；烤面包的伙计头发上粘满了面粉。油漆的味道，皮革、沥青的味道，还有油的气味，真的，什么都有。有一队兵工厂的工人穿了军装，在他们的队长的带领下也来上课。他们移开桌子底下我们原来用来搁脚用的木板，迅速在各自的位子上坐好，开始学习。

他们中有的拿着翻开的作业本在向老师问问题。我看见那个衣着讲究，绰号叫"小律师"的年轻教师正在讲台上改作业，他的身边有四五个工人学生围着他。除此以外，还有一位瘸腿老师，他正在哈哈大笑，因为一位做印染工的学生交给他的本子上到处是红一块、蓝一块的。我们的老师也在场。他的身体已经康复了，听说明天就会回学校给我们上课了。

开始上课了。教室的门没有关，但是所有的学生都神情专注，一丝不苟。这让我感到很惊异。听校长说，大部分的学生，为了上课不迟到，都没有回家吃饭，是饿着肚子来的。他们的学习态度和我们真的有天壤之别。我们中有些人，才上了半个小时的课就犯困了，有的索性趴在课桌上呼呼大睡起来。老师不得不走过去，用钢笔触触他的耳朵，把他叫醒。可这些大人就不这样，听课的时候，他们聚精会神，张着嘴巴，连睫毛都不眨一下。看到平日里，我们坐的课桌前现在坐着这些长着大胡子的大学生，我的心里真的有一种被触动的感觉。

我们还上楼去看了一下。我特意跑到我们教室的门口张望了一下，发现我的位子上坐着的是一个手上裹着绷带，脸上留着两撇大胡子的男子。看这样子，他的手一定是在上班的时候被机器轧伤的。不过看来这并没有影响他学习的情绪，他还是从从容容地在学写字。但是，我最高兴的是，看到在"小泥瓦匠"的位子上坐着他的父亲——高大壮实的大泥瓦匠。座位太小了，他不得不蜷缩着身子听课。不过看起来，他听得很认真：他的双手撑着下巴，眼睛盯着书本，大气都不敢喘。校长告诉我们，"小泥瓦匠"的父亲坐在他儿子的位置上并不是纯粹的巧合。听说，为了这，他特意提前一天跑到学校对校长说："校长先生，不知道您是否可以让我坐在我家'兔脸'的位子上？"他一直都称呼他的儿子"兔脸"。

我父亲和我一直看到他们下课才离开。我们看到，在校门外，有许多妇女抱着孩子在等他们的丈夫。等到丈夫们下了课出来，则从妻子们的手里接过孩子自己抱着，顺手把课本和练习册交给妻子拿着。然后，夫妻双双一起回家。一时间，街上熙熙攘攘，人声嘈杂。不久又静下来，我们只看到校长拖着疲惫的步子走得离我们越来越远。

打　架

五日，星期日

大家早就预料到弗兰蒂在被学校开除之后，不会就这样善罢甘休，他一定会找机会报复斯塔尔迪。果然，马上就出事了。每天放学以后，斯塔尔迪都要到托拉·哥罗萨大街的女子学校去接她妹妹下课。那天，弗兰蒂就在大街的一个拐角处等他。

我姐姐西尔维亚放学后，在路上目睹了他们两个人打架的事，回到家里还心有余悸。她把她看到的一切都告诉了我们。原来，事情是这样的。

女子学校放学后，弗兰蒂歪戴着他的粗布帽子，偷偷地跟在斯塔尔迪和他妹妹的身后。为了挑逗斯塔尔迪，突然间，他狠狠地拉了一下斯塔尔迪妹妹的辫子。他这一手下得那么狠，小姑娘大惊失色，大喊一声，差点仰面摔倒在地上。斯塔尔迪闻声回过头，看到是弗兰蒂。弗兰蒂仰仗着自己长得人高马大，心想：

"如果斯塔尔迪不吱声那也就罢了，要不然我非要打他个屁滚尿流！"

但是斯塔尔迪可不是那种胆小怕事、思前想后的人。他想也没有想，就朝着比他高大许多的弗兰蒂扑了过去，用拳脚对付那个坏蛋。但是，斯塔尔迪毕竟不是粗壮的弗兰蒂的对手，被弗兰蒂一阵毒打。当时，大街上走过的只有女生，所以谁也不敢上前拉开他俩。弗兰蒂把斯塔尔迪打倒在地，斯塔尔迪马上爬了起来，又朝着弗兰蒂扑了上去。弗兰蒂心狠手辣，不一会儿就撕下了斯塔尔迪的半个耳朵，还打伤了他的一只眼睛，斯塔尔迪的鼻子也被他打出了血。但是斯塔尔迪生性坚强，他朝着弗兰蒂吼道：

"除非你把我打死，否则我一定不会放过你！"

于是弗兰蒂把斯塔尔迪压在身子下面，拼命地踢他，打他的耳光；而被压在下面的斯塔尔迪也丝毫不甘示弱，奋力反抗。

一个女人从自家的窗口看到了这一幕，大喊：

"勇敢的小家伙!"

其他人夸他说：

"这个孩子真了不起! 他这是在保护他的妹妹啊!"

更有人不断地给斯塔尔迪加油：

"使劲! 狠狠地打他!"

还有人在骂弗兰蒂：

"不要脸的家伙，欺软怕硬!"

弗兰蒂也被激怒了，他一脚把斯塔尔迪踢倒在地，扑上去，压在他的身上说：

"你服不服! 快求饶!"

斯塔尔迪说：

"不!"

弗兰蒂又说：

"快说，你到底服不服!"

斯塔尔迪说：

"不服!"

突然，斯塔尔迪猛地跃起，抱住弗兰蒂的腰，奋力把他摔倒在石子路上，并用膝盖顶住了他的前胸。

就在这时，有个男子看到了弗兰蒂手里的武器，惊叫道：

"不好了，这个臭小子身上有刀!"说着，跑过去想把他的刀子夺下。

但是，就在这时，愤怒的斯塔尔迪已经用双手抓住了弗兰蒂的胳膊，并对准他的手狠狠地咬了一口。刀子掉了下来，弗兰蒂的手鲜血直流。这时，大人们都赶了来，拉开了他俩，并且把他们从地上扶了起来。弗兰蒂马上狼狈地溜走了。斯塔尔迪没有马上走，他的脸被打肿了，眼睛也被打得发青，但是他却是最后的胜利者。

他的妹妹站在他的身旁哭泣，有一些好心的女孩子帮他把散落在地上的课本和练习册捡了起来。大家都说：

"这孩子真勇敢！"

"他这是在保护自己的妹妹！"

但是斯塔尔迪根本无心回味他的胜利果实，他一心都在他的书包上。他仔细地检查了散落的书籍和练习册，看看有没有丢失什么，弄坏什么，并用袖子把上面的灰尘掸去。最后，他又瞧了瞧他的钢笔，发现没事，这才把它放回原处，从从容容、认认真真地对他的妹妹说：

"我们快回家吧，我还有四则运算的作业要做呢。"

孩子们的家长

六日，星期一

今天上午，斯塔尔迪粗壮的父亲亲自来学校接斯塔尔迪，因为他担心弗兰蒂还会去学校找斯塔尔迪的麻烦。但是据说弗兰蒂已经被送进了看守所，再也不会来了。

但是，校门外有许多来接孩子的家长。比如说，科雷蒂那卖柴火的父亲。他长着两撇八字须，性格开朗，行动敏捷，上衣的纽扣里系着两种颜色的蝴蝶结。他儿子简直就是他的翻版。有些家长每天都来这里接他们的孩子，看见的次数多了，我就认识他们了。其中有一位驼背的老奶奶，她戴着一项白色的风帽，一年中无论刮风下雨每天都会来四次接送她那上二年级的小孙子。给他脱衣服、穿衣服、给他系领带、给他掸灰尘，把他打扮得整整齐齐之后，再检查他的课本、练习册。看得出，那小孙子就是她生活的中心，除此之外她就没有什么可在乎的了。

罗贝蒂的父亲、那位炮兵上尉也经常来接他的儿子。可怜的罗贝蒂自从把那个小孩从公共马车下面救出来之后，就只能靠着拐杖走路了。他的同学们看见他的父亲时，都会热情地向他问候致意，而老上尉也亲热地回应他们，弯腰致谢，从来都不会忘了打一个招呼。越是穷人家的孩子，即便穿着破烂，他越是尊重，总是一再地向他们问好。

但是，也有让人感到很难过的事情。比如说，大概有一个多月的时间，一位先生都没有来接他的孩子。原因是他的一个孩子死了。他悲痛欲绝，所以就只能让家里的女仆来接另一个儿子。昨天，是他儿子死后他第一次来学校。看到他儿子从前班里的同学，他触景生情，忍不住捂住脸失声大哭起来。校长看到这一幕赶紧抓住他的胳膊把他拉进了办公室。

有些学生的父母能叫出他们孩子班里所有同学的名字。也有一些孩子，他们的父母并不来接他们，但是他们在附近的女子学校念书的姐姐或者在读高中的哥哥常常会来接他们回家。有一位曾经当过上尉的老先生，每次看到孩子们的书籍或者钢笔掉了，都会小心翼翼地帮他们捡起来。另外，有一些穿着讲究的阔太太也常常在校门口和一些扎着头巾、挎着菜篮子的穷苦女人聊天，谈他们的孩子在学校里遇到的事情。比如说：

"哎，这一次考试可真难啊！"

"今天上午的语法课不知道什么时候才能讲完！"

就这样，班里如果有一个学生病了，其他学生的家长都会知道。等到这个生病的学生病好一点了，大家也都为他感到高兴。今天早上，就有八九位家长（其中有普通的工人也有绅士）围着克罗西的妈妈——那个卖菜的女人打听一个孩子的病情。那个孩子是我弟弟班里的同学，和克罗西住在同一个院子里，听说病得很重，好像有生命危险。

看来，是学校使大家都能平等相处，并且成为好朋友。

七十八号犯人

八日，星期三

昨天傍晚，我亲眼目睹了一个感人肺腑的场面。

卖菜的女人，也就是克罗西的妈妈注意德罗西已经有好多天了。每次德罗西从她的身边走过，她就会用充满感激、充满爱意的眼神瞧着他。这是因为，德罗西自从听说了那个木制的墨水瓶和七十八号犯人的故事，知道了克罗西的父亲就是这个故事的主角之后，就一直对这个红头发、一只手残疾的可怜孩子另眼相看。在学校里，他帮助他学习，送给他钢笔、纸张和铅笔；克罗西做功课遇到困难时，他对他循循善诱，帮助他想答案。总之，他就像是一个大哥哥一样，竭尽全力帮助他，仿佛想要靠他自己的力量来弥补降落在克罗西身上，但是克罗西并没有意识到的不幸。

克罗西的母亲知道了这件事之后，这些天，一直注视着这个帮助自己的儿子的好孩子。一看就知道，她是个善良的女人，一心都扑在她那可怜的孩子身上。对于她而言，德罗西帮助她的儿子，就等于帮助她；克罗西在学习上取得的成绩，就像是她获得的成绩一样。在她的心里，德罗西是一位小绅士，是学校里最好的学生，甚至是她的国王，她的神。她就这样，一直注视着他，看样子是想和他说些什么，但是又不知道怎么开口。直到昨天上午，她才鼓足了勇气，在校门口叫住了德罗西，对他说：

"对不起，打扰您了，小先生！您真是太好了，一直不断地帮助我的孩子。请您接受这一点点小小的礼物吧，这是一位可怜的母亲的一点点心意。"说着，就从她那放蔬菜的篮子里取出一个白色的烫金纸盒。

德罗西的脸一下子涨得通红，他拒绝了礼物，果断地对那女人说：

"请您带回去给您的儿子吧，我不能收您的礼物。"

女人一下子显得很难堪，她连声说"对不起"，结巴着怯怯地说：

"我一点都没有想过要冒犯您，您看，其实没有什么，只是一包糖果而已。"

但是德罗西还是摇着头拒绝。于是，她羞答答地从篮子里拿出一小扎胡萝卜，对他说：

"那么您至少可以收下这些胡萝卜吧，您看，还挺新鲜呢。把它们带给您的母亲吧！"

德罗西笑笑，回答说：

"不，谢谢。我什么都不想要。我会尽力帮助克罗西的，就像现在一样。但是，我什么都不能接受。不过，还是要谢谢您，您的好意我心领了。"

"我这样做不会冒犯您吧？您不会生气吧？"女人急忙问，语气很焦虑。

德罗西连声说"没有"，接着就笑着跑开了。

女人这才松了一口气，高兴地惊叹道：

"多好的孩子啊！我从来都没有看到过这么好心、这么漂亮的孩子！"

这件事本来看起来好像应该就这样结束了。可是下午四点钟光景，克罗西的母亲没有来接他，相反，他的父亲来了。

他父亲看起来还是像从前一样憔悴，神情也很忧郁。他叫住了德罗西。从他看德罗西的眼神可以看出，他在怀疑德罗西是不是已经知道了他曾经坐过牢的秘密。

他盯着德罗西看了一会儿，然后用温和的、带着忧伤的口气对他说：

"您对我的儿子很好，可是……您为什么对他那么好呢？"

德罗西的脸一下子涨红了。他本想说："我对他好是因为我觉得他很不幸。因为您，他的父亲，与其说曾经犯过罪，还不如说曾经遭遇过很大的不幸。因为您用很高尚的方式赎清了您的罪过。在我的心里，您是一个善良的人。"但是，他说不出这些话，因为事实上，在他的内心深处，面对着这样一个手上曾经沾染过他人鲜血、在监狱中待过六年的人，他感到恐惧，甚至有些厌恶。

所有这一切，对方全都猜到了。他压低声音，在德罗西的耳边，用颤抖的声音说：

"你喜欢我的儿子，但是你不喜欢……甚至厌恶他的父亲，对吗？"

"哦，不，不是这样的！正好相反！"德罗西惊呼。

克罗西的父亲一阵冲动，想要用双臂去拥抱德罗西。但是，他终于没敢这么做，只是用两个手指夹住德罗西的一撮金色的鬈发，轻轻拉了拉，又放下。然后，他把那只拉过德罗西头发的手放在嘴边，亲吻了一下。同时，他用湿润的、含泪的眼睛望着德罗西，好像在对他说这个吻是献给他的。完了，他就拉着他儿子的手，快步走开了。

夭折的孩子

十三日，星期一

我弟弟的同学，也就是和卖菜女人住在同一个院子里的那个读二年级的孩子，生病死了。星期六下午，女老师德尔卡蒂悲伤地跑来把这个不幸的消息告诉我们的班主任。加罗内和科雷蒂听说之后，马上自告奋勇地请求为那个小孩抬棺材。

这个可爱的小孩，上星期还得过奖章呢！他和我弟弟很要好，曾经送过一个储蓄罐给他。我的母亲特别喜欢他，每次碰到他，都忍不住上前去亲亲他。他活着的时候，总是戴一个镶有两条红布条纹的帽子。他的父亲是一位铁路上的搬运工。

昨天是星期天。下午四点半，我们都去了他家，准备陪同他的家人一起上教堂。他们家住在底楼。我们到的时候，院子里已经站了很多二年级的孩子，他们的母亲陪伴着他们。每个人的手里都拿着蜡烛。除此之外，还有五六位女老师和一些邻居。帽子上插着红羽毛的女老师和德尔卡蒂老师已经进了屋里，从一扇打开的窗子可以看到她们两个正在哭。孩子的母亲哭得更厉害。两位女士——死去的孩子的两个同学的母亲还带来了两个花环。五点整，我们开始出发。一个小孩举着十字架走在送葬队伍的最前面，接着是神父，然后就是那可怜的小孩的棺木。那个棺材很小很小，用一块黑布盖着，上面放着两位女士带来的花环。黑布的一边挂着小孩上星期刚得的奖章和他在这一学年里得的三个鼓励奖状。加罗内、科雷蒂和住在同一个院子里的另外两个孩子负责抬棺材。紧跟在棺材后面的是德尔卡蒂老师，她哭得伤心极了，就好像死去的是她的孩子一样。她后面跟着其他女老师，孩子们跟在老师的后面，其中的一些还很小很小。他们一只手里拿着一小束紫罗兰，另一只手拉着他们的母亲的手，困惑地望着那个小小的棺材。他们的母亲则帮他们拿着蜡烛。只听一个小孩问他的母亲：

"今后，他不再来学校上课了，是吗？"

棺材被抬出院子的时候，一声哀嚎从孩子家的窗口传出来。是死者的母亲。但是，人们马上把她拉回了自己家里。

在大路上，我们遇到一群寄宿学校的孩子，他们正两人一排列队在行走。看到挂着奖章的棺材和跟在棺材后面的女老师，他们都脱下帽子致哀。可怜的孩子，他要带着他的奖章长眠于地下了。我再也看不到他那戴着小红帽子的活泼的身影了！他的身体一直都很好，可是在短短的四天里，却突然死掉了。

临死前，他还努力从床上坐起来，说要复习专业词汇，他想要在床上继续学习。他还要求把他的奖章放在床上，仿佛怕别人把它抢走似的。可怜的孩子，现在没有人会把它抢走了！

再见了，永别了！

巴雷蒂学校的人都会永远记得你的。

安息吧，孩子！

三月十四日前夜

今天是三月十三日——维托里奥·埃马努埃莱剧院发奖仪式举行的前一天，一个特别令人兴奋的日子。维托里奥·埃马努埃莱剧院发奖仪式是全年最盛大、最隆重的一个节日。但是这一次的做法和往年不同，不是随便请几个同学上台把奖状呈递给准备发奖的官员，而是对上台的人员作了精心的挑选。

今天刚下课，校长就走进了教室，说："孩子们，告诉你们一个好消息！"

接着又叫道："科拉奇！"听见校长叫自己的名字，那个卡拉布里亚的孩子从座位上站了起来。

"明天在维托里奥·埃马努埃莱剧院，你愿意上台为颁奖的官员呈递奖状吗？"校长问。

卡拉布里亚的孩子回答说："当然愿意！"

校长说："太好了！这样一来连卡拉布里亚大区也有它自己的代表了。这真是再好不过的事情了。今年市政府决定上台呈递奖状的十来个孩子必须来自意大利的各个不同的地区，并由各个公立学校负责挑选。他们将作为我们祖国的各个地区的代表上台呈递奖状。我们有二十所公立学校，外加五个分校；总共七千多学生。在这么多的人里，要选出几个来代表全国的各个地区，还是可以办到的。两个岛屿：撒丁岛和西西里岛的代表已经在托尔夸托·塔索学校找到了；邦孔帕尼学校出了一名代表佛罗伦萨的孩子，他的父亲是一位木雕工艺师；托马塞奥学校里有一名学生是在罗马出生的，他当然就代表罗马上台。另外，可以代表威尼托、伦巴第和罗马涅的孩子就多了，所以很容易选出来。蒙维索学校选送了一位那不勒斯的代表，他是一位军官的儿子；我们学校派出热那亚和卡拉布里亚的代表，科拉奇是其中一个。再加上皮埃蒙特的代表，一共是十二位同学。到时候，他们上台的时候，你们可要热烈地鼓掌欢迎他啊！他们虽然只是一些孩子，但是他们和成人一样代表的是我们祖国的一部分。大家想想，一面小小的三色旗和一面大的三色旗一样是我们意大利的象征，不是吗？所以，请大家一定要热烈地为他们鼓掌啊！我希望你们会让大家都看到你们人虽小，但是一样有一颗拳拳的爱国之心。这颗心在神圣的祖国面前因为激动而热血沸腾！"

校长说完话，就走了。我们的老师微笑着说：

"科拉奇，这样，你就是卡拉布里亚的代表了！"

大家都兴高采烈地鼓起掌来。

到了街上，大家把科拉奇团团围住，抱住他的胳膊和腿，把他高高地举了起来，一边前进，一边欢呼着：

"卡拉布里亚的代表科拉奇万岁！"

就这样一路吵吵嚷嚷的，但是大家都知道，这绝不是嘲笑或者普通的嬉戏，我们大家是真心喜欢这个可爱的孩子，送出的也都是最真挚的祝福。

　　整个过程中，科拉奇一直在开心地笑着。我们把他抬到路口，迎面碰到一位长着黑色大胡子的绅士。绅士看到我们和被我们抬着的科拉奇，也笑了。

　　于是，科拉奇对大家说：

　　"这是我的父亲。"

　　大家听说后，马上把科拉奇送进他父亲的怀里，然后朝着各个方向一哄而散。

发　奖

十四日，星期二

　　下午两点钟左右，大剧场里就已经人山人海。池座、走廊、包厢里和舞台上到处挤满了人。学生们、太太们、老师们、工人们、家庭妇女和小孩子们频频点头招手相互打招呼。妇女帽子上的羽毛颤动着，加上她们和她们的孩子头上的鬈发和衣服上的彩带，让人觉得眼花缭乱。大家都在唧唧喳喳地说话，到处洋溢着节日的气氛。红色的、白色的、绿色的彩带把整个大剧场装饰得面目一新。池座的两边，放着两个通向舞台的小梯子：右边的一个供获奖者上台领奖时用，另一个在左边，是他们领完奖下台时用的。舞台的正中放着一排红色的椅子，一顶精致的桂冠被挂在正中的那把椅子的椅背上。舞台的后面，有一面奖旗。一只绿色的小桌子被放在舞台的另一边，桌上是获奖者的奖状。一根三色的丝带把所有奖状束得整整齐齐。乐队在舞台下前排的池座里；老师们坐在专门为他们预留的最前面的几排位置里。长凳上和通道里挤满了几百个手拿曲谱准备歌唱的孩子。男老师和女老师们来回奔波，忙着让准备领奖的孩子排起队来；他们的家长们则忙着在他们领奖前最后一次给他们梳一下头发或者整一下领带。

我和我的父母一走进我们的包厢，就看到对面的包厢里坐着的人。帽子上饰着红羽毛的年轻女老师正欢快地笑着，露出两个漂亮的小酒窝；和她在一起的还有我弟弟的女老师"小修女"，她还是穿着一身黑色的衣服；另外，我那善良的二年级时的女老师也和她们在一起，但是她看上去脸色那么苍白，还不住地在咳嗽。咳得那么厉害，我们坐在剧院的另一边都听得见。在池座里，我看到可爱的加罗内和一头金发的内利，内利的头正紧紧地靠在加罗内的肩上。再往前坐着长着鹰钩鼻的加罗菲，他正在收集获奖者的名单。他一定在准备材料，要做一场什么交易……反正，大家明天就会知道的。卖柴人带着他的妻子和他们的儿子科雷蒂一起坐在靠近剧场大门口的地方，一家三口都穿着节日的盛装。科雷蒂今天要获得一个三年级组的三等奖。我惊讶地发现今天科雷蒂没有再戴他那顶猫皮帽子，穿他那件巧克力色的毛衣，而是打扮得像一个小绅士。在一个走廊里，我看到领子上面镶嵌着花边的沃蒂尼，但是一会儿又不见了。舞台前面的那个小包厢里也坐满了人，其中就有炮兵上尉和他那挂着双拐的儿子罗贝蒂——那个曾经从公共马车下面救出一个小孩的男孩。

时钟敲两点的时候，乐队开始奏乐。穿着黑色礼服的中央驻省代表、省教育厅长、市长、市教育局长和其他的官员都从舞台右边的小扶梯走上了台，等他们全部在舞台上的红色椅子上落座，乐队才停止奏乐。声乐学校的校长手持指挥棒走到了台上。他对下面微微点了一下头，坐在池座的所有参加演唱的孩子就全体起立，开始唱歌。七百多个孩子的声音汇成一个，真是动人极了。全场鸦雀无声，大家都屏息凝神，专注地倾听。歌声悠扬动听，舒缓、清晰，就像是教堂里的圣歌一样。歌声一落，剧院里立即响起雷鸣般的掌声。然后，又是一片肃静。颁奖仪式就要开始了。

我三年级时的一位老师已经走上了台，他长着一头红发，两眼炯炯有神。他的手里拿着获奖者的名单。大家都焦急地等待着那十二位少年上台给在场的颁奖官员们呈递奖状。他们将代表意大利的各个地区上台，这一点当地的报纸上已经有过报道了，所以大家都知道。为此，大家也都怀着与往年不同的一种特别的心情等待着他们的出现，并且用好奇的眼神不时地朝入口处观望着。就连市长、官员们也不能例外，剧场里一片寂静。

也就是一会儿的工夫，十二个孩子都跑上了舞台，笑嘻嘻地一字儿排开。全场三千余名观众都站了起来，拼命地鼓掌，整个剧院里顿时掌声雷动。在这样热烈的气氛里，台上十多个孩子不禁有些手足无措。

"看哪！这就是整个意大利的缩影！"只听得台上有一个声音说。

在这十二个孩子中间，我一眼就认出了来自卡拉布里亚的孩子科拉奇，他像往日一样穿着一身黑色的服装。我们的旁边坐着一位市政府的官员，他知道这十二个孩子的具体情况，指着他们向我母亲介绍说：

"那个长着一头金发的小个子学生是威尼斯的代表。罗马的代表是那个头发鬈鬈的高个子少年。"

这十二个孩子中间，有两三个打扮得像小绅士，其余的穿着都很朴素，看得出是普通工人家庭的孩子。但是所有的人衣着都很整齐、干净。

最小的那个孩子来自佛罗伦萨，他的腰里系着一条蓝色的围巾。十二个孩子一一走到市长的面前，市长和他们拥抱亲吻，市长身旁的一位官员则微笑着缓缓地道出他们所代表的城市的名字：佛罗伦萨，那不勒斯，博洛尼亚，巴勒莫……每当一个孩子走过，剧院里都会响起一片热烈的掌声。接下来，所有的孩子都跑到绿色的小桌子旁边去取桌子上的奖状，桌子旁边，一位男老师开始依次念获奖者的姓名、所属的学校和班级，而被念到名字、准备领奖的学生则开始陆续上台，并且按照一定的次序在舞台上排开。

前几个获奖的孩子刚上台，乐队就奏起了轻柔、悠扬的小提琴曲。在接下来的许多孩子上台领奖的过程中，轻快、优美的旋律一直伴随着他们，听起来就像是父亲、母亲、老师们压低了嗓门在低语，在用最温和的语气鼓励、敦促自己的孩子们。

领奖的孩子们一一走到在座的官员面前，官员们把奖状发给他们，并且对每个人说几句鼓励的话，或者给予亲切的爱抚。

每当一个年纪看起来特别小或者从衣着来看是穷人家的孩子走过，舞台下面的池座里、走廊里就会响起热烈的掌声；当然，人们也会把掌声送给那些长着满头漂亮鬈发的小孩和某个穿着靓丽的红白两色相间服饰的孩子。有几个才读二年级的小孩，一走到台上就慌了手脚，领完了奖都不知道向哪里转身，从哪里下去，逗得台下的人们哄堂大笑。还有一个小不点儿，腰间系着一个用粉色绸带打的大蝴蝶结，走路摇摇晃晃，一不小心就绊倒在地毯上，中央代表立即把他扶起来，大家又拍着手，大笑不止。另有一个学生下台的时候摔倒了，一直滚了下来，人们惊叫起来，但是幸好他并没有受伤。

领奖的学生表情各异：有的很调皮，做着鬼脸；有的很紧张，几乎不知所措；有的脸涨得通红，就像樱桃的颜色；有的很滑稽，对着大家傻笑。他们刚一下台就扑到父母的怀里，跟着他们走了。

不久，就轮到我们的学校了，我高兴极了。上台领奖的许多学生，我都认识。站在台上的科雷蒂，从头到脚的衣服都是崭新的。他的笑容很灿烂，张开嘴，露出白白的牙齿。可天知道今天早晨他又搬了多少柴火！市长递奖状给他的时候，问他额头上的一个红印到底是怎么回事，一边问一边把手放在他的一个肩头上。我用目光在池座里寻找他的父母，看到他们俩正捂着嘴巴忍不住在笑。接着，德罗西步履轻快地走了过来。他穿着深蓝色的衣服，胸前的纽扣闪闪发光。他一头鬈曲的金发，昂首挺胸，从容不迫，又英俊又招人喜爱，看得我心里痒痒的，真想立刻跑上去给他一个吻。在座的先生们也发现了这个优秀的帅小伙，争着和他说话、握手。

接着，只听见一位老师大声读道："朱利奥·罗贝蒂!"炮兵上尉的儿子拄着双拐，一瘸一瘸地走上了舞台。在场的上百个孩子都知道罗贝蒂的英雄故事，不一会儿，整个会场就都知道了他的事迹。雷鸣般的掌声响起来，男人们站了起来，女士们挥舞着手绢，整个剧场都好像被震动了。可怜的罗贝蒂站在舞台的中央，激动得不知所措，整个人都在发抖。市长把他拉到身边，给了他奖状，并且亲吻了这个见义勇为的孩子。他还从身后的椅背上取下了那顶小小的桂冠，把它系了罗贝蒂的拐杖头上。最后，他陪伴着他回到他的包厢前，亲自把他交给了他的父亲。而炮兵上尉则用双手把他的儿子举了起来，抱进了包厢。"好样儿的!"周围一片欢呼和喝彩声。

轻柔、悦耳的小提琴声还在继续，舞台上还不断地有孩子上去领奖。孔索拉塔学校的学生大都是小商贩的孩子；万基利亚学校的孩子都是工人子弟，邦孔帕尼学校的学生则大多出生于工人家庭。最后上台领奖的是瑞纳利学校的学生。

领奖仪式结束以后，合唱团的七百多名孩子又合唱了一首美妙的歌曲。接着市长和教育局局长说了话。教育局局长在他结束讲话前，对同学们说：

"孩子们，在大家离开这儿之前，请大家向那些不辞辛劳，为你们的幸福生活付出了智慧和心血，甚至因此而将自己的生死置之于度外的可爱的人们致以崇高的敬意。"说完，他就用手指指了指老师们的座席。

于是，走廊、包厢、池座里的学生们全都站了起来，伸出双臂，向老师们欢呼致意。而老师们也站了起来，激动地挥着手或者手中的帽子和手绢。

乐队又重新奏起了音乐，代表着整个意大利的十二个学生重新排好队伍，手拉手地走到舞台前，全场响起热烈的掌声，雨点般的鲜花撒向他们，公众们又一次热情地向他们致意。

吵　架

二十日，星期一

今天上午，我和科雷蒂吵架了。但是，这并不是因为科雷蒂得了奖，而我没有得奖，真的不是的。其实，我一点儿都不嫉妒他。我和他吵架，只是因为我犯了一个错误。

老师安排科雷蒂做我的同桌。本来这个月的每月故事《费鲁乔的鲜血》应该由"小泥瓦匠"来抄写，但是因为他病了，老师就让我代替他来抄写。今天上午，我正在写字的时候，手被科雷蒂的胳膊肘蹭了一下，几滴钢笔墨水溅出来，一下子就把我的练习本给弄脏了。当时我生气极了，随口就冲着他说了一句脏话。但是他笑着对我说：

"我不是故意的。"

其实我也明白他不是故意的，但是，他笑嘻嘻的样子让我觉得心里很不舒服，我想：

"吓，你才得了奖，就以为自己了不起啦?!"

于是，心存怨恨的我就寻思着报复他的事儿。过了一会儿，在他写字的时候，我故意也撞了他一下，这一来，他的作业本也被弄脏了。

这下科雷蒂很生气，他涨红了脸对我说："你是故意的!"

说着，他就举起了手，但是，刚巧被老师看见了，他不得不把手缩回来，但是，他并没有就此罢休，而是轻声对我说："待会儿，我在外面等你。"

我心里很不愉快。怒火慢慢平息下来以后，我甚至产生了许多悔意。"不，科雷蒂绝不可能是故意撞我的，他是个心地善良的孩子。"我暗想。我想起了他在家里除了拼命干活还要悉心照料他母亲的事，想起了他到我家来玩，我们大家兴高采烈的样子。还有，我父亲是多么喜欢、多么赞赏他啊！"哎，要是我没有对他说粗话，没有故意弄脏他的本子就好了。"我心想。

一会儿，我又想起父亲对我的告诫，我在心里听见他问我："是你的错吗？"

"是的。"

"那么就向他道歉吧。"

可是这一点我实在做不到，在科雷蒂面前低声下气地承认自己的错误实在是太没面子了。

我偷偷地瞧了他一眼，发现他的毛衣在肩上裂开了一个口子，想必是他在搬运柴火的时候不小心钩坏的。哎，今天一早起来，他不知道又干了多少活！我的心里不禁产生了一种怜爱的情绪。这样一来，我更清楚地认识到我是喜欢科雷蒂的。于是，我对自己说：

"拿出勇气来，不就几个字吗？'对不起'，容易得很！"可是，那三个字就是哽在我的喉咙里出不来。

科雷蒂也时不时地侧眼看我，他的眼神里流露出来的感情，与其说是气愤，还不如说是伤心。为了表明我并不怕他，我斜了他一眼，轻蔑地看了看他。于是，他重复道：

"我们待会儿在外面见！"

而我则用生硬的语气回答说："外面见就外面见！"

我又想起了父亲对我说的话："如果是你错了，在别人打你的时候，可以自卫，但是一定不能还手。"

于是我对自己说："待会儿到了外面，我会保护好自己，但是我一定不会还手。"

即便这样打定了主意，我的心里还是很不愉快，觉得很悲哀，接下来的时间里，老师到底讲了些什么，我也无心听了。

终于下课了。当我一个人走到大街上，我注意到科雷蒂在我的身后跟着。于是，我停下来，手里拿着尺子，等他过来。看他走近，我举起了手里的尺子。可是，他却忙着把我的手拨到一边，展开他美好的笑容对我说：

"不，不要这样，恩里科！我们还是像从前一样做朋友不好吗？"

我惊呆了，好一会儿都不知所措。然后，我就感觉到他用手拉我的肩膀，于是我不由自主地倒在了他的怀里。

科雷蒂吻了我，对我说："我们以后再也不要吵架了，好不好？"

我连声说："当然，当然！"

然后，我们就各自回家了，大家的心里都很开心。

回到家，我把今天发生的事情原原本本地告诉了我的父亲，我原以为他会高兴的，谁知道他却很生气，对我说：

"你本该先提出和他讲和才是，因为这件事本身就是你的错！"

接着他又对我说:

"你怎么可以向一个比你更出色的同学举起尺子呢?! 更重要的是,他还是一个士兵的孩子啊!"说完,他夺过我手中的学生尺,把它一折两段,重重地扔到了墙角。

我的姐姐

二十四日,星期五

恩里科,我的弟弟,前几天你和你的同学科雷蒂吵架犯了错,爸爸已经批评你了。可是今天你怎么又对我——你的姐姐,这么无礼呢?你不能想象看到你这个样子,我心里有多么难受。

记得你小的时候,我总是守在你的摇篮边。我的同伴让我出门和她们一起去玩,但是,为了你,我总是拒绝她们;每一次你生病了,晚上我就睡不安稳。我会时不时地从床上爬起来,用手试试你的额头,看你还烧不烧。你知道吗?你伤害的可是你的亲姐姐啊!如果有一天,不幸突然降临到我们的头上,我将担负起母亲的责任,爱你,照顾你。

总有一天,我们亲爱的爸爸妈妈会离开我们。到了那个时候,我就是你最好的朋友。只有和我在一起的时候,你才能把失去亲人的悲痛毫无保留地释放出来;我们还可以在一起回顾你的童年——那一段我曾经亲眼目睹的时光。

如果需要的话,我还会为了你而工作。用自己辛勤劳动赚来的钱,给你买面包,交学费。即便有一天你已经长大成人,我也会像从前一样爱你。我会用我的心随着你远游,伴着你成长，这一切的一切都是因为，我们曾经一起长大，我们的血管里流着同样的鲜血！你懂吗，恩里科？

恩里科啊，将来要是有一天，你碰到了什么困难，感到孤单的时候，我深信你一定会跑来找我的。你会对我说：

"西尔维亚，我的好姐姐，让我和你在一起坐会儿吧！让我们一起谈谈我们小时候那些愉快的事，你还记得吗？说说我们的妈妈，我们家的事儿，那些日子多么美好啊！"

那个时候，我一定会张开双臂欢迎你的。哦，亲爱的恩里科！请原谅我今天责备了你，要知道，我不会把这样的事情放在心里的。即便你再使我感到不愉快，比起我们之间的感情来，它们都算不了什么。你永远是我的弟弟，我将永远记住你曾经是一个可爱的婴儿，曾经无助地躺在我的臂弯里。我们有共同的父母，曾经一起长大，我们一起度过了很多美好的时光，我曾经是你最亲密的伙伴，这一切才是最重要的。

请你在这本本子上给我写几句亲热的话吧！晚上，我过来的时候再看。另外，为了向你表示我并没有生你的气，我帮你抄好了每月故事《费鲁乔的鲜血》。我知道"小泥瓦匠"病了，老师就让你来抄这个故事。可是你昨天仿佛累极了，很早就趴在床上呼呼大睡去了。我心疼你，就熬夜帮你抄好了。我把它放在你的小书桌的左边那个抽屉里了，你去看看它在不在，好吗？

请给我写几句表示亲热的话吧，求你了！

你的姐姐西尔维亚

我连吻你手的资格都没有！

恩里科

费鲁乔的鲜血
每月故事

　　那天晚上，费鲁乔家里特别安静。他的父亲开了一家小小的服饰店，一早就赶到弗利城进货去了。母亲因为要带他的小妹妹路易吉娜去医生那里看眼病，也跟他父亲一起进城去了。在明晨之前，他们是赶不回家的。已经快午夜了。白天来他家做工的女佣天黑前就回家去了。家里只有瘫痪的老祖母和十三岁的费鲁乔。

　　费鲁乔家的平房坐落在大路旁边，不远处有一个村庄，再过去就是罗马涅大区的弗利城。他们家的旁边原来还有一所房子，但是在两个月前的一次火灾中被焚毁了，只留下一个框架，隐隐约约可以辨别出它原来是个小酒馆。费鲁乔家的屋后有一个小小的菜园，菜园的四周围着篱笆，篱笆上还有一扇农家粗制的小门。服饰店的门——也就是费鲁乔家的门朝着大路的方向开着，周围是一大片田野，种植着许多桑树。

　　已经快是午夜时分了，天上下着雨，外面还刮着大风。费鲁乔和他的外婆还没有上床睡觉，坐在餐厅里。餐厅和菜园子之间有一间小屋子，里面堆满了旧家具。那天，费鲁乔一直在外面玩，直到十一点钟才回到家里。他外婆一直都坐在那把宽大的安乐椅上等他，一刻都没有合眼，心中充满了焦虑。老人行动不方便，呼吸又不通畅，所以，不仅整个白天只能坐在椅子上度过，晚上也不能平躺在床上睡觉。

风还在刮，雨还在下。雨水打在窗玻璃上，噼啪作响。夜，漆黑一片。

费鲁乔回到家的时候，已经疲惫不堪。他浑身上下到处都是泥巴，衣服也被撕破了，头上还被一块石头砸了一个包。他又和他的同伴们相互扔石头玩了，还打了起来，最后，把帽子都扔沟里了。

厨房里虽然只有一盏小小的油灯，挂在外婆所坐的安乐椅旁边的桌角上，借着那一点点昏暗的光线，外婆还是马上看到了费鲁乔那副狼狈的样子。她猜出他又在外面打架了，逼着他把事情的前后都老老实实地说了出来。

外婆全心全意地爱着费鲁乔。当她知道了他所做的一切之后，忍不住哭了起来。

"哦，不！"在长久的沉默之后，她对费鲁乔说，"你是个没良心的孩子！你的心里根本就没有你这个可怜的外婆！你爸妈不在家，你却在外面闯祸，你这不是存心要气死我这老太婆吗？整整一天，你都把我一个人孤单单地留在家里，不闻不问！你真的一点都不同情你瘫痪的老外婆啊！小心啊，费鲁乔！我看你正在往歪道上走啊！这样下去不会有好结果的。我这样一把年纪了，见得也多了。我看到过很多像你这样的孩子，最后结果都很惨。他们也是不学无术，先是一天到晚不回家，在外面和其他坏孩子一起赌钱，一开始只是玩玩而已，后来就放不下了，上了瘾，只能去偷、去抢；他们从扔石子开始，然后是打架斗殴，后来就发展到相互动刀子，最后犯下了让人不可饶恕的罪过。"

费鲁乔站在那里听外婆的训斥，一言不发。他靠在碗橱边，离他的老外婆只有三步路的距离。他耷拉着脑袋，低垂着头，双眉紧锁。在他的内心，因为打群架而涌上来的怒火还没有全消，所以他的脸还涨得通红，全身爆热。一缕漂亮的栗色头发垂下来，落在他的额头上；一双蓝色的眼睛一眨不眨地盯着地面。

"从小偷小摸到烧杀抢掠，"外婆一边哭一边重复道，"你想想，费鲁乔。你想想村里的那个无赖维托·莫佐尼，现在成天在城里四处流浪。他才二十四岁，就已经坐过两次牢了。我认识他妈，她是个可怜的女人，是被她那不孝的儿子活活气死的；他的父亲一气之下就跑到瑞士去了。你父亲看到他都羞于和他打招呼。他总是和一群比他更糟糕的坏人在一起鬼混，东游西逛的，总有一天会再次锒铛入狱的，你等着瞧吧！然而，我是看着这孩子长大的，一开始的时候，他也就像你一样啊！你好好想想，你难道希望你的父母最后的命运和他的父母一样吗？"

费鲁乔不说话。其实他的心眼并不坏，一点儿都不坏。他之所以出去闯祸，是因为他精力过剩，又喜欢冒险，容易冲动。而他的父亲又十分溺爱他，认为他的儿子比别的孩子强，比别人能干；认为纵容他是做父亲的一种宽容的表现，甚至是对儿子的一种考验，觉得费鲁乔单凭他善良的本性，就不会做出太出格的事来。他等着他的儿子自己分清黑白，辨明是非。而费鲁乔呢，本质上的确很善良，只是性格非常倔强，即便在心里认识到自己错了，表面上也不会流露出来，要他承认一句："是的，我错了。我以后再不这样了。我向你保证，请原谅我吧。"真的比上天还难。有的时候，他的心里明明充满了伤感，但是他的骄傲、他的自尊使他不愿意别人窥见他内心脆弱的一面。

外婆见他不言语，以为他丝毫没有被触动，所以继续往下说：

"哎，费鲁乔！你连一句悔过的话也不愿意对我说！你好好看看你的外婆，我已经是快进坟墓的人了。你如果是一个有良心的孩子，就不该再让我操心，再让我难过了！我可是你妈妈的妈妈啊！我都这么老了，活不了多久了。你知道，我是多么爱你啊！在你很小很小，大约只有几个月的时候，我整夜整夜地在你的摇篮边守着你，看着你入睡；为了哄你玩，有时候，我连饭都顾不上吃。这一切你都不知道！我一直对自己说：'这个孩子将是我最大的安慰！'但是现在你却要气死我！我的日子已经不多了，现在只要你能悔悟，能回到从前，重新变回一个听话的、乖巧的好孩子，就是让我马上死，我也心甘情愿啊！费鲁乔，你还记得我带着你去教堂吗？一路上，你在我的口袋里塞满了小石子和花草；回来的时候，你睡着了，我一路抱着你回家。那个时候，你是多么爱你这可怜的老外婆啊！现在我瘫痪了，行动不便，需要你的爱就像需要空气一样，你却……你知道吗，在这个世界上，除了你，你这可怜的老外婆就几乎什么都没有了！哦，上帝啊，我已经是个半截入土的老太婆了呀……"

费鲁乔被外婆的话感动了，正当他准备扑到外婆的怀里向她认错的时候，他突然听到了一个奇怪的、轻微的声响。那声音好像是从和隔壁那个菜园子相邻的小房间那边传过来的。不知是风吹动了插销还是别的什么。

费鲁乔竖起了耳朵。

雨，哗哗哗的，下得很大。

那个声音又重复了一次，这一回比上次还响，连老外婆都听到了。

"是什么声音？"老人屏息静听了一会儿，不安地问。

"大概是雨声吧。"费鲁乔轻声说。

老人擦了擦眼泪，接着说："总之，费鲁乔，你以后一定要做个好孩子，不要再让你可怜的老外婆伤心了，好吗？你能向我保证吗？"

费鲁乔还没有来得及回答，他们的谈话就被另一个与前面相似的奇怪的声响打断了。

"我觉得好像不是雨声！"老人惊呼，同时她的脸色因为受到了惊吓而变得煞白。

"快，快去看看！费鲁乔！"她说，但是她马上改变了主意，"哦，不，不要，费鲁乔，你待在这儿，不要走开！"说着，她一把抓住了外孙的胳膊。

两个人都屏息静听，但是除了哗哗的雨声，仿佛再没有别的声音了。祖孙俩不禁都打了个寒颤。

就在这时，他们两个都听到隔壁的小房间里传来"咔嚓咔嚓"的脚步声。

"是谁？"费鲁乔好不容易鼓起勇气问道。

但是，没有人回答。

"是谁？"费鲁乔又问，他被吓呆了，整个人都无法动弹。

但是，那两个字才刚出口，祖孙俩就都惊叫起来。两个男子窜进了他们的房间，一个抓住了男孩，并且用一只手捂住了他的嘴巴；另一个跳上来，卡住了老太太的脖子。抓住费鲁乔的那个匪徒说：

"要命的话，就不要出声！"

另一个也对老人说："别出声！"说着，还拔出了一把尖刀。

这两个人的头上都缠着黑布，只在眼睛的部位挖了两个洞。一时间，屋里什么别的声音都没有，只听得窗外潺潺的雨声和四个人急促的呼吸声。老人被匪徒掐得嗓音嘶哑，两个眼珠都瞪了出来。

抓住费鲁乔的那个匪徒，凑近费鲁乔的耳朵，对他说："你爸爸把钱放在哪里了？"

费鲁乔被吓得牙齿打颤，用极其微弱的声音说："在……那边，衣柜里。"

"你跟我来。"那人对他说。他卡住了费鲁乔的脖子，用力把他拖进了堆放旧家具的小房间里。房间的地板上有一盏被黑布蒙住的灯。

"衣柜在哪儿？"那人又问。

费鲁乔被他卡得喘不过气来，只能用手朝衣柜的方向指了一下。

为了不让费鲁乔逃跑，那人命令他在衣柜前的地板上跪下，并用双腿夹住了他的脖子。这样，如果费鲁乔一喊，他就可以卡住他的喉咙。同时，他用嘴咬住一只手里的尖刀，提起灯笼照亮衣柜。他的另一只手从衣袋里掏出了一个磨尖的铁棍，把它插进衣橱的锁眼，并开始转动。锁被他撬开了，他马上打开衣橱的大门，开始在里面乱翻。匪徒把找到的财物都塞进了口袋，然后关上了衣橱的门。可是，他马上又打开了它们，又重新洗劫了一遍。最后，他卡住费鲁乔的脖子，把他拖回餐厅。餐厅里，另一个匪徒正卡着费鲁乔外婆的脖子。老人吓得浑身发抖，拼命张大嘴，抬起头，伸长脖子。

抓住老人的匪徒低声问从小房间出来的匪徒："找到钱了吗？"

另一个回答："找到了。"

接着，他又补充了一句："快，去看看门口有没有人。"

刚才卡住费鲁乔外婆的脖子的匪徒马上跑到通向菜园的门口去看是否有人经过。不久，他从堆旧家具的小房间里用轻轻的、又尖又细的口哨声招呼他屋里的同谋说："快出来！"

留在房间里看守费鲁乔和他老外婆的匪徒抽出刀，对着已经睁开眼睛的一老一少凶狠地扬了扬，说："谁敢出声，我就回来宰了他！"然后，他就狠狠地盯了他们两个一会儿。

就在这个时候，远处的大路上传来许多人的歌声。

听到声音，匪徒马上把头转向后门口。在回头的一瞬间，他的动作太猛，以至于用来蒙面的黑布都掉了下来。

"是莫佐尼！"看到匪徒的脸，老人尖叫起来。

"该死的老太婆！看我不送你上西天！"匪徒一看自己的身份暴露，气得狗急跳墙，狂吼起来。

他挥动刀子朝老人猛扑过来。看到他的架势，费鲁乔的老外婆一下子就吓晕了过去。

匪徒举起刀子往下猛刺。

就在这千钧一发之间，旁边的费鲁乔发出一声绝望的尖叫，以极快的速度扑过去，用自己的身体挡住了刺向外祖母的尖刀。

匪徒杀了人之后仓皇逃窜，情急之中撞到了桌子。挂在桌角的油灯被撞翻在地，熄灭了。

费鲁乔的身体缓缓地从他老外婆的身上滑下来，最后他跪在了地上不动了。他的双手抱着外婆的腰，他的头靠在了她温暖的胸口上。

过了一会儿，外面那群农民的歌声逐渐在旷野中消失了。屋里漆黑一片。费鲁乔的外婆慢慢地苏醒过来。

"费鲁乔！"外婆的神志一恢复，就喊起了费鲁乔的名字。她的牙齿还在颤抖。

"外婆，"男孩回答。

老人想说些什么，但是恐惧紧紧地拽住了她，一时间，她的舌头都僵硬了。

她沉默了一会儿，身体瑟瑟发抖。最后，她终于能开口说话了，才问：

"他们走了吗？"

"走了。"

"他们没有把我杀死吗？"她低声问，呼吸困难。

"没有……您平安无事，"费鲁乔用低微的声音说，"亲爱的外婆，您没事了。他们拿走了家里的钱，但是绝大部分的钱，爸爸他都带在身上了。"

听了这话，老人松了一口气。

费鲁乔仍然跪在地上，这时，他用双手搂紧了他的外婆的腰，对她说：

"外婆，亲爱的外婆，您是爱我的，对吗？"

"哦，费鲁乔，我可怜的孩子！"老人把手放在孩子的头上，回答说，"你受了多大的惊吓啊！哦，仁慈的上帝啊！快，把灯点上吧！哦，不，我们还是在黑暗中待着吧。我仍然后怕得很。"

"外婆！"费鲁乔继续说，"我老是让您伤心，惹您生气……"

"哦，费鲁乔，不要说这些了。我都已经忘记了，不再想那些事了。我爱你，孩子！"

"我老是让您伤心，"费鲁乔还在说，但是，他的声音越来越微弱了，甚至有些颤抖，"但是，我一直都是爱您的……您能原谅我吗？……原谅我，外婆！"

"好的，孩子，我原谅你。我真心地原谅你。你想，我怎么可能不原谅你呢？起来吧，我的孩子！别跪在那里了。我不再责怪你了。你是个好孩子，非常好的孩子。让我们把灯点亮吧！来，让我们勇敢一点，点亮灯，就不怕了。起来，费鲁乔。"

"外婆，谢谢您。"费鲁乔回答说，他的声音已经极其微弱了，"这样，我就高兴了。您不会忘记我的，是吗，外婆？您会一直记得我的，不是吗……记得您的费鲁乔……"

"我的费鲁乔！你怎么了？"老人惊呼道。在吃惊之余，在她的内心感到了一阵强烈的不安。她把手放在孩子的肩上，低下自己的头，想看清楚他的脸。

"不要忘记我，外婆！"说这些话的时候，费鲁乔已经气若游丝，"请替我吻一下妈妈……爸爸……还有路易吉娜……再见了，外婆……"

"我的天哪！你到底怎么啦？"老人惊叫起来，她费力地想捧起费鲁乔无力地垂在她膝盖上的头。接着，她就绝望地尖叫起来：

"费鲁乔！费鲁乔！费鲁乔！我的孩子！我的宝贝！天堂里的天使啊，快帮帮我吧！"

但是费鲁乔再也不能回答了。这个英勇的小男孩，为了拯救他的母亲的母亲，被匪徒用尖刀刺穿脊背，死去了。而他美好而勇敢的灵魂也因此飞进了高高的天堂。

身患重病的"小泥瓦匠"

二十八日，星期二

可怜的"小泥瓦匠"生病了，并且病得很重，老师让我们去他家看看他。加罗内、德罗西和我计划一起去。本来斯塔尔迪也要去的，但是由于老师给我们布置了作业，让我们描写一下卡武尔伯爵的纪念碑，斯塔尔迪为了把作业完成得更好一些，打算亲自去看一下那块碑，这样他就没有时间和我们一起去看"小泥瓦匠"了。于是，我们就试着邀请诺比斯同行，可是这个傲慢的家伙回答我们说："不，我肯定是不会去的。"沃蒂尼也找了个借口不肯去，我想他大概是怕"小泥瓦匠"家的石灰把他的新衣服给弄脏了。

下午四点钟放学的时候，下起了瓢泼大雨。在去"小泥瓦匠"家的路上，加罗内突然叫住了大家，一边嚼着面包一边对大家说："我们是不是该给他买点什么呢？"说着，从口袋里掏出两枚小钱。于是，我和德罗西也每人拿了两枚小钱出来，一起给"小泥瓦匠"买了三个大橙子。

我们一起上了阁楼，来到"小泥瓦匠"的家门口。进门之前，德罗西摘下了胸前的学习奖章，并把它放进了口袋。我问他这是为什么，他回答说："我也不知道。可能是我不想张扬吧，我觉得不戴奖章进门会显得更自然、更随和一些。"我们一起敲门。来给我们开门的是"小泥瓦匠"的爸爸，他身材高大，在我们眼里就好像是一个巨人一样。看到我们，他的面孔有些扭曲，仿佛是受到了惊吓一样。

"你们是谁?"他问。

加罗内回答："我们是安东尼奥的同班同学，我们来看他，顺便给他捎来三个橙子。"

"哦，可怜的托尼诺!"老泥瓦匠摇着头，悲叹道，"恐怕他是吃不了你们的橙子了。"一边说，他一边用手背擦着眼睛里流出来的泪水。

他让我们进了门，我们一起走进顶楼的小卧室，看到"小泥瓦匠"睡在一张小小的铁床上。他的妈妈扑在床头，脸埋在双手中间。听到我们进门的声音，只是微微侧过头看了我们一眼。墙上挂着刷子、镐头和筛石灰的筛子。病人的脚上盖着他父亲那件粘满石灰的外套。

可怜的"小泥瓦匠"不仅消瘦了很多，而且脸色苍白，鼻子里还喘着粗气。哦，可怜的托尼诺!善良的你从前是多么活泼的一个孩子啊!我最亲爱的小伙伴，现在你怎么竟病成这样了?看见你这个样子，我的心里真是悲伤极了。我多希望能再看见你扮一次兔脸啊!为此，我甚至可以为你做任何的事情啊！可怜的"小泥瓦匠"！

加罗内把一个大大的橙子放在他的枕头边。橙子距离小泥瓦匠的脸很近很近，甜甜的清香使他张开了眼睛。他立刻抓住了橙子，但马上又放下了。两眼盯着加罗内，痴痴地看着他。

"是我啊！"加罗内说，"你认得出我吗？"

"小泥瓦匠"努力笑了笑，但是笑容那么微弱，几乎看不见。他费力地从被子里抽出一只短短的小手，伸向加罗内。后者马上用双手握住它，并且把它贴到了自己的脸颊上，然后，殷切地对他说：

"不要怕，'小泥瓦匠'，鼓起勇气！你很快就会好的，等你的病好了，你就可以回学校去了。老师还会让你做我的同桌的，你乐意吗？"

但是"小泥瓦匠"并没有回答。看到这个情形，"小泥瓦匠"的妈妈忍不住了，号啕大哭起来：

"哦，可怜的托尼诺！我可怜的托尼诺！你这么善良，这么能干，可上帝却要把你从我们的身边带走！"

"安静点儿！安静点儿！"老泥瓦匠绝望地大吼起来，"看在上帝的分上，安静点儿吧！要不我的脑袋都快爆炸了！"

然后，他又不耐烦地对我们说："你们走吧，你们走吧，孩子们！谢谢了，你们回去吧！你们在这里有什么意义呢？谢谢了，快回你们自己家去吧！"

"小泥瓦匠"又闭上了眼睛，看起来就像已经死去了。

"您需要我们帮忙吗？"加罗内问。

"哦，好孩子，真的谢谢你了。不过你们还是快回家吧。"这样说着，老泥瓦匠把我们推到了楼梯口，匆匆忙忙地重新关上了门。不过，我们才走了一半楼梯，就听见楼上喊：

"加罗内！加罗内！"

于是，我们三个又赶快爬上了楼。

老泥瓦匠的脸已经急得变了形，他冲着加罗内喊道：

"他喊了你的名字！他已经两天没有说话了！可是他说了你的名字！他说了两遍！他要见你，快来！哦，上帝啊！但愿这是个好兆头！"

"那么，再见了！"加罗内回头对我和德罗西说，"你们先走，我留在这儿。"说着，就跟着"小泥瓦匠"的父亲冲进了屋里。

这一幕使德罗西的双眼里充满了泪水。我对他说："你是为'小泥瓦匠'伤心吗？他已经开始说话了，他会好的。"

"我相信他会好的，"德罗西回答说，"不过，我不是为了他哭，我现在想的是加罗内，他的心灵是多么美好，多么善良啊！"

卡武尔伯爵

二十九日，星期三

孩子，你说老师让你们写一篇描述卡武尔伯爵纪念碑的文章，我想这并不是很难，你就放心去写吧。但是卡武尔伯爵到底是怎样的一个人，现在你可能并不清楚。你对他的了解非常有限。

事实上，他做过多年的皮埃蒙特首相。是他把皮埃蒙特的军队派到了克里米亚，并且在切尔纳亚河流域的战役中打败敌军，使在诺瓦拉战败的我军重新获得了胜利的荣耀；是他请求十五万法国军队越过阿尔卑斯山，把奥地利的军队赶出了伦巴第地区；是他用卓绝的智慧、不拔的意志和不懈的努力在革命最关键的年代里把握着意大利的命运，用强有力的手腕促进、维护了我们祖国的统一。

将士们在战场上浴血奋战，而他却在他的内阁里经受着最严峻的考验。他伟大的事业随时都有被颠覆的危险，就像一座根基不牢固的大厦随时都有可能在某次地震中坍塌下来。日日夜夜、时时刻刻他都在痛苦和斗争中度过，每次可以放松一下的时候，他都觉得精神快要崩溃，身心俱已疲惫。正是他凌云的壮志和他充满血雨腥风的事业使他少活了将近二十年。然而，当他身患热病、生命垂危的时候，他还在努力奋斗，一边是与疾病抗争，一边是想着再为他的祖国做点什么。

"真奇怪，"在他临终前，躺在病床上，他承受着巨大的痛苦还在说，"我怎么不能阅读了呢？我为什么不能再看书了呢？"

医生在给他抽血，他的体温正不断地升高着，但是他还在操心国家大事。他心情迫切地对他的医生说：

"请你们治好我的病！现在我觉得我的头脑昏昏沉沉，但是，我只有全心全意地投入才能把国家大事处理好。"

当他生命垂危之际，全城的人民都焦虑万分。国王来到他的病床前看望他时，他忧心忡忡地对他说：

"陛下，我还有许多话要对您说，还有许多事要向您禀报。可是，我病了，我再也不能为您效劳了！我无能为力了啊!"为此,他绝望万分。

他的那颗赤子之心一直都没有离开过祖国的前途未卜的命运。当时刚归入意大利版图的几个省份和其他一些悬而未决的事一直是他关注的焦点。在他弥留之际,他一边喘气,一边叮嘱说:

"你们要好好地教育青少年!要用民主的方式治理国家,还人民以自由的权利!"

当死神快要降临的时候,他开始用火一样热情的语言为曾经与他有过很大的政见分歧的加里波第将军祈祷,同时,他也在为当时还没有获得解放的威尼斯和罗马两个城市祈祷。他对意大利甚至整个欧洲的未来都有非常独到的政治远见。他还梦见外族入侵,焦急地询问着准备抵抗的军队的方位以及将领的部署。他一刻都没有考虑到自己,在人生的最后时刻还不断地为我们、为人民忧心忡忡。

他最大的痛苦,不在于他的生命将要终结了,而在于他要离开还需要他的祖国了。为了祖国的统一和兴旺,他在短短几年里就耗尽了他这光辉的一生中所有的精力。在他死去的时候,他的喉咙里还高喊着战斗的口号,他的死和他的生命一样伟大而灿烂。

现在,你好好想一想,恩里科,和他的事业比起来,那些让我们烦心的工作又算得了什么?和那些伟大的人物的巨大的痛苦、他们的付出以及他们的死亡相比,我们的伤心、失意又算得了什么?那些人的心里承载的可是整个世界啊!想想吧,我的孩子!下一次,当你走过那块大理石的纪念碑时,不要忘记对它说:

"光荣啊!"

你的父亲

四 月

春 天

今天已经是四月一日了！距离学期结束只有三个月了！

今天早晨，阳光明媚，是一年中最美好的早晨之一。在学校里，我得到了一个好消息，所以非常高兴。科雷蒂对我说因为他父亲认识国王，后天他可以带我一起去觐见国王，而我妈妈也答应在那天带我去参观瓦尔多科大街上的幼儿园，再说，"小泥瓦匠"的身体又好多了。昨天晚上，我和父亲在路上遇到正好经过的老师，他对我父亲说："他好多了，好多了。"但是，最重要的是，这是一个美好的春天的早晨。

从教室的窗户望出去，我看到天空碧蓝碧蓝的，学校花圃里的树梢上长满了新芽，家家户户的窗子都敞开着，窗台上摆满了瓶瓶罐罐，里面的植物都变绿了。我们的老师还是没有笑，因为他从来都不笑，但是看得出来，他的心情很不错，以至于他额头上那道深深的皱纹都几乎看不到了。他一边在黑板上给我们讲解问题，一边还开着玩笑。看得出来，呼吸着从窗户外进来的新鲜空气，他感到很愉快，因为那里面包含着清新的树叶的味道和泥土馥郁的芳香，让人忍不住想去花园里散散步。

我们上课时，附近的街道上铁匠在叮叮当当地敲着铁砧；学校对面的一户人家里，一位母亲正在给她的宝宝哼唱摇篮曲。稍远处，传来切尔纳亚军营的号角声。所有的同学看起来都很高兴，连斯塔尔迪也不例外。

一会儿，铁匠敲打的声音更大了，女人的歌声也放高了。老师停下来仔细听，然后，望着窗外慢腾腾地对我们说："天空在微笑，母亲在歌唱，勤劳而朴实的人们在劳动，孩子们在学习……这些都是生活中最美好的东西啊！"

放学时，我们看到其他班的学生也像我们一样欢欣雀跃。大家都排着队，跺着脚，唱着歌，好像从明天开始学校要放四天假似的。女老师们互相开着玩笑；头上插着红羽毛的女老师蹦蹦跳跳地跟在她的那些孩子身后，就像一个小姑娘一样活泼可爱。学生们的家长一起笑着讨论着；克罗西的母亲，那个卖菜女人，在她的菜篮子里放了很多把紫罗兰，鲜花散发出沁人心脾的芬芳。

看到我妈妈也在路边等我，我从来都没有那么高兴过。我跑过去对她说："我好高兴！今天早晨到底是什么让我觉得这么高兴呢？"

妈妈微笑着告诉我说那是因为美丽的春天来了，而我又是一个心地善良的好孩子。

翁贝托国王

今天上午十点钟的时候，我父亲从窗口看见，卖木柴的老科雷蒂和他的儿子已经在广场上等我了。于是，父亲对我说："恩里科，他们已经在楼下等你了。赶快和他们一起去见你的国王吧！"

我像箭一样冲下了楼。老科雷蒂和小科雷蒂今天看起来兴奋极了。他们两个是那么的相像，我奇怪我从前怎么从来都没有发现过。老科雷蒂的外套上别着一枚军功章，军功章两边还各有一枚纪念章。两撇八字胡须微微朝两边翘起，一根根看起来比针还硬。

我们立刻一起朝火车站的方向走去。国王将在十点半驾临那里。老科雷蒂一边抽着烟，一边搓着手对我们说：

"你们知道吗？自从一八六六年的战争之后，我就一直都没有见过他。十五年零六个月啊！这样一转眼就过去了。他在法国待了三年，后来又去了蒙多维，这样我就一直都没有机会见到他。但是在这里我本来早就应该能够见到他的，可惜每次他来我都出门在外。哎，真是造化弄人啊！"

他称呼国王"翁贝托"，就像是称呼一个老同学一样。

"翁贝托统帅过十六师。""翁贝托当时才二十二岁零几天。""翁贝托很喜欢骑马。"等等。

"十五年了！"他加快了步伐，提高了声音说，"我真的很想再见到他呀！我离开他的时候，他还是王子，而我再见到他的时候，他已经是国王了！而我呢？也改变了，从一个士兵变成了一个卖柴火的！"他愉快地笑着。

小科雷蒂问他的父亲：

"爸爸，国王看到您，还能认出您来吗？"

老科雷蒂大笑着回答儿子说：

"傻孩子！我跟他根本就不一样。他是我们的统帅，我们当然都记得他；可我们呢，那么多人，就像一群苍蝇一样，他根本就没有时间一个一个地对我们看。"

就这样，我们到了维托里奥·埃马努埃莱大街，街上有很多人看起来都是去火车站的。整整一个连的山地狙击手手持军号奏着乐走了过去；两个骑警急驰而过。天空中云层散开，太阳露出了笑脸，四周一片灿烂。

老科雷蒂的兴致越来越高了，他愉悦地说：

"哎，我真想见他啊！我们的老师长！你看，我老得多快啊！想当初我背着行军囊，双手握着枪，和我的战友们一起忙忙碌碌地准备着将在六月二十四日早晨开始的决战。那情形就好像是前天一样。翁贝托和他的将领一起在隆隆的炮火中走来走去，紧张地指挥着战斗。我和我的战友们都默默地看着他，在心中暗暗地为他祈祷：'但愿他不要被子弹击中。'当时，我根本就没有想到不久之后我就会站到他的身边，在距离他四五步远的地方和他一起并肩作战。我们就在奥地利的骑兵的眼皮底下，当时的情势非常危险。那天的天气真好啊！天空碧蓝碧蓝的，明净得像一面镜子，可就是热，非常的热。孩子们，让我们看看能不能进去。"

我们已经到了我们的目的地。火车站前人山人海。马车、卫士、骑警正在整装待命；各个团体都举着他们的旗帜在恭候国王的驾临。一支军乐队正在奏乐。老科雷蒂使劲想挤到拱廊下，但是被警卫阻止了。于是他又想挤到火车站的出口处去。那里已经站满了人，老科雷蒂想站到第一排，于是他就用胳膊肘在人堆里打开一条通道，把我们一起推了过去。但是人群一直都在动，我们也一会儿被挤到这边，一会儿被推到那边。这个时候，科雷蒂那卖柴火的父亲看到了火车站里拱廊的第一根柱子。柱子下站着一个警察，那里普通的群众是不可以逗留的。突然之间，老科雷蒂对我们说：

"你们跟我来。"说着，就拉起我们的手，带着我们三步两步地跨过空地，走到柱子跟前，背贴着墙，一动不动地站在了那里。

一个警官马上跑了过来，对我们说：

"这里是不能站人的。"

"我是四十九军团四营的。"老科雷蒂指着胸前佩带的勋章回答说。

警官朝他上下打量了一会儿，说：

"那你们就待在这里吧。"

老科雷蒂带着胜利者的自豪感说：

"怎么样？我早就说过吧，'四十九军团四营'是一句很神的话。我曾经是它的一员，和翁贝托一起并肩打过仗，难道连再仔仔细细看他一眼的权利都没有吗？打仗的时候，我就和他挨得很近，现在当然也应该在近处再看看他。他不仅仅是我们的将军，还亲自指挥过我们作战呢！哦，是的，在大战中他大概指挥了我们有半个小时吧，当时我们的指挥不是乌布里克少校而是他，天哪，这一切是多么不可思议啊！"

这个时候，候车室大厅的内外已经挤满了绅士和官员。他们的马车都停在门外，排列得非常整齐。车夫们一律穿着红色的制服，在人堆里看起来非常显眼。

科雷蒂问他的父亲："翁贝托亲王在打仗的时候，手里是不是拿一把军刀？"

他父亲回答道：

"当然，和别人一样，他的手里也举着军刀，用来抵御雨点般向他挥来、砍来的大刀和长矛。哎，当时，敌人的进攻真是疯狂极了。他们愤怒地朝我们扑过来，狂吼着。他们在我军的队伍和方阵中来回厮杀；炮火纷飞，子弹像狂风骤雨一样在空中旋转，捣毁了一切。亚历山德里亚的轻骑兵、福贾的长矛射手、步兵、持枪的骑兵、狙击兵则组成我军的巨流，努力进行着反击，在一片被死亡笼罩着的混沌中，我们大家都不清楚战争究竟进行到什么程度了。就在这时，我听到有人在喊：'殿下！殿下！'同时我看到敌军的长矛已经向我们逼近，我们马上开火，就这样一阵硝烟遮住了周围所有的一切……过了好一会儿，等硝烟散去，我们看到满山遍野都是死伤的士兵和战马。我偶然回过头，看到翁贝托正和我们站在一起。他骑在马背上，正向四周环视，他的神情很从容、很自若，仿佛在问自己：'我的兄弟中有人受伤了吗？'于是，我们大家不由自主地向着他齐声高呼：'万岁！万岁！'那样子就像是疯了一样。那是一个多么神圣的时刻啊！……瞧，我们等的火车来了！"

乐队开始奏乐，官员们连忙跑上前去迎接，人们都翘首以待。

"他不会马上出来的，"一位值勤人员说，"各级官员还要向他致欢迎词呢!"

此刻，老科雷蒂的心情更加激动了。他继续滔滔不绝地说:

"现在回忆起来，在我的印象中，他好像一直都在那里。神情自若地站在一片硝烟之中。后来我还听说，在国家发生了重大的灾难和疫情，比如说地震和霍乱的时候，他也能保持镇静，沉着应对，但是他在战争中和我们站在一起时的那种神情，却让我一直都无法忘怀。我肯定，他也没有忘记四十九军团四营的事。他现在虽然已经是一位高高在上的国王了，但是，如果能和当时在场的那些弟兄再欢聚一次，他肯定会很愿意的。现在他的身边有将军、有官员、有谋士，只有王公贵族才能晋见他;而当时，他的身边只有我们这些无名小卒。哎，如果我能和他单独说几句话就好了。我们那只有二十二岁的将军，我们的小亲王! 当时，是我们在保卫着他的生命安全啊!我已经有十五年没有见到他了……我们的翁贝托!哎，算了!听到这音乐，我的身体里真是热血沸腾啊!我用我的名誉保证!"

就在这时，人群欢呼起来，成千上万只帽子被举上头顶，只见四位身穿黑色衣服的绅士上了第一辆马车。

"是他!"老科雷蒂大声叫道，他那样子就跟着了魔没有什么两样。

然后，他又低声说:

"我的圣母啊，他的头发都已经花白了!"我们三个也都摘下了帽子，以示对国王的尊敬。人群早已沸腾起来了。马车在千万只挥舞的帽子中间缓缓地前行。我仔细观察着老科雷蒂的反应。他就像完全变了一个人一样。身材仿佛更高大了，神情比从前更严肃了，脸色因为兴奋和紧张而变得有些苍白。靠着一根柱子，他直直地站着。

就在这时，马车开过了我们的身边，距离老科雷蒂站的柱子只有大约一步路光景。

"国王万岁！国王万岁！"许多声音在喊。

"国王万岁！"众人的喊声过后，老科雷蒂又喊了一声。

国王转过头来看了他一眼，他的目光不由自主地在老科雷蒂胸前的三枚勋章上停留了片刻。这使老科雷蒂失去了理智，他用尽全身的力量大声喊道：

"四十九军团四营！"

国王本来已经把目光移到了别处，听到老科雷蒂的吼声，重新转过头来，凝视着老科雷蒂的眼睛，并把手从马车上伸出来。

老科雷蒂向前跨了一步，紧紧地握住了国王的手。

马车离开了。人群顿时朝各个方向散开。我们被人群冲散了。一时间，我们不知道老科雷蒂跑哪儿去了。但是，这只是一小会儿。没多久，我们就重新把他给找到了。

他双眼湿润，激动得气喘吁吁。他高喊着他儿子的名字，把刚才被国王握过的那只手高高地举在空中。科雷蒂朝他扑过去，他朝着儿子大喊：

"就是这只手，我的孩子，你摸摸，上面还留着他的体温！"

说着，他用那只手轻轻抚过他儿子的脸庞，对他说："感觉得到吗？这是国王给你的爱抚。"

接着，他就站在那里痴痴地想，仿佛做起了他的白日梦。他手里拿着一支烟斗，双眼凝视着远去的马车，嘴角挂着微笑。不少人围了过来，好奇地望着他。

"他曾经是四十九军团四营的，"人们说，"他和国王认识呢！"

"国王认出他来了呢！"

"就是他握了国王的手！"

"他向国王递了一份请愿书！"有一个人高声叫道。

"不，我没有！"老科雷蒂朝那个人转过身去，坚决地说，"我没有给他请愿书。如果他向我要求的话，我会给他另外一件东西……"

所有的人都盯着他看。

他很简单地回答：

"那就是我的鲜血。"

幼儿园

四日，星期二

昨天早晨，吃过早饭以后，妈妈就带我去了瓦尔多科大街上的幼儿园。这是她早就答应过我的事，昨天她果然履行了她的诺言。当然，我们此行还有一个更为重要的任务，那就是去请幼儿园的院长接收普雷科西的小妹妹。在此之前，我还从来都没有参观过任何一个幼儿园。那些孩子真的把我给逗晕了!那个幼儿园里大约有两百个小男孩和小女孩。他们都只有一丁点儿大,以至于在我们学校上一年级的最小的学生和他们比起来都仿佛是大人了。

我们到的时候,正好碰到孩子们排着队去餐厅吃饭。餐厅里有两个很长很长的餐桌,餐桌上挖了一个个圆洞,每个洞里都放着一个小小的黑碗和一把锡制的小勺子。碗里满满地盛着米饭和菜豆。孩子们走着、走着,有几个就一屁股坐在地板上不肯动了,老师们不得不跑到他们的身边把他们从地上拉起来。有不少孩子看到桌子上的饭菜,马上就坐了下来,拿起勺子,舀起一勺饭就往嘴里塞。他们也不知道那些个位子并不是他们的。直到老师们跑过来对他们说:"继续往前走!"他们才站起来。但是,才走了三四步,有几个孩子就又坐下来吃了。于是,老师跑过来再喊。就这样,等到他们走到自己位子上的时候,就已经从别人的碗里吃了大半碗菜和饭了。

老师们不断地催促他们:"快点!快点!"终于,他们一个个都在自己的位子上坐下了。于是大家都开始午饭前的祈祷。站在里面几排的孩子,祈祷的时候不得不背对着自己的碗,有几个不放心,生怕被人偷吃了去,所以就时不时地回头去看。但是,大多数孩子双手合十,眼睛望着天花板,心里想着远方的教皇,虔诚地祈祷着。

祈祷完了,所有的孩子都开始吃饭。哎,这才叫热闹呢!他们中有的用两个勺子吃饭;有的则用手抓;还有不少人把饭里的豆子一个一个地挑出来,放进口袋里;另外几个把挑出来的豆子放在胸前的小肚兜上,用力揉搓,仿佛是在揉面团一样。有的孩子不吃饭，盯着飞来飞去的苍蝇出神；有的孩子，吃着吃着就呛住了，大咳起来，嘴里的饭粒喷得到处都是。这乱哄哄的场面，真和一个养鸡场没有什么区别。但是，却很有趣。

两排女孩子都美丽极了。她们每个人的发辫上都系着彩色的丝带：红色的、绿色的、蓝色的。有一位女老师问一排小女孩：

"稻米种在哪里?"

一排八个小姑娘马上张大了塞满饭菜的嘴巴，齐声说：

"长在水里!"那声音就像是唱歌一样。

但是老师命令道：

"要举手回答!"

一下子，那些几个月以前还被包裹在褓襁里的小手齐刷刷地举了起来，在半空中招展，看起来就像是一只只白色的和粉色的蝴蝶。

不一会儿，孩子们休息、嬉戏的时间到了。到院子里去之前，每个人先从墙上取下了一个装满食物的小筐子。在花园里，孩子们各自散开，取出筐子里的食物开始一边吃点心，一边玩耍。每个人的小筐子里都有面包、熟透的李子、一小块奶酪、一个白煮蛋、几个小苹果、一把煮熟的鹰嘴豆和一个鸡翅。不一会儿，整个花园里到处都是食物的碎屑，就好像有人在院子里撒了鸟食等着小鸟儿来吃一样。那些孩子吃东西的样子千奇百怪。有的像小兔子在啃；有的像小老鼠在吮吸；有的则像小猫在舔。有一个小男孩的胸前放着一根尖尖的面包棍，手里捏着一个果子，拼命在面包上擦，那样子就像是在磨一把宝刀一样。几个小女孩手里捏着那块奶酪，把它像橡皮泥一样反复地揉搓，奶汁从手指缝里流下来，滴进了她们的袖口，可是她们一点儿都没有感觉到。许多孩子一边咬着苹果和面包，一边追逐奔跑，就像是一群小狗一样。另有三个孩子用一根小树枝在一个白煮蛋上轻轻地挖，仿佛里面藏了什么宝藏似的。一会儿，鸡蛋碎了，有半个落在了地上。他们又耐心地把碎鸡蛋一点一点地捡起来，就好像是在捡珍珠一样。如果谁的小筐子里有一样与众不同的东西，就会有七八个小脑袋围在旁边看，仿佛是在看井里的月亮一样。

有一个小胖墩手里拿着一包糖，近二十个孩子围在他的身边，要求让他们蘸一点在面包上。他慷慨地给了其中的几个，对于其他的同伴，就不那么友好了，只允许他们用手指蘸一丁点儿。

这个时候，我妈妈也到了花园里，她亲亲这个，抱抱那个。就这样，许多孩子都跑到了她的身边，有一些还粘在了她的身上。他们抬起头，一开一合地呷着嘴，好像孩子要喝奶似的要求她亲他们一下，那样子就像是一群底下的人在和一个站在四层楼上的人说话一样。一个孩子给了她一瓣吮过的橙子，另一个孩子给了她一点点面包皮，一个小女孩还给了她一片树叶。另一个小女孩认真地把她的一个手指头伸给她看，母亲仔细看了之后，发现上面有一个肿起来的小包。那是前一天，她把手伸到点燃的蜡烛上时烫伤的。

他们像献宝一样把他们在花园里找到的小虫子争相拿出来给她看，那些昆虫那么小，真的不知道他们是怎么发现它们并且把它们捉住的。他们的展品中还有被人家废弃的软木塞、不小心失落的衬衣纽扣以及他们从花盆里偷偷摘来的小花朵。

一个头上缠着纱布的小男孩，也挤在人堆里争着要和母亲说话。他大概是想和她说他是怎么摔破了头的事，可是他结结巴巴的怎么都说不清楚。另一个小男孩要我妈妈弯下腰去，他凑在她的耳朵边对她说：

"我爸爸是做刷子的。"

与此同时，花园里出了很多的状况。女老师们不得不跟着那些孩子跑来跑去。有几个小女孩在哭，因为她们的手帕打了一个结，再也解不开了。另外几个则为了两粒苹果籽吵得不可开交，互相用手指甲抓对方，并且不停地大喊大叫。另一个小男孩坐的小凳子翻掉了，摔了个嘴啃泥，怎么都爬不起来，正呜呜地大哭呢！

临走之前，母亲伸出双臂抱了抱其中的三四个孩子，其他的孩子看到了，马上从四面八方涌了过来。他们的脸上粘满了蛋黄和橙汁，争着要求母亲抱他们。他们有的拉扯着她的衣袖要她抱，有的抓住了她的一根手指，要看她的戒指；有的拉住了她的表带，另一个还想要拉她的鬈发。

"小心他们把您的衣服给扯坏了，夫人！"女老师们焦急地喊着。

可是母亲并不在乎她自己的衣服，她还是不停地亲吻着他们，不断地把他们往自己的身边搂。靠在她身边的几个伸长了胳膊想要爬到她的身上去，后面的几个不住地在人群中往前挤，所有的孩子都大声喊着：

"再见！""再见！""再见！"

最后，她好不容易才从花园里逃了出来。但是孩子们还不肯散去，他们趴在花园的铁栏杆上朝外张望，等着她经过。看见了她，就把双手从栏杆的间隔中伸出来向她告别，还拿着小块的面包、咬过的果子、一点点的奶酪皮要送给她，一边齐声说着：

"再见!""再见!""再见!"

"欢迎您明天再来!""再来看我们!"

母亲一边落荒而逃，一边还没有忘记再摸一摸那几百双玫瑰般的小手。它们一起齐刷刷地朝她伸出来，就像是一只美丽的花环。

最后，母亲终于来到了大街上。她的身上、脸上到处是面包屑和各种污渍。她的衣服被弄得皱巴巴的，头发也凌乱不堪。她的一只手里抓满了鲜花，眼睛肿肿的，蓄满了泪水，但是看得出来她快乐极了，就像是刚从节日的宴会上出来一样。孩子们吵吵闹闹的声音还在她的耳边回荡，就像是一大群唧唧喳喳的鸟雀在叫着：

"再见! 再见! 夫人! 下次再来!"

体操课

五日，星期三

这段时间的天气一直都非常好，于是我们的体操课就从室内改到室外了。学校的操场上有不少运动器械，正好可以供我们上课使用。

昨天加罗内去校长办公室的时候，正好碰到内利和他的母亲——那位长着一头金发，总是穿着一身黑色衣服的女士。她是来请求校长让她的儿子免修器械体操课的。

但是，她的每一句话都说得十分艰难，说话的时候，她的一只手一直都抚摩着她儿子的头。

"校长先生，您知道……我的儿子他……不能……"

但是内利他自己并不想免修室外体操课。不能像别的同学那样去操场上上课的想法，让他感到很不光彩，为此他非常难过。

"妈妈，您会看到，"他对他母亲说，"别人能做到的，我也一样能做到。"

他的母亲望着他，好长时间都不说话，眼睛里充满了怜悯和爱怜。

她看了他一会儿，犹豫着说：

"我怕他的同学们……"

她想说：

"我怕他的同学们会嘲笑他。"

但是内利回答说：

"我不怕，再说……有加罗内在。只要他不笑话我我就够了。"

于是，他母亲和校长就决定还是不让他免修了。

我们的体育老师脖子上有一道刀疤。他从前是一位军人，曾经和加里波第并肩作战过。

他把我们带到操场上进行爬杆的练习。那些杆子好高好高，我们不仅要爬到顶上，还要在上面的横木上站直了。

科雷蒂和德罗西就像两只猕猴一样，"嗖嗖嗖"地就爬上去了；普雷科西也很快就爬上了杆头，虽然他还是穿着他的那件长及膝盖的大外套，行动不如别人那么方便；在他向上爬的时候，为了逗他笑，同学们都不停地对他重复着他的口头禅：

"对不起，对不起!"

斯塔尔迪不停地喘着粗气，脸涨得通红，那模样就像是一只火鸡一样。他拼命咬着牙，看得出来，他已经下了决心了，无论付出多少代价也要爬到杆顶。最后，他果然成功了。诺比斯也顺利地爬了上去。到了横木上，他摆出了一个骄傲的姿势，威风得像个帝王一样。但是，爬杆对于沃蒂尼来说，就没有那么顺利了。虽然他那件为了上体操课而新做的运动衣很漂亮，上面还有细细的蓝色横条，但是他还是从杆上滑下来了两次。

为了能顺利地登上杆头，我们都在手心里擦了松香粉。那又是加罗菲的生意经。他弄来了很多松香粉，用纸包成一包一包之后再卖给我们。一个小钱一包，这样他又赚了很多钱。

然后就轮到加罗内了。他一点儿力气没有花就攀上了杆头，嘴里还不停地嚼着他的面包。他的身体像小牛犊一样强壮，我深信，他就是在肩上再背上我们中间的任何一个人，也照样能不费吹灰之力就爬上去。

加罗内之后，就轮到内利了。一看到他那两只又瘦又长的手臂搭在爬杆上，很多人就忍不住讥笑、嘲讽起他来。但是，加罗内两条粗壮的胳膊抱在胸前，用严厉的眼神扫视着那些嘲笑内利的人，清清楚楚地告诉他们，即便有老师在场，只要他们敢再对内利出言不逊，他照样会拔出拳头揍他们。于是，大家就不敢再笑了。

内利开始爬杆了。可怜的家伙，他爬得很艰难。呼呼地喘着粗气，汗水不停地从前额上流下来，脸都涨得发紫了。

老师对他说：

"你下来吧。"

但是内利不愿意。他努力着，坚持着。

看着他那副样子，随时都有可能从爬杆上摔下来，跌个半死。哎，可怜的内利！想想如果我是他，而我的母亲正好在场，看到我那种样子，她会多难过啊！我可怜的母亲！

这样想着，我就更担心内利了。我想，只要他能顺利地爬上去，让我做什么都行啊！我多想在下面悄悄地托他一把啊！哎，如果我能够有一双隐形的手就好了，这样，大家就不会知道是我在帮助内利了。加罗内、德罗西、科雷蒂不停地在为内利加油：

"加油啊，内利！快到顶了！还有一小段！加油啊，内利！"

于是内利又拼命使了一下劲，痛苦地大叫一声，往上蹬了一下。这样，他的两只手终于触到了横木。

"好，了不起！再努力一下，就能上去了！加油！加油！"大家一起鼓励他。

内利又使了一下劲，终于抓住了横木。

大家纷纷为他鼓起掌来。

"了不起，内利！不过这样就好了，你可以下来了。"这时，老师对内利说。

但是，内利想和其他人一样爬到顶。又是一阵挣扎之后，他的双肘终于撑到了横木上，随后，膝盖也上去了，最后，是脚。这样，他整个人都爬上了横木。

当他终于能够笔直地站在横木上的时候，他喘着粗气，微笑地望着大家。

我们又开始使劲地为内利鼓掌。这时，我看到他在往校外看。顺着他的眼神我也往街上望去。学校的铁栅栏被几排扶疏的花木掩映着。隔着栅栏我看到内利的母亲站在马路的人行道上。她正在那里走来走去，低着头不敢朝里面看。

内利顺着杆子重新爬了下来。大家跑上前为他祝贺。他激动极了，脸色红红的，两眼放着光，看起来和从前的那个内利都不一样了。

回家的时候，在校门口，内利的母亲迎了上来，她抱住他，带着不安问他：

"哦，我可怜的孩子，怎么样？你还好吧？"

所有的同学齐声回答：

"他做得很好！"

"他和我们一样爬上去了。"

"他很厉害，您不知道吧！"

"他敏捷得很呢！"

"他做的动作和我们没有什么区别。"

哎，如果你能看到那位夫人那个时候的神情就好了。她的眼神中充满了喜悦。

她想对我们说一些感谢的话，但是她说不出口。于是，她紧紧地握了握我们中间三四个同学的手，又充满爱意地摸了摸加罗内，然后就带着内利离开了。

我们看到他们两个一开始走得很快。一边走，一边讨论着，内利还不停地做着手势。看得出来，他们母子两个都很高兴，而且都是从未有过的高兴。

我父亲的老师

昨天，我和我爸爸玩得真是痛快极了！事情是这样的。前天吃午饭之前，我父亲正在书房里看报纸。突然，他兴高采烈地跑出来，用惊叹的口气对我们说：

"我还以为他二十年以前就去世了呢！你们知道吗？我的小学启蒙老师他迄今还活着！温琴佐·克罗塞蒂先生，他已经八十四岁高龄了，但是仍然健在！你们看，这里有一条消息说，最近教育部给他颁发了一枚表彰他辛勤耕耘六十年的教学奖章！六十年啊！对此你们可以想象吗？可怜的克罗塞蒂先生，他直到两年前才正式离开学校。他住在孔多韦，离这里只有一个小时的火车的距离。从前在我们的基耶里别墅干过的那位女园丁，她的家也在孔多韦。"过了一会儿，我父亲又加了一句：

"恩里科，明天我们一起去看看他吧！"

整个晚上，父亲一直在谈论他的小学老师。温琴佐·克罗塞蒂这个名字勾起了他对往昔童年时代的许多回忆。他还谈起了他从前的玩伴们和他已经死去的母亲。

"克罗塞蒂先生！"父亲深情地喊着他的老师的名字，"他教我的时候，才四十岁啊！我还能清晰地记得他当初的样子：

身材不高，背已经有些驼了；目光炯炯有神，脸上的胡须总是刮得干干净净。他为人很严肃，但是行为举止都很有教养。他把学生当作自己的孩子，非常爱他们，因此也很难原谅他们的错误。他原来出身农家，靠自己艰苦的学习和不懈的努力才成了一名教师。这个人品格高尚，我的母亲很喜欢他，我父亲待他也像对自己的朋友一样。他怎么会从都灵搬到了孔多韦居住呢？他肯定认不出我来了，这一点是肯定的。但是没有关系，我认识他的。哎，一晃四十四年过去了。恩里科，我们明天就去看他！"

今天早上九点钟，我们就到了苏萨火车站。我原来希望加罗内能和我们一起去，但是他说他妈妈病了，他要留在家照顾她。

这一天春光明媚。火车飞驰在绵长的铁轨上，铁轨的两边是绿色的草地、青青的篱笆和美丽的野花。一阵阵清香扑鼻而来。我父亲望着窗外的田野，心情非常舒畅。他时不时地把一只手搭在我的肩头，和我像一位老朋友一样交谈。

"可怜的克罗塞蒂先生，"父亲说，"他是继我的父亲之后第一个真正喜欢我、并且教过我怎么做人的一个人。他对我的谆谆教诲，让我获益匪浅，我迄今为止都没有忘记它们！当然，他也曾经严厉地批评过我。好几次，我被他骂得心里难过极了，回到家喉咙口还发干。老师的手又短又粗。我还清楚地记得他每天走进教室，总是先把手杖放在墙角，然后再把外套脱下来放在挂衣架上。几乎每一次都是同样的动作。他的情绪非常稳定，对待每一天的工作都认真负责、热情仔细。好像每天都是在做一份崭新的工作一样。我还记得当时他总是喜欢对我嚷嚷：'博蒂尼啊，博蒂尼！要用食指和中指来握笔，听见了没有?'这一切真的还是历历在目。不过都过去四十四年了，他的变化一定很大了。"

一到孔多韦，我们就立刻去找我们家原来的那位女园丁。她在孔多韦的一条小巷子里开了一个小店。我们见到她的时候，她正和她的孩子们在一起。看到我们，她高兴极了。她告诉我们她的丈夫快要从希腊回来了，他在那里工作已经有三年了。还有他们的大女儿，现在正在都灵的聋哑学校读书。然后，她告诉我们去父亲老师家的路怎么走，她说孔多韦的人都认识他。

从镇上出来，我们走在了一条乡间小路上。路是上坡路，路边开满了各种各样的野花。

一路上，我的父亲不再说话，他仿佛已经完全沉浸在了对他的童年时代的回忆中。他时不时地独自微笑，然后又摇摇头。

突然之间他停了下来，对我说：

"瞧，是他！没错，我打赌，一定是他。"

这时，我看到小路上有一位老人朝我们迎面走来。他个子不高，胡子全白了。戴着一顶大宽帽，拄着一根拐杖，步履蹒跚，双手颤抖着。

"是他!"父亲又说了一遍，一边加快了脚步。

我们来到老人的身边，然后停下了脚步。老人也站住了，并且不断地打量着我的父亲。他看上去精神仍然矍铄，目光炯炯有神。

父亲摘下头上的帽子问道：

"您就是温琴佐·克罗塞蒂先生吗?"

老人也摘下帽子,回答说:

"是我。"他的声音有些颤抖,但是听起来精神饱满。

"这真是太好了!"父亲说。他拉住了老人的一只手,动情地说:

"那么请允许您早年的一名学生握住您的手向您表示最衷心的问候吧!您的身体好吗?我是专门从都灵来看望您的。"

老人望着父亲,感到非常惊讶。然后,他说:

"啊,这、这真是太荣幸了……但是,我记不得了……您说,您是我的学生?这是什么时候的事呢?我能知道您的名字吗?"

于是,我的父亲说出了他的名字:阿尔贝托·博蒂尼,还有他哪一年、在哪个城市、哪个学校读的书。最后,他补充说:

"您不记得我了,这很自然;但是,我是永远都不会忘记您的!"

克罗塞蒂先生低下头,双眼望着地上,低声默念着我父亲的名字,努力回忆着。而我的父亲则凝神专注地望着他,眼睛里带着微笑。

突然,老教师猛地抬起头,张大了眼睛,缓缓地说:

"阿尔贝托·博蒂尼?博蒂尼工程师的儿子?曾经住在孔索拉塔广场的那个孩子,是不是?"

"就是我。"父亲握着他的双手说。

"那么……亲爱的先生,请让我,请允许我,"老人走上了一步,动情地抱住了我的父亲。他那长满白发的头刚好齐及我父亲的肩膀。父亲则把自己的脸颊贴在了老师的额头上。

"你们请跟我来。"父亲的老师说。

他没有再说什么，而是回头朝着自己的家走去。几分钟之后，我们就来到一个打谷场的跟前。场地的后面有一所小房子。房子有两个出口，其中的一个被一道刷白的墙围着。

老人打开了第二扇门，请我们进去。房间的四壁都是白色的。在一个墙角放着一张可折叠的床，床上有一床深蓝色和白色相间的被子。在另一个墙角摆着一个小桌子和一个小小的书架。另外还有四把椅子。一张破旧的地图钉在其中的一面墙上。屋子里弥漫着一股好闻的苹果香味。

我们三个人都坐了下来。我父亲和他的老师相互对视了好一会儿，两个人一开始都没有说话。

"博蒂尼！"老人注视着房间的砖地上斑驳的光线，突然之间惊呼道，"哎，我记得很清楚！您的母亲是一位非常善良的夫人！您上一年级的时候，有一段时间坐在第一排的左侧，靠近窗户的地方。让我想想，看我还能记起些什么。我好像又看到了你那一头的鬈发！"说着，他又沉思起来。

"您那时候可是个活泼好动的孩子，不是吗？非常调皮。啊，我记得三年级的时候您得了喉炎。等到您病好了，家里人送您来上学的时候，您的身上裹着一条大围巾，人消瘦了很多。那都是四十年以前的事了，不是吗？您还能记得您可怜的老师，这真让人欣慰啊！您知道吗？前几年也有一些以前的学生来这里看望我，他们中有的已经是上校了，有的当了神父，还有的做了官。"说到这里，老人问起了我父亲的职业。然后，他又说：

"我真高兴，这是发自内心的高兴啊！真是太感谢您了！不过已经有很长时间没有人来看我了。亲爱的先生，恐怕您是最后一个了。"

"哪里的话！"我父亲惊呼道，"您的身体很健康，精神也很旺盛，不该说这样的话。"

"不行了。"老人说，"您看我的手抖得厉害吧！"他将抖动的手伸给父亲看。

"这是一个不良的征兆。三年前，我还在学校教书的时候，这只手就开始抖了。一开始，我也没有在意，我还以为不久就会好的。但是，它非但没有好，还越来越厉害。终于有一天，我连字都没法写了。哎，那是有生以来我第一次把墨汁溅到学生的作业本上。这对我的打击真是太大了，亲爱的先生。我又坚持了一段时间，但是后来就真的不行了。在教了六十年书之后，我终于不得不对我的学校、我的学生、我的工作说再见了。我心里难过啊，您知道吗？我真的很难过，很难过。上完最后一堂课，大家送我回家，给我开了一个欢送会。可是我的心里悲伤极了。我知道我的生命也就此完结了。我的妻子和我唯一的一个儿子在前年相继离开了我，我身边就只剩下两个种田的孙子了。现在我靠几百个里拉的退休金过日子，什么都做不了了。真是度日如年啊！我唯一能做的也就是翻翻从前的教科书和自己收集的校报之类的，还有就是学生们送给我的书。都在那里，您看到了吗？"他指着那个小小的书架说。

"那里有我的回忆、我的过去……除此以外，我什么都没有了。"他悲哀地说。

"但您的造访对我而言却是一个巨大的惊喜，亲爱的博蒂尼先生。"提起我们去看他，老人的语气立刻变得很欢快。

他站起来，走到他的小桌子旁边，打开一个很长的抽屉。抽屉里放着许多小纸卷，每一卷都用一根细绳子捆着，上面标注着日期。他在这些小纸卷里找了一会儿，打开了其中的一个，一页一页地翻着，最后抽出了其中的一张。那张纸已经发黄了。他把它递给我的父亲，父亲一看，原来是他四十年前的一份作业。纸上清清楚楚地写着：阿尔贝托·博蒂尼。听写。一八二八年四月三日。我父亲马上认出了他儿时那粗大的笔迹，微笑着仔细地看起来。但是，看着，看着，突然之间他的眼睛湿润了。我马上站起来，问他这是怎么了。

他搂住我的腰，把我抱在他的怀里，对我说：

"你看看这张纸。你看到了吗？上面的错误都是我那可怜的母亲帮我修改的。我的'l'和't'总是写不好，她总是帮我描。还有，这最后几行都是她帮我写的。她学会了按照我的字迹写字，当我累了或者困了的时候，她就帮我把作业做完。我亲爱的母亲啊！"说着，他亲吻着那张纸。

"这些，"老人指着那些小纸卷说，"都是我的回忆。每一年我都会保留一份教过的学生的作业，把它们排列起来，给它们编上号。有空的时候，我就会打开它们。看着他们的作业，我就会回忆起许多许多的东西，这种感觉就好像是回到了从前一样。时间过得真快啊！多少事一转眼就过去了啊，我亲爱的先生！只要我一闭上眼睛，就会看到一张又一张孩子的脸，想起一个又一个自己教过的班级。成千上百个学生啊，他们中或许有些人都已经过世了。他们中许多人我都记得很清楚。我记得那些最好的学生和那些最调皮的学生，我记得那些让我感到骄傲的学生和那些给我带来许多麻烦的学生。做老师的，有时候也会感到很悲哀的，因为学生中间的确也有一些心灵很肮脏的孩子。但是现在，我觉得自己仿佛已经到了另外一个世界，已经超脱了，对往日的恩怨都看得很淡了。所以，我爱他们中间的每一个人。"

他坐了下来，抓起我的一只手，握在他的手心。

"那您还记得我小时候某一件调皮捣蛋的事吗？"我父亲笑着说。

"您调皮捣蛋？"老人也笑了，"暂时还想不起来。但是这并不等于您从来都没有做过任何的坏事！不过我记得您那时候是个比较懂事的孩子，比同年龄的孩子都来得成熟一些。我记得您的母亲她非常非常爱您……不过您还记得我，能来看我真的是太好了。您怎么有时间放下手头那么多的事，一路风尘仆仆地来看我这样一个老态龙钟、一贫如洗的教书先生呢？"

"亲爱的克罗塞蒂先生，您请听我说。"我父亲饱含着深情说。

"我还清晰地记得我那可怜的母亲第一次送我去学校的情形。那是我第一次离开我母亲，需要一个人在外停留两个小时。她必须把我托付给另外一个人，而那个人并不是我的父亲——总之是一个'陌生人'。对我可怜的母亲而言，我上学念书这件事就意味着我走出家门，正式踏入社会，是一系列痛苦但是却又不能避免的分离的开端。从此以后，她就再也不能完整地拥有她的儿子了，因为他的另一半必须交给这个外面的世界。当时她难过极了，而我也一样舍不得她。她把我交给您的时候，她说话的声音都在颤抖；离开学校之后，她还通过门缝向我招手，眼睛里噙满了泪水。就在这个时候，您朝她做了一个手势，并把另外一只手放在胸前，仿佛是在说：'夫人，请您相信我！'从您的那个手势，那个眼神，我意识到您当时非常了解我母亲的心情，她的一切担心和忧虑都没有逃过您的眼睛。您用您的眼神在对她说：'坚强一点，夫人！'那个手势就是一种承诺，您向我的母亲承诺您会保护我、宽容我、疼爱我。这使我幼小的心灵得到了巨大的震撼。这么多年来我一直都没有忘记过这一幕。正是这件让我永生难忘的事情让我从都灵跑到这儿来看您。现在，在历经了四十多年之后，我又一次站在了您的面前，我是来向您道谢的，我亲爱的好老师。"

老人没有回答，他轻轻地抚摸着我的头发，我感觉得到他的手颤抖着，颤抖着。他抚摩着我的头发，然后又抚摩我的前额和我的肩头。这时，我的父亲注视着老人房间里空空的四壁、简陋的床铺、窗台上的一点点面包和一小瓶油，仿佛在说：

"可怜的老师，您辛苦了六十多年，就只得到了这一点点吗？"

但是那位好心的老人看起来很满足。不久他又兴致勃勃地开始谈论起我们的家庭、当年和他一起教我父亲的那些老师和我父亲班里的一些同学。对于父亲旧时的同学，有些老人还记得，其他的一些人他就没有什么印象了。于是他们就把他们知道的有关这些同学的消息相互交流了一番。谈了一会儿，父亲邀请他的老师到镇上去吃饭，老人热情地回答：

"谢谢，谢谢！"但是，看起来他却有些犹豫。我父亲握住了他的双手再一次恳求他和我们一起去。于是，老人说：

"您看我的手抖得这么厉害，怎么和你们一起去吃饭呢？这副样子会给别人带来许多麻烦的。"

"我们会帮您的，老师。"父亲说。

老师微笑着点点头，终于答应了。

"今天天气真好！我真的特别高兴！亲爱的博蒂尼先生，我向您保证，只要我活着，我就不会忘了今天发生过的事的！"

我父亲扶着老人的一条胳膊，老人拉着我的手，我们一起沿着山坡上的小路往下走。

在路上，我们看到两个小女孩赤着脚牵着她们的奶牛在走；另外有一个小男孩肩上背着很重的柴草，大步流星地从我们身边走过。老人告诉我们那是三年级的一个男生和两个女生。他们白天光着脚带着牲口去吃草或者在田间劳动，晚上则穿上鞋去学校上课。

时间已近正午了，一路上我们再也没有遇到别的人。几分钟后，我们就找到了一家餐馆。我们要了一张大桌子，请老师坐在中间，然后就开始吃饭。餐馆里很安静，就像是在一个修道院里一样。但是父亲的老师兴致很高。因为太激动，所以他的手抖动得越发厉害。他几乎都没有办法吃饭了。我父亲亲自帮他割肉、切面包，还帮他把盐放进碟子里。喝酒的时候，老人需要用双手来拿杯子，但是即使这样他的牙齿还是不停地打颤。尽管如此，老人的谈兴很浓，话语很流畅，充满了热情。他滔滔不绝地谈起他年轻时读过的书，谈起他的上级对他的赞扬和当年学校里的规章制度。他的神情很安详，但是脸上泛起了一点点红晕。他的声音里充满了快乐，笑起来就像是个无忧无虑的少年。我父亲默默地望着他，那神情有些时候他坐在家里望着我的时候也会出现：侧着头，一边沉思，一边微笑。

老人喝酒的时候不小心把葡萄酒洒在了胸口的衣服上。父亲站起来用餐巾为他擦拭。

"哦不，先生，别这样!"老人笑着说。他用拉丁语说了几句话。然后，他用他颤抖的手举起手中的酒杯郑重地对我父亲说：

"亲爱的工程师先生，为了您和您的孩子，为了您那已经过世的善良的母亲，让我们一起干一杯。"

"让我们也为了您，我亲爱的老师干一杯!"父亲紧紧地握着他的手回答。

餐馆里，老板、跑堂儿的和其他的一些人都在朝我们这一桌看。他们都笑嘻嘻的，仿佛也在为自己的家乡有这么一位德高望重的老师而感到高兴。

两点钟过一点，我们从餐馆里出来。父亲的老师执意要送我们去火车站，于是父亲又重新扶住了老人的胳膊一起朝车站走去。一路上，老人还是拉着我的手，而我呢，则帮老人拿着手杖。人们停下来看我们，大家都认识父亲的老师，不断有人向他打招呼。走着，走着，我们突然听到路边的一扇窗子里传出许多孩子齐声朗读的声音。他们在读课文、拼字母。老人停下脚步，神情一下子就变得很悲伤。

"您听，博蒂尼先生，"他对我父亲说，"最让我感到难过的事就是这个：每次听到孩子们的声音，想到自己再也不能和他们在一起了，想到已经有人替代了我的位置，我就……哎，这样的'歌声'我已经听了六十年了，已经离不开它了。而我现在只是一个孤苦伶仃的老人，既没有家庭，也没有孩子。"

"不是这样的，老师！您有许多孩子，他们分散在各个地方，像我一样，他们都永远也不会忘记您的。"父亲一边说，一边拉着他离开那个让他伤心的地方。

"不是的，不是的，"老人悲伤地说，"我不能再去学校了，我再也不能和我的孩子们在一起了。没有那些孩子，我就活不长了，我知道的。天国的钟声就要敲响了。"

"您不要这么说！您怎么能有这样的想法呢，我的老师?"父亲说，"您已经做得够多了！您已经把您的整个一生都奉献给了这崇高的教育事业了！"

老人把两鬓斑白的头颅靠在了父亲的肩头上，并且紧紧地握住了我的手。

我们一起进了车站。火车就要开了。

"再见了，我的老师！"父亲向他的老师告别，他轻轻地吻了他的双颊。

"再见，谢谢，再见！"老人回答说。他用颤抖的双手握住了父亲的一只手，把它紧紧地放在他的胸前。

然后，我也吻了他，我感觉得到他已经泪流满面了。

父亲把我先推进了车厢。当他要上火车的时候，他飞快地夺过老人手里那根粗糙的手杖，把自己那根镶着银质圆头，刻着自己姓名起首字母的手杖塞在老人的手里，对他说：

"您留下作个纪念吧！"

老人想要把手杖还给父亲，但是父亲已经上了火车，并且关上了车门。

"再见，我亲爱的老师！"

"再见，我的孩子!"老人说，"您给一个可怜的老人带来了安慰，上帝会保佑您的!"

火车已经启动了。

"再见了，老师!"父亲激动地大声说。

但是老人摇摇头，仿佛在说：

"我们再也不能见面了。"

"能的，能的，我们会再见的!"父亲大声重复道。

但是老人伸出一根颤抖的手指指了指天空说：

"也许是在那里。"

他就这样，用一根颤巍巍的手指指着天空在我们的视线中消失了。

大病初愈

二十日，星期四

从父亲的老师家回来，我还是兴高采烈的。但是，我万万没有预料到在和父亲一起进行了这次愉快的旅行之后，我竟然会一病不起。整整有十天的时间，我都没有能出门。不要说是去田野里走走了，在这段日子里，我连天空是什么颜色都没有看到。当时我病得真的很严重，几乎都有生命危险了。我听到我的母亲在不断地抽泣，而我的父亲则一直都注视着我，他的脸色也变得很苍白很苍白。我的姐姐西尔维亚和我的小弟弟低声地说着话，一个戴眼镜的医生时不时地来看我，和我说着一些我根本听不懂的话。真的，有一刻我真的病得快和大家说永别了。哦，我那可怜的母亲。大概有三四天的时间我一直在昏睡，什么都不记得，陪伴我的只有噩梦和黑暗。隐隐约约中我好像看到我二年级时的女老师来到了我的床前。为了不吵醒我，她拼命用一块手帕按住自己的嘴巴，努力忍住咳嗽。我现在的老师仿佛也来过了，我依稀记得他俯下身子吻了我，他的胡子扎得我的脸有些疼。还有红头发的克罗西，金头发的德罗西，和穿着黑衣服的来自卡拉布里亚的男孩。加罗内也来看过我。他给我带来了一个橘子，非常新鲜，上面还带着绿色的树叶呢。但是，他只待了一会儿就走了，因为他的母亲也病得非常厉害。

后来，我就醒了，真像是做了一场大梦一样。我知道自己的身体已经好多了，因为看到我的父亲和母亲脸上都有了笑容，而我的姐姐西尔维亚在哼小曲。哦，多么悲伤的梦啊！

接下来的日子，我的身体一天比一天好。"小泥瓦匠"来看我的时候，又给我做了一个兔脸。我忍不住笑了，要知道这可是我生病以来第一次笑啊！"小泥瓦匠"病愈之后，人瘦了好多。可怜的家伙，他的脸因此拉长了，但是扮起兔子来却更像了。科雷蒂和加罗菲也来了。加罗菲还送了我两张他新制的彩票，如果中奖的话可以得到一把有五个刃的削铅笔小刀，那是他从贝尔托拉大街的旧货商那里买来的。昨天，普雷科西也来看了我。因为当时我正在睡觉，他不忍心吵醒我，就把脸贴在了我的手心里。因为他是从他父亲的打铁工场里来，脸上还沾着许多煤灰，所以就把我的袖口给弄脏了。但是，当我醒来时，看到了沾上煤灰的袖口，知道普雷科西来过了，心里却别提有多高兴了。

才没有几天的工夫，树就都抽芽了，变得绿油油的。我父亲把我扶到窗前，我看到许多孩子拿着课本跑着跳着高高兴兴地上学去，心里真的非常羡慕。不过没多久我也可以像他们一样去学校了。我真的很想快点见到我的同学，我的课桌，我的校园和那些熟悉的街道；我也迫切地希望他们能把我不在的这段时间里发生的事情全都告诉我。另外，我还想读书、写字，我觉得自己好像有一年没有看到过它们了。我那可怜的母亲，她不仅瘦了，脸色也苍白了许多。可怜的父亲，他看上去也很憔悴。还有我那些要好的同学们，想当初他们来看我的时候，都是踮着脚尖悄悄地走近我，然后在我的额头上轻轻地亲吻。现在想起总有一天我们大家都要分开，我就觉得很难过。我也许会和德罗西、还有其中的几个继续一起学习，可是其余的人呢？上完五年级以后，我们就要分别了，再也见不到了。即便我再生病，他们也不会再到我的床边来看我了。加罗内、普雷科西、科雷蒂，还有许多可爱的同伴，许多亲爱的同学，他们都不会来了！

工人朋友们

二十日，星期四

恩里科，我的孩子，你为什么要这么说呢？见不见他们，是否能和他们继续做朋友，这完全取决于你啊！读完五年级以后，你就将开始读中学，而他们呢，可能马上就会开始工作，但是，这并不意味着"永别"，因为你们还是在同一个城市里生活啊！既然这样，你们为什么就不能再相见呢？以后，当你上高中甚至上大学的时候，你照样可以去他们工作的商店或者工场找他们。看到你儿时的好朋友都长成了大人，并且一个个都是工作的能手的时候，你一定会感到很快乐，很快乐。

将来，无论科雷蒂和普雷科西在哪里，我都希望你会去找他们。你去找他们，和他们一起待上几个小时，你就会发现他们能教会你许多许多东西。他们会和你谈起他们的工作、他们的技能，谈起他们的生活、他们的世界，你从他们的身上能更深刻地认识到这个社会和这个国家，学到书本上无法直接学到的东西。所以，你一定要好好地珍惜你现在已经拥有的友谊，并且认真地维系它，因为在以后的生命中，你也许再也不能得到这样真挚的来自于社会不同阶层的友情了。一旦失去这份友情的话，你就只能生活在自己的社会阶层里，只同本阶层的人员打交道，就像那些只读一本书的学者那样狭隘。

所以，今后你一定要注意和你的好朋友保持联系，即便你们已经不在一起学习和生活了。其实，从现在开始你就要注意加深你和他们的友谊，因为，他们是工人阶级的孩子。孩子，你瞧：一个社会就像一个军队一样。上层社会的人就像军官，下层社会的工人就像士兵。但是，这并不意味着士兵不如军官高贵，因为人的贵贱在于工作而不在于金钱；在于他的人生价值而不在于他的身份。即便我们真的要讨论功劳的话，它们也应该属于士兵，属于工人，因为他们付出了很多，但是从自己的劳动成果中分得的却最少。所以，在你所有的同学和同伴中，你应该首先学会尊重和热爱那些工人和士兵的儿子。要懂得尊重他们的父辈们所付出的艰辛和作出的牺牲。不要用金钱和地位来衡量人，因为只有卑鄙的小人才会这么做。想想我们享用的一切物质都是工人阶级和农民阶级用他们的劳动、他们的血汗创造出来的。他们在车间里工作，在田野里耕耘，用他们的智慧和劳动换来了我们祖国的今天和明天。

所以，你不能忘记加罗内，不能忘记普雷科西。还有科雷蒂和"小泥瓦匠"。你要热爱他们。因为在这些幼小的工人阶级的胸腔里跳动的是一颗颗王子般高贵的心。你要对自己发誓，不管你将来会变得怎样，一切都不能从你的心中抹去这些童年时代建立起来的珍贵的友谊。你要对自己发誓，假设再过上四十年，在经过火车站时，看到一个衣衫褴褛、满脸灰尘的机修工，而他正是加罗内的话，你一定会认出他来。不过，我想，其实你并不需要对自己发誓。因为如果这样的事情真的发生了，即便当时你已经是我们这个王国的参议大臣了，你也会跳上他的机车，用双手抱住他的脖子的。

你的父亲

加罗内的母亲

二十九日，星期六

一回到学校，我就得到一个非常不幸的消息。加罗内有好几天都没有来学校了，因为他的母亲病得非常厉害。星期六的晚上，她病故了。昨天早晨，我刚到学校，我们的老师就对我们说：

"可怜的加罗内，他遭遇了一个孩子可能遭遇到的最大的不幸。他的母亲病故了。明天，他就要回学校上课了。孩子们，我请求你们从现在开始就时刻谨记着他的不幸，要用理解和尊重来抚慰他受伤的心灵。当他走进学校的时候，你们要热情地招呼他，但是同时一定要保持严肃；你们不能和他开玩笑，在他面前也不能毫无顾忌地开怀大笑，记住了!"

今天早晨，加罗内真的来上课了。不过，他比别的同学来得要晚一些。看到他，我的心里就好像挨了一拳似的。他双眼红肿，脸色苍白，站都站不直。看上去好像病了有一个月似的，和从前的加罗内一点儿都不一样了。他浑身都穿着黑衣服，让人看着难受。大家都盯着他看，谁也不敢大声地喘气。

走进教室，往日的一幕幕就都涌上了他的心头。他母亲活着的时候，几乎每天都来学校接他；每次考试前，她都会走到他的桌子前面，俯下身子叮嘱他；在上课的时候，他也会经常想念他的母亲；一听到下课的铃声，就会迫不及待地冲出去和她一起回家。想到这儿，他再也忍不住了，失声痛哭。

老师把他拉到身边，将他搂在怀里，对他说：

"哭吧，尽情地哭吧，可怜的孩子。但是，你一定要坚强一些。你的母亲虽然不在这里了，但是她在天上看着你，爱着你。她一直都会活在你的身边，直到有一天，你重新看到她。因为你的灵魂和她的一样真诚、善良。坚强一些，孩子!"

说完，他就陪着他走到了他的课桌边。加罗内的课桌离我的很近，可是我根本就不敢看他。他从课桌里抽出了他的课本和练习册。他已经好多天都没有翻开过它们了。打开阅读课的课本，上面正好有一幅母亲和孩子手拉着手的插图，他一看，就把头垂在课桌上，忍不住又哭了起来。老师做了一个手势，让大家暂时不要管他，接着就开始上课了。我本想对他说些什么的，但是我真的不知道说什么好。于是，我用手抓住了他的胳膊，在他的耳朵旁轻轻地说：

"不要哭了，加罗内。"

他没有回答，他的头也没有从课桌上抬起来，但是他把他的手放进了我的手心，让我握了好一会儿。

放学的时候，谁也不敢和他说话，但是，大家都走在他的身边，用悲伤的、深切的眼神望着他。

看到我的母亲在门口等我，我马上朝着她跑过去，想要拥抱她。可是，母亲却推开了我，一直朝着加罗内看。一开始，我并不知道她为什么这样做，可是，我马上就感觉到了加罗内的眼神。他一个人站在一边，望着我。他的眼神里有一种不能用语言表达的悲伤，好像在说：

"你可以拥抱你的母亲，我却永远都不能拥抱她了。你有你的母亲，我的母亲却已经死去了！"

于是，我懂得了我的母亲推我的含义，默默地走出了校门，连她的手都没有拉。

朱塞佩·马齐尼

二十九日，星期六

今天早上加罗内到学校里来的时候，脸色仍然很苍白，眼睛也还是肿肿的，很显然他又哭过了。我们大家为他准备了许多小礼物，都堆放在他的课桌上，想以此来安慰安慰他。但是他只对它们看了一眼，并没有很在意。为了鼓起他对生活的勇气，老师特意带了一篇文章来，准备念给他听。在念文章之前，老师先通知我们说：明天他将带我们一起到市政府去看政府为一个少年颁发公民荣誉奖章。听说，得奖的少年勇敢地把他的同伴从波河里救了出来。下个星期一，老师要给我们做一个听写，内容就是一篇关于这个授奖仪式的记叙文。这篇文章将作为我们这个月的每月故事。说完，老师把目光集中到加罗内的身上。老师看到加罗内还是低着头，就对他说：

"加罗内，振作起来，和大家一样把我下面要念的文章写下来。"大家于是都拿起了笔，老师开始给我们作听写练习。

"朱塞佩·马齐尼，一八〇五年出生于热那亚，一八七二年死于比萨。他是一位伟大的爱国主义者、天才横溢的作家，也是意大利革命运动的启蒙者和先驱者。他满怀着爱国的热忱，在四十多年里，饱受贫困和迫害，生活上颠沛流离，但是却始终没有改变自己的决心和信仰。朱塞佩·马齐尼非常热爱他的母亲。他从他的母亲那里汲取了精神上的营养，继承了他母亲性格中的坚强、善良和纯真。当他的一位忠实的朋友因为母亲的过世而悲痛欲绝的时候，他写信安慰他。他的信大致是这样写的：

"'朋友，在这个世界上，你再也见不到你的母亲了。这是一个可怕的事实。现在，我并不打算去看望你，因为你所承受的痛苦是神圣而庄严的，你必须通过自己的努力才能战胜它。我希望你能明白我想要对你说的一句话的意义，那就是：必须战胜痛苦。人必须战胜痛苦中包含的不够纯洁、不够高尚的因素，因为那些东西只会削弱人的意志，使人变得软弱。但是，痛苦所包含的并不只是消极的因素，它同样能使人精神振奋，变得伟大而崇高。对于这些积极的因素，你绝对不能放弃它们。在这个世界上，一个好母亲的地位是没有人能够替代的。虽然生活中你还会有新的痛苦和新的快乐，然而你却永远都无法忘记她给你的一切。但是，这并不等于你可以就这样悲伤下去，消极下去。你应该用一种可以告慰她的方式继续你的生活，并以此来纪念她、缅怀她，表达你对她的爱。哦，我的朋友。请听我说。死亡是虚无的，是不存在的东西。我们甚至无法真正地理解它的含义。然而，生活，它却是鲜活的，有着它的自然准则，那就是——不断地进步。昨天在这个世界上，你拥有你的母亲；今天，你在天国拥有了一位保护你的天使。所有属于真、善、美的东西都不会离开我们。不仅如此，它们还会不断地变得越来越强大，以保护尘世间那些脆弱的生命。你的母亲对你的爱也是一样。她不会因她的死亡而停止爱你的。现在，她甚至比从前更爱你。而你也要因为她而对你自己的行为负责。也就是说，你必须比从前更成熟。因为你是否能够在另外一个世界与她重逢，完全取决于你现在和将来所做的一切。总之，出于对你的母亲的爱和尊敬，你就该变得比从前更好。这样，她在天国看到了，就会高兴了。从今往后，你做任何事之前，都要问自己一个问题："我母亲看到我这样做，她会赞同吗？"这样，她就变成了你的保护神，你做任何事都要告诉她。坚强一点！做个好人！一定要战胜痛苦、战胜绝望！你要像那些伟大的人一样在大喜大悲中保持平静：我相信，这也正是她，你的母亲所希望的。'"

"加罗内！"读完之后，老师对加罗内说，"坚强起来，用平静的心态对待这一切。因为这一定是她——你的母亲所希望的。懂了吗?"

加罗内点点头表示"好的",同时,他的泪水大颗大颗地落下来。落在他的手上,他的作业本上,他的课桌上。

公民荣誉奖章
每月故事

下午一点钟,老师带我们来到了市政大厅前,参加为一位见义勇为的少年颁发公民荣誉奖章的仪式。这个少年把他的同伴勇敢地从波河里救了起来。

市政大厅前的广场上,一面硕大的三色旗迎风招展。

跟随着老师,我们进了市政大厅的院子。

院子里已经挤满了人。大楼前摆着一个桌子,桌子上铺着红色的毯子,毯子上放着奖章。桌子后面有一排镀金的椅子,那是供市长和市政官员们坐的。市政府的工作人员都穿着蓝色的背心和白色的袜子。院子的右边站立着一排佩带着勋章的民警;他们的身边站着几名税务警察;消防队员们则站在另一边,他们都穿着节日的盛装。许多士兵也来看热闹,他们中有骑兵、狙击手和炮兵。他们都没有秩序地站着。我们的身边则挤满了绅士、普通群众和几个军官,其中有不少妇女和孩子。我们大家都挤在一个角落里。角落里已经站了许多别的小学的孩子,他们也是由老师带领来看颁奖仪式的。我们的旁边站着一群穷人家的孩子,年龄都在十岁到十八岁之间。他们一边等，一边大声地说笑。从他们说笑的内容，我们不久就猜出他们都是住在波河街道的孩子，也就是今天将要获奖的那个孩子的同学和朋友。市政大楼的每一个窗口都有政府工作人员的头从窗子里面探出来。图书馆的回廊里也挤满了人，人们都紧贴着回廊站着。对面，也就是市政大厅入口的上面，挤着很多姑娘。她们有的是公立学校的女生，还有一些是军人慈善协会的姑娘，后者的脸上戴着美丽的天蓝色面纱。整个市政大厅在那一刻看起来就像是一个大剧场。

大家都在愉快地交谈着，时不时地朝院子中间的那个红色的颁奖桌的方向望一眼，看看是不是有人出来。乐队在最后面的拱廊里演奏着抒情的音乐，金色的阳光均匀地洒在四面的高墙上，一切都是那么的美妙。

突然间，院子里、回廊里、窗户里同时响起一阵掌声。

我踮起脚尖向前张望。

站在红色的颁奖桌子后面的人群主动向两边分开，让出了一个通道。一个男子和一个女子正从里面走出来。那个男子的手上还拉着一个孩子。

他就是那个救了同伴的少年。

那个男子是少年的父亲，听说他是一位泥瓦匠，但是今天他穿着一身节日的盛装。而那个女人则是孩子的母亲，她身材不高，长着一头金发，穿着一身黑色衣服。那孩子也是金头发，长得也很矮小，他穿着灰色的外套。看到那么多的人，听到那有如雷动的掌声，三个人都不由自主地站住了，既不敢朝前看，也不敢随便动。这时，一个政府的工作人员把他们朝前推了一下，这样他们才站到了那个用来颁奖的小桌子的右面。

起初大家都很安静，可是不一会儿院子的四周又爆发出一阵热烈的掌声。男孩抬头看了看楼上的窗户，又看了一眼站满了"军人慈善协会"的姑娘们的门廊，搓着手里的帽子，有些不知所措。我觉得他的脸长得有些像科雷蒂，只是更红一些。而他的父亲和母亲则一直都盯着颁奖桌上的奖状在看。这时站在我们身边的波河街道的孩子开始拼命地往前挤。他们用手势招呼着他们那站在领奖台上的同伴，低声叫着他的名字：

"皮，皮，皮诺特!"男孩终于听到了同伴的喊声，用帽子遮住嘴巴偷偷地笑起来。

这时候，全体警察突然做出了立正的姿势。市长带领着其他一些政府官员走了进来。

市长穿着一身白色的衣服，脖子上围着代表意大利的三色披肩，走到了颁奖桌的后面。其他的人则站在了两边。

这时，乐队停止了演奏。市长做了一个手势，大家都安静了下来。

市长开始讲话。他开始讲的几句话我没有听清楚，但是，我知道他是在向大家讲述这个孩子的英雄事迹。可是突然之间，他提高了声音，这样整个院子都能听见了。于是，他接下来说的话，我一句也没有漏听。

"当时他正在岸上，看到他的同伴惊慌失措地在水里挣扎，他毫不犹豫地脱下了身上的衣服，准备跳进河里。其他同伴对他喊着：'不要去，你会淹死的!'他没有听。还有人企图拉住他，但是他挣脱了。同伴们喊着他的名字叫他回来，但是他已经跳进了水里。当时，河水涨得已经很高，就是对一个大人来说，在这种时候下水救人危险也是很大的。然而，他却用他那小小的身躯和一颗无畏的心准备同河神一搏。他游到了溺水的孩子的身边，及时托起了他。要知道，当时，那个溺水的孩子已经开始下沉了。他带着他一起朝岸边游去。河里波涛汹涌，一个个旋涡随时都可能把他们淹没。但是，他竭尽全力与厄运搏击着。很多次，在岸上的同伴都已经看不到他们了，但是，他咬紧牙关又紧紧地抓住他的同伴狠狠地往上一顶，一起浮出了水面。他的人是那么坚强，他的决心是那么坚定。我们看到的事仿佛不是发生在一个男孩和另一个与他同龄的男孩身上，而是发生在一位父亲和他那溺水的孩子身上。父亲之所以会这样是因为孩子是他的生命、他的希望。最后，少年无畏的英雄行为终于感动了上帝，上帝允许他从河神的手中抢回了同伴的生命。把同伴救上岸之后，他并没有马上走开，而是和其他同伴一起安慰那惊魂未定的少年。然后，他一个人回到了家，就好像什么都没有发生一样，漫不经心地对他的父母说了一遍事情的经过。亲爱的先生们！一个成人的英雄行为固然值得人们尊敬，但是一个少年在同样一件事情中表现出的无私和高尚更加可贵！另外，一个孩子的力量和一个成人来比较，也是有差距的，所以，要成就同样的一个壮举，他的意志必须更为坚强。在通常的情况下，我们成人并不奢求从一个孩子那里得到什么，在我们的心里，他们只要懂事，通情达理，能理解我们的一片苦心，我们就感到很安慰了。然而，这个孩子所做的一切却远远地超过了我们对他的期望，他的英雄行为对我们而言简直就是神圣的！先生们，我不再说什么了。我不想用那些花哨但是肤浅的话来颂扬这样一个简单但是神圣的英雄的行为。你们看，现在站在你们面前的就是那个高尚而勇敢的少年！

战士们，像对待你们的战友一样向他致敬吧！母亲们，像祝福你们的孩子一样祝福他吧！孩子们，记住他的名字，把他的面容深深地印在你们的脑海里！永远也不要忘记他的英雄事迹！快过来，我的孩子！以意大利国王的名义，我向你颁发这枚公民荣誉奖章。"

一阵欢呼此起彼伏，在整个大楼里回荡。

市长从桌子上拿起奖章，佩在了少年的胸前。然后，他又拥抱了少年，并且吻了他。

少年的母亲激动地哭泣起来，她用手遮住了她的眼睛；少年的父亲则一直在盯着少年胸前的奖章看。

市长又和少年的父母紧紧握手，并拿起用丝带系着的奖章递给孩子的母亲。然后，他转身对少年说：

"孩子，你一定要记住这个特殊的日子啊！因为在这一天里，你获得了巨大的荣耀；你的父亲母亲都为你而感到骄傲。记住这一天，你就永远都会在这条崇高而光荣的道路上走下去的。再见了！"

市长离开了，乐队又开始演奏。看起来一切都结束了。可是，就在那队消防队员也准备撤离的时候，一位母亲推了他的孩子一把，马上又躲进了人群里。只见一个大约八九岁的孩子冲到了台上，扑进了领奖者的怀里。

台下顿时爆发出一片雷动的掌声和欢呼声，在整个市政大楼的院子里回荡着。大家都马上明白了：扑上领奖台的少年就是那个险些在波河里溺死的少年，他是上台感谢他的救命恩人的。他们两个在台上紧紧拥抱，然后溺水的少年就挽着他的同伴的手和他一起走了下来。他们走在前面，获奖者的父母跟在后面，一起朝着出口走去。他们穿过乱哄哄的人群，艰难地朝前挤。警察、士兵、女人和孩子你推我挤，前呼后拥，纷纷踮起脚来，争着再看一眼这位英雄少年。正好站在走道口的，都伸出手来抚摩他。看到他走近了，他的同学们都把帽子扔到了半空中。波河街道的孩子们冲上去，抓住他的手臂，扯住他的外套，拼命地大喊着：

"皮！皮！勇敢的皮！皮诺特万岁！"

当他走过我的跟前时，我仔细地看了他一眼。他激动极了，整个脸蛋儿都涨得红红的。看得出来，他真的非常满足。他的胸前，挂着象征意大利的白、红、绿三色奖章，非常神气。他的母亲一边哭一边笑；他的父亲搓着一缕胡子的手不断地颤抖着，就像是发着高烧一样。不断有人从窗口和门廊里探出头来，向他们招手致意。当他们走到门廊底下，快要出门的时候，"军人慈善协会"的姑娘们送来了她们的礼物：一束束紫罗兰和雏菊花从天而降，雨点般地打在了小英雄和他的父亲、母亲的头上，撒了一地。许多人赶忙把它们捡起来，献给他的母亲。乐队在后面奏着一支舒缓而美妙的乐曲，仿佛许多清脆的声音在歌唱，歌声一直沿着河岸飘向远方。

五　月

患佝偻病的孩子

五日，星期五

今天我没有上学，因为我觉得身体不是很舒服。我妈妈要去残疾儿童学校给看门人的孩子办入学担保手续，我就跟着一起去了。但是到了那里，妈妈却没有让我进去。

亲爱的恩里科，你知道我为什么不让你进去吗？我是不想让那些可怜的孩子在学校里突然之间看到一个又健康、又强壮的同龄人。他们会拿自己去作比较的，这会让他们感到多么难受啊！我想这样的痛苦他们一定已经承受得够多了。每次走进这所学校，我就忍不住想哭。那里有六十多个孩子，既有男孩，也有女孩。他们有的手足僵硬扭曲，有的骨质疏松麻痹，有的躯体佝偻矮小。但是，如果你仔细观察，马上就会发现，他们中其实有许多面容长得都很清秀，还有一些孩子的眼睛里闪烁着智慧和爱的光芒。其中有一个小女孩，她的鼻子很尖，下巴也很瘦，长得就像一个老太婆一样；但是每当她笑的时候，却非常非常美丽。有一些孩子，你当面看，仿佛他们都很健康，但是当他们转过身，你就会发现……哎，就这样，你的心会一下子抽紧。学校里有一位医生，专门给他们看病。他常常让他们站在凳子上，撩起他们的衣服，用手拍他们鼓胀的肚子或者抚摩他们肿胀的关节，这些孩子都一一照办，一点儿都不觉得难为情。可以看出来，许多孩子已经习惯了让别人脱光了衣服，转来转去作各种各样的检查了。想想这些上学的孩子都已经处在他们身体发育最好的时期了，因为他们几乎感觉不到什么病痛了。但是，在他们刚发病的时候呢？他们曾经遭受过多大的痛苦啊！随着病情的加重，亲人们渐渐对他们不再抱有希望了，可怜的孩子，他们渐渐被冷落，被独自丢弃在某个房间或者院子的角落里，无人问津。吃的是残羹剩饭，还经常受到冷嘲热讽。即便不是这样，也会长时间地生活在绷带的束缚中，长期忍受着矫形器械无情的折磨。

不过现在，因为有了很好的治疗、丰富的营养和适当的体育锻炼，许多孩子的情况都好转了。学校里有专门的女老师教他们做体操。有时候，当我看到他们从桌子底下伸出那些裹着绷带，上着夹板，关节肿胀，完全变形的下肢来做操的时候，真是辛酸啊！这些小人儿的四肢，它们本该是被母亲的温情而不是这些冷冰冰的器械覆盖的啊！有些孩子站不起来，就只能弯着腰、弓着背坐在那里，他们的头靠在手臂上，他们的手不停地抚摩着各自的手杖。还有一些，手用力一撑，就马上感觉到呼吸困难，才站到一半就又坐了下去，脸色变得煞白，却努力微笑着，以此来掩饰内心的痛苦和不安。

哦，恩里科，在你们这些健康的孩子看来，能够蹦蹦跳跳仿佛是件天经地义的事情，你们因此根本就不珍惜自己的健康。我想起那些健康而漂亮的孩子，他们是母亲的骄傲。这些母亲带着自己的孩子散步的时候，毫不掩饰内心的自豪和愉悦。而我却很想把那些可怜的孩子抱在胸前，让他们紧紧地靠在我的心口上。如果我是一个单身的女人，我一定会热切地对他们说：

"我不想离开这里了。我要把我的一生都献给你们，为你们服务，做你们的母亲，直到我生命的最后一天……"

有时候，你还会听到他们唱歌。他们的声音纤弱而甜美，充满了悲伤，完全发自于内心。当老师表扬了他们，他们就会非常开心。老师在课桌中间走过的时候，他们会争相亲吻她的手臂和手。这是因为他们对爱护他们的人总是心怀感激，这是一群非常有爱心的孩子。不仅如此，那些小天使们还很有天分。他们的老师告诉我，他们学习很用功。有一位很年轻很善良的女老师，她那慈祥的脸上时时都笼罩着愁云，这也许是她每天都照顾这些可怜的孩子的缘故。可爱的姑娘！在我看来，在所有用辛勤的劳动来维持生计的人中间，你的工作是最神圣的，我的孩子！

你的母亲

牺　牲

九日，星期二

我的母亲很善良，我的姐姐西尔维亚和她一样，有一颗宽容而美好的心灵。昨天晚上，我正在抄写每月故事《六千里寻母——从亚平宁山脉到安第斯山脉》，由于篇幅太长，老师让我们每人各抄几页，我的姐姐西尔维亚蹑手蹑脚地走了进来。她压低了声音，匆匆忙忙地对我说：

"你快和我一起去见妈妈。今天早上，我听见爸爸和妈妈在讨论，听起来好像是，爸爸的工作不是很顺利，他很难过，妈妈在鼓励他不要灰心。这就等于说，我们家的经济紧张了，你懂吗？我们没有钱了。我听爸爸说要作出一些牺牲，这样才能东山再起。如果是这样的话，那么我们也该作出我们的牺牲，你说对不对？你跟我一起去吗？好的。那由我来对妈妈说，你只要点头同意并且保证会照着我的话做就可以了。"

说完，她就拉着我的手，和我一起去找妈妈。妈妈正在做菜，看起来心事重重的。我坐在沙发的一边，姐姐坐在另一边，对妈妈说：

"妈妈，您看，我有话要对您说。哦，是我们有话要对您说。"

妈妈惊讶地望着我们。于是，西尔维亚接着说：

"爸爸没有钱了，是不是？"

"你在说些什么呀？"妈妈涨红了脸问。接着，她又说：

"不是这样的。你知道些什么呀！谁对你说的？"

"我知道的。"西尔维亚坚决地说，"好吧，妈妈，不管怎样，我们也要作出一些牺牲。您原来说会在五月底给我买一把扇子，而恩里科呢，他原来正在等您给他买一盒颜料。不过现在，我们都不要了。我们不想浪费你们的金钱。没有这些东西，我们一样会过得很快乐的，您知道吗？"

妈妈想插话,但是西尔维亚还没有说完:

"不,妈妈,您不要反对了。就这样,我们都已经决定了。在爸爸没有重新赚到钱之前,我们不吃水果也不要别的东西了。每天吃饭我们只要一个汤就行了。早餐呢,我们就吃一点儿面包。这样,我们就可以在吃的方面节省一些钱。我知道,从前我们的用度太大了。而且我们向您保证,我们一定不会抱怨的。我们会像从前一样开心的,妈妈。恩里科,你说是吗?"我回答说"是"。

"不管怎样,我们都会快乐的,妈妈。"妈妈又想插话,西尔维亚用一只手堵住了她的嘴巴重复道。接着,她又说:

"如果您还要我们作出别的一些牺牲,比如说在穿着或者别的方面,我们也很愿意。我们甚至可以卖掉您送给我们的礼物。我把我所有的东西都交给您处置,我还可以和您一起做家务。这样我们就不用在外面雇人了。我整天都可以和您一起干活,您要我做什么我就做什么,我随时都听候您的吩咐。"说着,西尔维亚用双手搂住了妈妈的脖子,说:

"只要爸爸和您没有烦恼,只要我每天放学回家都能看见你们俩像从前一样心情愉快,和你们的西尔维亚和你们的恩里科一起,我就满足了。要知道我是多么多么地爱你们啊!为了你们我甚至可以付出我的生命!"

哦,听了这些话,我妈妈高兴极了。我从来都没有看到她那么高兴过。她拼命地亲吻着我们,要知道以前她从来都没有这样亲吻过我们。她一边哭,一边笑,一句话都说不出来。最后,她告诉西尔维亚说她搞错了,事情没有她想象的那么糟。哦,上帝保佑!然后,她又对我们说了无数遍的"谢谢"。整个晚上，她的情绪都很高。父亲回来之后，她把一切都告诉了他。我可怜的爸爸，他什么也没有说。但是，今天早上，我坐在早餐桌上，却发现了……我们真的是感到又惊喜又悲伤，因为我在我的餐巾底下发现了我想要的颜料盒，而西尔维亚则发现了她想要的扇子。

火　灾

十一日，星期四

今天早上，我抄完了老师分配给我的那部分"每月故事"，正在构思老师让我们写的一篇自由命题作文的题目，突然之间，听到楼梯上传来了一阵非同寻常的喧哗声。不久，就有两个消防队员走进了家门。他们对我父亲说他们想检查一下我家的壁炉和烟囱，因为楼顶上的一个烟囱冒烟了，却不知道是谁家的火炉出了问题。

父亲说："没有问题，请检查吧。"

虽然我们家肯定没有任何一处有明火，消防队员们还是查看了每个房间，并且把耳朵贴在墙壁上，听听连接其他楼层的烟道里有没有噼噼啪啪的火声。就在消防队员在房间的各处检查火情的时候，我父亲对我说：

"恩里科，我倒是给你的自由命题作文想了一个题目——消防队员，你看好不好？我给你讲一个故事，然后你把我讲的内容写下来。那是两年前的一个深夜。我看完演出从巴尔博剧院出来。一走到罗马大街，我就看到一片异乎寻常的火光和许

爱的教育　│　253

多正在奔跑的人。有一幢房子着火了。火舌和浓烟已经从窗户和屋顶冒了出来。男人和女人在窗口露了一下脸就立刻消失了。大楼里不断传出绝望的喊声。大楼的大门口一片混乱。人们大喊着：'他们快要被活活烧死了！快救命啊！找消防队！'

"这时，第一辆消防车赶到了。从车上跳下来四个市政府的消防队员，他们一下子就冲进了着火的楼房。他们一进去，就看见了一幕可怕的情景。一个女人从四楼的窗户里探出头去，歇斯底里地叫着救命。接着，她抓住栏杆，整个人跨了出去，就这样悬在了半空。她背对着外面，从屋子里窜出来的火苗和涌出来的烟雾就在她的头顶，她几乎就要被烧着了。下面围观的人群发出惊恐的叫声。惊慌失措的住户报错了楼层，消防队员们打穿了三楼的一堵墙，冲进了三楼住户的一个房间。这时候，各种各样的喊声从四面八方传来：'是四楼，是四楼！'于是，他们再转身向四楼冲去。四楼的房间已经被烧得不成样子了。楼顶已经坍塌了。走廊里火苗乱窜。厚厚的浓烟让人喘不过气来。要把被大火困在房间里的住户解救出来，看来只有走屋顶这唯一的一条路了。于是他们一起朝楼顶跑去。一分钟之后，人们隐隐约约看到屋顶的瓦垄上出现了一个黑影，就仿佛是一个鬼魂在浓烟中穿行。那是消防队的队长，他是第一个爬上屋顶的。但是，要到达着火的那家人家的屋顶上必须经过阁楼和屋檐中间一个很狭窄的通道。整个屋顶都在冒烟，但是那个地方却还覆盖着冰雪，而且没有任何东西可以供消防队员们攀缘。因此要从那里通过几乎是不可能的。

"'不行的，从那里是过不去的！'楼下，人们在喊。但是，队长踩着屋顶的边缘继续往前走。所有的人都被吓出了一身冷汗，屏住呼吸，提心吊胆地望着他的一举一动。他终于过去了。下面的人发出一阵欢呼。屋顶上，队长又加快了脚步。跑到出事地点，他开始用斧子拼命把瓦砾打碎，然后又砍断了横梁，他准备挖出一个洞钻进去。刚才跳出窗户，抓着栏杆的那个女人仍然悬挂在那儿。火苗眼看就要烧着她的头发了，再过一分钟，她一定会掉下去，摔在街上了。队长那边已经把洞打开了，他摘下肩带，跳了下去。后面赶到的消防队员也一个一个地跟着钻了下去。就在这时，消防云梯到了。消防队员们迅速把云梯靠在了屋檐底下，一直架到传出撕心裂肺的哭喊声的那户人家的窗台底下。但是，看起来仿佛已经太晚了。'没有人能幸存了！'楼底下有人在喊。'消防队员也牺牲了！''哎，都完了。''都死了！'大家都在议论纷纷。突然，队长的身影出现在女人悬挂的窗台上，他的浑身都被火光照亮了。女人抱住了他的脖子，他抱住了女人的腰，把她拉了上去，抱进了屋子。楼下的人群又欢呼起来，声音盖过了火光里的噼啪声。但是其他人呢？而且他们又准备怎么下来呢？消防云梯能架到的地方和这家人家的窗口还有一段距离。他们怎么过去呢？正在人们暗自犯愁的时候，一个消防队员跳出了窗户。他的右脚踩在窗台上，左脚踩在云梯上，站在半空中把屋子里他的同伴送出来的住户一个一个安全地抱了过来。这时，云梯已经紧紧地钉在了木桩上，并且已经有新来的同事沿着云梯爬了上来。他接过前面的同事抱过来的人，帮助他们站稳了，然后让他们下去，而地面上也还有许多消防队员在接应。第一个下来的是刚才悬在半空中的那个女人，然后是一个小女孩，再后面是一个老头和一个女人。他们都安全着了地。老人下来之

后，消防队员们也跟着下来了，最后一个出现的是他们的队
长。他也是第一个爬上去的人。人群在地面上用热烈的掌声欢
迎他们。当最后一个消防队员——也就是消防队的队长，安全
着陆之后，人群更是沸腾起来。他在大家的眼里，简直就是
一位凯旋而归的勇士。要知道他可是这些以救人为天职的勇
士中的先驱啊！在这场火灾中如果有人会死去，那么第一个
一定是他。而他却始终把自己的生死置之于度外。大家叫喊
着，怀着无比钦佩和感激之情朝他伸出手去，在短短的几分
钟以内，朱塞佩·罗比诺这个极为普通的名字变得人尽皆
知。孩子，你知道吗？那就是勇气。人内心的勇气，不能用
理性来解释。在危难中，听到别人的呼救声，它非但不会动
摇，而且还会像闪电一样迅速地勇往直前。改天，我带你去
看消防演习，这样，你也能认识一下罗比诺队长。你肯定很
想认识他，不是吗？"

我点头说"是"。

"喏，就是他。"父亲说。

我赶忙转身。刚才的那两名消防队员，作完了检查，正穿
过房间准备出去。

我父亲向我示意那位佩带着金银绶带的矮个子就是罗比诺
队长，对我说：

"快去和罗比诺队长握手。"

罗比诺队长站住了，微笑着向我伸出手。我紧紧地握了握
他的手。他和我告别之后，就离开了。

"好好记着，"父亲说，"虽然你这一生中可能还会握成
千上百只手，但是能和他相提并论的人却不会很多。"

六千里寻母——从亚平宁山脉到安第斯山脉
每月故事

很多年以前，一个来自热那亚的少年为了寻找他的母亲，独自去了美洲。他是一个普通工人的孩子，那年他才十三岁。

他的母亲两年前去了阿根廷的首都布宜诺斯艾利斯，给那里的一户富人家当女佣，为的是在较短的时间里赚到较多的钱来补贴家用，摆脱贫困。因为他们家在遭遇了一系列的不幸之后，已经陷入了债务的困境。当时许多勇敢的意大利女子都是那么做的，她们长途跋涉，从意大利来到美洲，就是因为在美洲当佣人报酬丰厚，许多人往往干了短短的几年之后就可以带一大笔钱回来。临行前，可怜的母亲哭得肝肠寸断，因为她不得不和她的两个儿子分开，他们一个十八岁，一个才十一岁。但是，她还是满怀着希望勇敢地出发了。旅行很顺利，一到布宜诺斯艾利斯，她马上就找到了工作。帮助她找工作的是她丈夫的堂兄，他已经在阿根廷定居多年了，还自己开了一家小店。那家有钱人待她很好，支付的报酬也很高。在以后很长的一段时间里，她和她的家里人一直保持着定期的书信联系。他们互相约定：她丈夫先把信寄给他的堂兄，由他的堂兄再转给她；而她也把她的回信交给丈夫的堂兄，由他在信后面加几句话之后再帮她寄回到热那亚。她每个月赚八十个里拉，加上自己又几乎没有什么花费，所以每三个月都可以往家里寄一大笔钱。她的丈夫也是一个诚实守信的人。用妻子寄来的钱，他按照债务的期限一笔一笔逐渐把欠的钱都还清了，并因此重新赢得了往常的名誉。同时，他也在工作，并且对自己的事业十分满意。另外，他工作得非常努力，因为他希望自己的妻子能早些回到家里。家里缺了女主人，就好像空荡荡的。他的两个儿子都非常想念母亲，尤其是较年幼的那一个。他非常爱他的母亲，母亲走时他感到非常悲伤，但是却又不得不让她离开。

就这样过了一年。后来她寄来了一封短信，说她的身体不是很好，然后，他们就失去了她的音讯。父亲给他的堂兄写了两封信，但是，没有接到回信。他们又给母亲帮佣的那个阿根廷家庭写信，但是也没有得到回音。他们想有可能是写错了地址或者姓名，信没有寄到。他们怕她出了什么意外，就给常驻布宜诺斯艾利斯的意大利领事馆写了信，请他们帮忙寻找。三个月后，领事馆那边有了回音，说他们在当地的报纸上刊登了寻人启事，但是没有找到人，甚至连个报信的人也没有。父亲思前想后，觉得只有一个可能，那就是为了不玷污丈夫的名声，让别人知道他有一个在国外当女佣的妻子，可怜的女人没有把自己的真实姓名告诉她的雇主。又过了几个月，他们还是没有得到她的任何消息。一家人坐卧不宁。最小的儿子更是伤心得不能自持。怎么办呢？有谁可以帮助他们呢？父亲第一个想到离开热那亚到美洲去寻找他的妻子。但是如果他去了，他的工作怎么办？又有谁来维持他的两个儿子的生计呢？大儿子也不能去，因为他刚刚开始工作，他赚的那些钱，对家里的开支很重要。父子三人就是在这样的痛苦中过日子，真是度日如年啊！每一天他们都在讨论应该怎么办，万般无奈中就只能相视无言，长吁短叹。直到有一天晚上，最小的儿子马尔科站出来坚定地说：

"让我去美洲找母亲吧！"

父亲听了，悲伤地摇了摇头，没有回答。这个孩子的想法很难得，但是真的让他去却不大可能。他才十三岁，一个人怎么能去美洲呢？从热那亚到美洲需要整整一个月的路程呢。但是那孩子一直苦苦地哀求，并且耐心地劝说父亲。他就像是一个大人一样心平气和地给他讲道理：

"很多比我年纪更小的孩子都去了，"他说，"一旦上了船，就会没事的，我会像其他人一样到达美洲。到了阿根廷，我就马上去找我的堂伯，找到我的堂伯也就等于找到了我的母亲。如果找不到他的话，我就去意大利领事馆，让他们帮我找那个阿根廷家庭。无论如何，在那里谁都能找到工作。既然这样，我也能去，我想我至少能挣到回家的路费吧。"就这样，慢慢的，慢慢的，他的父亲被他说动了。父亲很看重这个孩子，在他的眼里，这个孩子不仅有胆有识，是非分明，而且从小就能吃苦耐劳，富有自我牺牲的精神。所有这些优秀的品质加上他寻找母亲的坚定信念会在他幼小的心灵里注入双倍的力量。父亲知道，这个孩子非常非常热爱他的母亲。另外，有一位船长——一位熟人的好朋友，在听说了这件事之后，想办法给他们弄到一张去阿根廷的免费的三等舱船票。就这样，犹豫再三之后，父亲终于同意了，决定让他最小的儿子去美洲。

父亲给儿子准备了一包衣物，又给了他几个银币以及孩子的堂伯的地址，在四月的一个明净的夜晚送他上了船。

船就要开了，父亲满含热泪，亲吻着自己的孩子与他告别。

"马尔科，我的孩子，鼓起勇气来！你的使命是神圣的，上帝会保佑你的。"

可怜的小马尔科！这个坚强的孩子在出发之前已经做好了充分的思想准备，准备面对旅途中最严酷的考验。但是，当他看到美丽的热那亚从地平线上消失，发现自己已经独自上了路，带着一个装着他未来命运的小包裹身处风高浪急的海上，周围没有一个熟人，只有一群同样是背井离乡的农民的时候，他却忍不住感到非常非常的沮丧。一开始的两天时间里，他一直都像一条狗一样地蜷缩在船头，几乎没有吃什么东西，勉强压抑着大哭一场的欲望。他的脑海中闪过一个又一个悲伤的念头，最可怕的一个想法就是他母亲可能已经死了。他一遍又一遍想把这个念头赶走，可是它却一直盘踞在他的脑海里。日有所思，夜有所梦，在破碎的梦境中，他老是看到一个陌生的男子。他用悲悯的神情看着他，凑近他的耳朵，对他说："你的母亲她已经死了。"于是，他就这样惊醒过来，想喊却喊不出来。

不过，当船穿过了直布罗陀海峡进入大西洋的时候，他的情绪好转了许多，心里又有了希望。但是，那不过是一时的轻松。四周只有大海，一望无际。天气越来越热，周围人们的悲伤的情绪感染着他，想到自己孤独无依的未来，他就很难过。日子，一天一天过得单调而沉闷，他开始觉得神志不清，就像是个重病人一样。他觉得自己在船上待了好像有一年了。每天早上醒过来，发现自己面对着无边无垠的大海，孤身漂泊，他都会感到很惊讶。美丽的飞鱼经常会落到甲板上；落日时分，热带海域醉人的夕阳和大片大片血红色的云彩绚丽多姿；夜晚，整个大海上闪动着荧光，看起来好像是燃烧的熔岩。可是，这一切，都不能触动少年的心。它们对他而言，与其说是真实的，倒还不如说是一片虚幻的梦境。

遇到天气恶劣的日子，他只能把自己关在客舱里。船舱里破旧不堪，从上到下都在摇晃；嘈杂的人声不绝于耳，到处是抱怨、谩骂和诅咒。在那种时候，他就觉得自己的末日快要来临了。但是，也有风平浪静的时候。海水变成暗黄色，天气酷热难耐。长日难挨，烦恼的日子仿佛永远都没有尽头。无所事事的人们疲惫不堪，四脚朝天地躺在甲板上，一动不动，仿佛死人一般。漫长的旅程没有尽头：大海和天空，天空和大海，一成不变。昨天是这样，今天也是这样，明天还是这样，天天如此，永远是这样。

靠在船舷边，他常常一连几个钟头面对着漫无边际的大海发愣。呆呆地想着他的母亲，直到眼皮越来越重，头再也支撑不住了，才不知不觉地进入梦乡。在梦里，他又看到那个陌生的男子。他仍旧用悲悯的神情看着他，凑近他的耳朵，对他说："你的母亲她已经死了。"听到那个声音，他又颤抖着惊醒过来。于是，他又睁开眼睛，继续茫然地望着没有任何变化的大海做他的白日梦。

旅行持续了整整二十七天！最后几天的天气最好。阳光灿烂，清风拂面。马尔科结识了一个好心的伦巴第老人，他是去美洲找他的儿子的，他的儿子是罗萨里奥附近的农民。马尔科把家里的事情全部都告诉了他，老人听了之后，就时不时地拍着他的后脑勺说：

"放心吧，小家伙，等你见到你母亲的时候，就会知道她根本就平安无事。看到你，她高兴还高兴不过来呢！"老人的话让他重新鼓起了勇气。他那些不祥的预感也转变为快乐的期待。老人坐在船头吧嗒吧嗒地抽着烟斗，马尔科就坐在他的身边。海上的夜空很迷人，缀满了闪烁的星星。他们就坐在那一大群移民中间，听他们唱着一首首思乡的歌谣。他不断地设想他到达布宜诺斯艾利斯之后的情景：他找到了那张纸条上写的大街，找到了堂伯的店铺，冲到堂伯的面前，迫不及待地问他：

"我妈妈她怎么样？她在哪里？快带我去找她！"

于是他们一起飞奔起来，飞快地爬上了一个楼梯，打开了一扇门……但是，每次他都只能想到这里。他的想象让他沉浸在一种无法言喻的温情中不能自拔，于是，他就偷偷地把挂在胸前的一个小圣像掏出来，亲吻着它，低声地祈祷一番。

在他们出发之后的第二十七天，他们到达了美洲。那是五月的一个美好的清晨，朝阳已经升起来了，霞光映红了半边天。船在宽阔的拉普拉塔河边抛下了锚，河岸上就是他要去的那个大城市——阿根廷共和国的首都布宜诺斯艾利斯。在马尔科看来，那天的好天气就是一个好兆头。他欣喜若狂，迫不及待地想见到他的母亲。想想，母亲就在距离他只有几英里的地方！再过几个小时他就能见到她了。要知道，他现在可是在美洲啊！他是在一块崭新的大陆上面！不仅如此，他还是独自一人冒险来的！此时此刻，那历时二十七天的漫长旅程仿佛已经不重要了。他好像是做着梦飞过来的，直到这一刻才醒过来。

他是如此之愉快，以至于当他把手伸进裤兜里发现一包钱被人偷走了的事实之后，也没有感到吃惊或者沮丧。就那么一点点钱，他把它们分成了两份分别放置。这样做的目的是万一其中一份被偷走，那么他还不至于落得一无所有。在被偷走了一包之后，他就只有几个里拉了，但是，对此他并不在乎。反正，他不久就能见到他的母亲了。

他拿着他的包袱，和其他意大利人一起下船乘上一艘汽艇。在离岸不远的地方，他们又下了汽艇，改乘一艘叫做"安德烈·多里亚"的小船到达了码头。在与伦巴第的老头告别之后，他就大步流星地朝布宜诺斯艾利斯城里走去。

走到第一个岔路口，他拦下了一个路人问路。他想知道去洛什阿特斯大街怎么走。那人恰好也是个来美洲打工的意大利人，他好奇地打量着眼前的这个孩子，最后问他是否能认字。马尔科点头说能。于是那个意大利人指着他刚刚走过的那条大街说：

"沿着这条街一直走，一边走一边仔细地看你所经过的十字街口的路名。这样，你就肯定能找到你想要去的那条街的。"少年谢过了那位给他指路的意大利人之后，就沿着那条街一直往前走。

那是一条狭窄的街道，笔直，但是却看不到头。两边都是一些低矮的白色房屋，看起来就像是一座座小别墅。街上熙熙攘攘，路人很多；还有很多四轮马车和大货车。一片嘈杂。四处还挂着五颜六色的大幌子，上面用很大的字体写着去某某城市的轮船什么什么时间在某某地点起航。他一边走，一边左顾右盼，他看到另外两条笔直的大街，一样很长很长。街的两边也有许多低矮的白色房屋，街上同样有很多人，车水马龙。路的尽头是一望无际的美洲平原，就像是一条被直线切割的海岸线一样。这个城市在他的眼里仿佛无边无际，仿佛无论一个人走上多少天，多少星期，他看到的永远都将是相似的道路，相似的房子。仿佛整个美洲都是被这样的道路和房子所覆盖。他仔细地瞧着走过的十字街口的路名。有些路名非常奇怪，他念起来都有困难。每每看到一个新的十字街口，他的心就会一阵狂跳，因为那里可能就有他要找的那条街。他仔细地观察着路上的每一个女人，因为他觉得他很可能会在路上遇见他的母亲。突然，他看到前面有一个女人的背影很像他的母亲，他热血沸腾。他跑上去，仔细再一看，却发现她是一个黑人。就这样走啊，走啊，他的步子越来越快。在经过一个很小的十字路口时，他停了下来。一读路名，他就像一颗钉子一样被钉在了人行道上。原来那正是他要找的阿特斯大街。他转过身，看到门牌号码上写着117，他激动地停了下来，喘了一口气。心里面不停地呼喊着：

"哦，妈妈，我的妈妈，我马上就能见到您了！"他加快了脚步，几乎是跑着到了一家小店铺的门口。那就是他堂伯的店铺。他探进头去，看到一位戴着眼镜，头发灰白的老太太。

"孩子，你找谁？"老太太用西班牙语问。

"这是不是弗朗切斯科·梅雷利的店铺？"马尔科鼓起勇气来问。

"弗朗切斯科·梅雷利已经死了。"老太太改用意大利语回答。

这话让马尔科觉得他的胸部仿佛被重重地打了一拳。

"什么时候死的？"

"哦，他死了已经有些日子了。"老太太说，"几个月吧。他的生意赔了本，就逃走了。听说是逃到布兰卡港去了，那个地方离这里可远着呢！不过，他刚到那儿就死了。现在，这家店铺是我的了。"

马尔科的脸一下变得煞白。

然后，他又快速说道：

"梅雷利认识我的母亲，我的母亲在一家姓梅奎内兹的富人家当女佣。只有他才能告诉我，我母亲在哪里。我一个人到美洲来就是为了寻找我的母亲。从前，我们给她的信都是梅雷利转给她的。我要我的妈妈。"

"可怜的孩子！"老太太叹息道，"但是我实在是一点儿都不知道。不过我可以问问院子里的那个孩子。他认识给梅雷利送信的那个孩子。可能那个孩子可以告诉你一点什么。"

老太太跑进店铺，叫那个孩子，孩子马上就出来了。

女店主对他说："喂，我问你，你还记得替梅雷利先生做事的那个孩子吗？他是不是有时候会去一个有钱人家给他们的女佣送信？"

"他是去给梅奎内兹先生家的女佣送信，"孩子回答说，"是的，有时候他会去。那家人就住在阿特斯大街的尽头。"

"哦，谢谢您，太太！"马尔科喜出望外，接着他又央求那个孩子，"请你把他们家的门牌号码告诉我！哦，你不知道？那么你能陪我去一趟吗？马上就去，我可以给你钱。"

他的神情是如此之恳切，以至于那个孩子没有征求老太太的同意就答应了：

"好的，我们一起去。"说完，两个人一起大步走了出去。

一路上，两个人什么话都没有说，几乎是跑着走完了那条漫长的阿特斯大街。他们进了一所白色的房子，穿过狭长的过道，在一扇漂亮的铁栅栏门口停了下来。栅栏里面是一个院子，院子里摆满了盆花。

马尔科拉响了门铃。

里面出来一位小姐。

"这是梅奎内兹先生的家，对吗？"马尔科急忙问。

"梅奎内兹一家原来的确住在这里，不过现在不在了。我们家姓塞瓦略斯。"那位小姐用带有浓重西班牙口音的意大利语说。

"那梅奎内兹一家搬到哪里去了？"马尔科焦急地追问。他的心里怦怦直跳。

"他们搬到科尔多瓦去了。"

"科尔多瓦！"马尔科惊呼起来，"科尔多瓦在哪里？他们家的佣人呢？也跟着去了吗？那个女佣人呢？她可是我的母亲啊！他们把我的母亲也一起带走了吗？"

小姐望着他说：

"我不知道。不过，我的父亲也许知道。他是在他们一家离开的时候认识他们的。你们等一会儿。"

小姐跑进屋去，不一会儿就和她的父亲一起走了出来。她的父亲是一位身材很高的先生，胡子已经花白了。

后者对着马尔科凝视了一会儿。觉着这个从热那亚来的小伙子很可爱，他长着满头的金发，鼻子有一点鹰钩状，从装束上来看，有一点像个小海员。于是他用不太纯正的意大利语问他：

"你妈妈是热那亚人吗？"

马尔科回答说"是的"。

"我记得那个从热那亚来的女佣是和他们一起走的。我可以肯定。"

"那他们去哪儿了？"

"他们去了科尔多瓦，另外一个城市。"

马尔科叹了一口气，然后用无奈的口气说：

"那好吧，我去科尔多瓦找他们。"

"哦，可怜的孩子！"那位先生用怜悯的神气望着马尔科，叹道："科尔多瓦距离这里可有几百英里呢！"

此时，马尔科的脸色已经变得像死人一样苍白，他的一只手抓着花园的铁栅栏不知所措。

望着他那绝望的样子，那位老先生被打动了。他打开花园的门，对马尔科说：

"不要着急，不要着急，你先进来，让我们看看有没有办法解决这件事情。"

他们进了屋，老先生坐了下来，他让马尔科也坐下。他详细地询问了事情的经过。而马尔科则把事情的原委一一告诉了他。老先生听得很认真。听完了，他仔细地想了一会儿。最后，他肯定地说：

"你身上没有钱，对吗？"

"我还有一些……但是不多了。"马尔科说。

那位先生又想了五分钟，然后，坐到了书桌前，写了一封信，把信封好，然后递给了马尔科，并对他说：

"听着，意大利小孩！你带着这封信到博卡市去。那是一个意大利人聚居的小城市，城里的居民有一大半是热那亚人，距离这里大概两个小时的路程。大家都知道怎么去那儿，所以只要靠问路你就可以到那儿了。到了博卡市，你就去找信封上写的那位先生，把我的信交给他。这个人大家都认识，你一定能找到的。明天，他会想办法把你送到罗萨里奥市去，把你交给那里的人，再由他们设法把你带到科尔多瓦去。到了科尔多瓦，你就能找到梅奎内兹一家和你的母亲了！还有这几个钱，你也拿去吧！"说着，那位先生又在马尔科的手里放了几个里拉。

"去吧，孩子！勇敢一些！在这里，你到处都能碰到你的同乡，他们会帮助你的，你不会孤立无援的！再见了！"最后，先生这样对他说。

马尔科只说了一声"谢谢"，就拎着他的包裹和那位好心人给他的信离开了那位先生的家。他实在不知道说些什么好。他开始慢慢地朝着博卡市走去，心里充满了悲伤和惶恐。在穿过那个人声鼎沸的城市的时候，他感觉到一切都是如此之陌生。

从那一刻到第二天晚上发生的一切，马尔科都记不清楚了。他觉得自己就好像一个发高烧的病人一样，思绪紊乱，神志不清。他疲惫不堪，心情沮丧，几乎已经失去了前进的勇气。那天晚上，他和一个搬运工一起睡在了波卡市的一间破旧的小屋子里。第二天一整天他都坐在码头的一堆梁木上，望着来来往往的船只打发时光。直到这一天的傍晚时分，他才被招呼上了一艘运水果的大帆船，坐在船尾，跟着它一起去罗萨里奥。这艘船的水手是三个健壮的热那亚男子，他们的肌肤都被阳光晒得黝黑黝黑的。听着他们用他熟悉的方言在那边毫无顾忌地交谈，马尔科的心里才体会到些许的安慰。

他们出发了。整个旅行持续了三天四夜。一路上，马尔科都抑制不住心中的惊讶。因为这三天四夜的时间，他们一直都航行在一条叫做巴拉那的大河上。与这条无与伦比的大河相比，小马尔科家乡的波河就只能算是一条小溪了。而整个意大利的长度即使乘上四倍也赶不上那条巴拉那河长。

他们的大帆船被迫在那条宽阔的大河上慢慢地逆流而上。船穿过那些长长的沙洲小岛的时候，马尔科看到岛上种满了成片的橘树和柳树，看起来像是一个个漂浮的水上的小树林。想当初，这些岛屿可都是虎蛇的巢穴啊！有时候，他们会走进一条条人工开凿的水道，这些水道是如此狭窄，绵延不绝，让人觉得仿佛再也走不出去了。好在他们在不久之后又进入了一片片宽阔的水域，水面平静得就像是美丽的湖泊一样。然后又是一系列的岛屿，一条条镶嵌在群岛中的狭窄的水道。他们的船时不时地在一片片葱茏的绿色中间穿行。在漫长的旅途中，四周寂静无声。每次当他们的船驶进一片宽阔的水域，那蜿蜒曲折的河岸、神秘莫测的水域就会给人以一种完全陌生的感觉。一路上，他们的帆船就像是第一个来到这个陌生的世界的探索者一样，前途未卜。

船越往前走，马尔科的心中就越焦虑不安。他想象着她的母亲可能在这条河的尽头，那么他要走上多少年才能找到她呢？每天，他和水手们一起吃两顿饭。每餐都只有一点点面包和几片咸肉。水手们看到他整天愁眉不展，也就很少和他搭话。晚上，他就睡在甲板上，时常突然之间惊醒。睁开眼，看到满船明亮的月光和被月色照亮的水面，以及远处的河岸，他就非常惊异。于是，他又感到自己的心抽紧了。

"哦，科尔多瓦！科尔多瓦！"他不断地重复着那个远方的城市的名字。他觉得这个名字是那么的遥远，那么的神秘，仿佛在童话中才出现过。

然后，他对自己说：

"我的母亲，她也曾经从这里经过，她也曾经看到过这些岛屿。"但是，这样想了之后，他的目光所及之处的一切反而变得更奇怪，更凄凉了。夜里，有一个水手在唱歌。他的歌声让他回忆起儿时他的母亲在他的耳边哼唱的歌谣。就在最后的那个晚上，听到水手的歌声，他忍不住哭了。水手停下来，对他大声说：

"振作一点，振作一点，小家伙！你这是怎么了？身为一个热那亚人居然为了远离家乡这样一件小事就哭鼻子！热那亚人总是光荣而自豪地走遍全世界的。"这些话让他感到震撼，重新唤起了他作为一个热那亚人的骄傲，他感觉到他的身上属于热那亚人的鲜血在沸腾，于是，他又重新挺起胸膛，用拳头捶打着船舵对自己说：

"是啊，我应该勇敢一些！不管路有多长，不管还要走多久，我一定要坚持下去！继续前进，直到找到我的母亲！即便要死，我也要死在她的脚边。只要再见到一眼我的母亲！鼓起勇气来！"

这样想着想着，他就再也没有睡着，眼看着东方开始发白、变红，天亮了。那是一个清冷的早晨，罗萨里奥市就在巴拉那河上游的岸上，他们终于到了。上百艘来自各个国家的船只在那里停泊着，水面上倒映着各个国家的桅杆和彩旗。

上岸之后，他就提着他那个小小的包袱进了城。他要去找一位阿根廷先生。在博卡的时候，塞瓦略斯先生给他介绍的那位先生又给了他一张名片，他在名片上写了几句保荐的话之后，就让小马尔科带着它去罗萨里奥找一个阿根廷人。走进罗萨里奥城，他就觉得这个地方很熟悉：一望无尽的笔直的马路，两边盖满了白色的低矮的房屋；屋顶上架满了电话线和电报线，密密麻麻的，看起来就像是一张张蜘蛛网。街上到处都是人，车水马龙，热闹非凡。他的脑子里一片混沌，觉得自己仿佛又一次来到了布宜诺斯艾利斯，要去找他的堂伯。他在街上转来转去，转了好几个弯，可是每次都好像回到了原来的地方。最后，他不停地问路，终于找到了他要找的那个阿根廷人的家。于是他按响了门铃。一个管家模样的男人走了出来，他身材高大，满头金发，样子非常粗鲁。他操着外国口音粗暴地问马尔科：

"你找谁?"

马尔科说了名片上的那个名字。

那人听了回答说：

"主人不在，昨天晚上，他带着全家人去布宜诺斯艾利斯了。"

少年惊呆了。一时间什么话都说不出来。

最后，他结结巴巴地说：

"可我……我在这里一个人也不认识! 我只有一个人。"

说着，把那张名片递了过去。

那人接过名片，看了一下，然后不耐烦地说：

"我也不知道该怎么办。等主人一个月以后回来的时候，我会把这名片给他看的。"

"可我，我只有一个人！我需要见到您的主人！"孩子惊呼道，他几乎是在哀求了。

"哎，快走吧！从你们那个讨厌的国家来罗萨里奥的人还不够多吗？回你的意大利去讨饭吧！"那人说完，就当着马尔科的面把铁栅栏的门给关上了。

马尔科站在那里，一动也不动，像一尊石像一样呆住了。

最后，他慢慢地重新拾起他的包袱，开始往回走。他的心里充满了痛苦，他的脑子里一片混乱，快被各种各样的想法给挤破了。怎么办？去哪儿？从罗萨里奥到科尔多瓦还有整整一天的火车啊！而他的身边只有几个里拉了。除去他当天还需要的花费，就所剩无几了。到哪里去要坐火车的钱呢？他可以打工，可是，怎么样才能找到工作呢？去问谁要工作呢？讨饭吧！哦，不，难道他还要像刚才一样被人拒绝，被人羞辱吗？不，他再也不愿这样了，与其那样，还不如死掉！一想到死，他不禁抬眼看了看前面。在他的脚下还是一条笔直笔直的马路，一直延伸到远方一望无垠的平原。他感到他胸中的勇气又开始离开他了。他把他的包袱扔在地上，肩靠着墙坐在了路边。他低下头，用双手托住它，没有哭，但是一副穷途末路的样子。

街上的行人时不时地蹭到他；到处都是车马的声音。有几个孩子停下来看他。但是他一直都没有动。直到一个人用带着伦巴第口音的意大利语对他说：

"你怎么了，小伙子？"

听到这些话，马尔科抬起头。看到对他说话的那个人，他兴奋地跳了起来，惊呼道：

"您怎么在这里？"

原来，是他在船上认识的那个伦巴第老头。

老人的惊讶程度也丝毫不亚于他。但是，少年还没有等他发问，就把自己的遭遇全部告诉他。

"现在，我已经没有钱了。您瞧！我需要工作！您能给我找一份工作挣几个钱吗？我什么都能干！我可以扛东西、扫大街、替人跑腿，或者干农活。我要求不高，只要有一点黑面包吃就可以了。最重要的是能够早一点出发，早一点找到我的妈妈！您帮帮我吧！看在上帝的分上！帮我找一份工作吧！我实在是没有办法了。"

"可怜啊！真可怜啊！"老头挠着腮帮子，无奈地看看四周，对马尔科说："怎么会是这样呢？！……你刚才说什么来着？哦，找工作，是的，找工作。让我想想，就没有别的办法了吗？这里有那么多的意大利人，就不能请这些'爱国人士'想想办法，设法搞到这三十个里拉？"

马尔科望着他，老人的话让他感到了希望，他的心又被这一丝希望的光芒照亮了。

"跟我来！"老头对他说。

"去哪儿？"马尔科重新拾起地上的包袱，问。

"跟我来。"

老头朝前走，马尔科跟了上去。他们一起走了很长一段路，什么也没有说。老头在一家客栈门口停了下来，马尔科注意到这家客栈的招牌上画了一颗星星，下面写着："意大利之星"几个字。老头探头进去张望，完了笑嘻嘻地回头对马尔科说："我们来得正是时候。"

他们进了一个很大的房间，房间里有几张桌子，桌子边坐着许多人，他们一边喝酒，一边高谈阔论着。老头走到第一张桌子边，从他和那些食客打招呼的样子来看，他刚才一直都是和他们在一起。这些人个个吃得满脸通红，不停地干着杯，玻璃杯发出"叮叮当当"的响声。他们一边说话，一边大笑着。

老头没有坐下，他向他们介绍马尔科，他直截了当地说：

"伙计们，这个可怜的孩子是我们的同胞。他独自一人从热那亚来到美洲找他的母亲。在布宜诺斯艾利斯，他们对他说：'她不在这里，她在科尔多瓦。'于是，他就带着一个同胞给他写的介绍信坐了三天四夜的船到了罗萨里奥。可是当他拿着信找到信上写的地方时，人家却根本就没有搭理他。现在，他身上一文钱也没有了。一个人在这里都快绝望了。这可是一个勇敢的孩子啊！大家看看，能不能帮帮他，凑几个钱让他买张去科尔多瓦的火车票？这样他就可以找到他的母亲了。我们总不能把他像条狗似的扔在这里不管吧！"

"当然不能！上帝！"

"当然要管！"

那些人用拳头敲打着桌子，七嘴八舌地说。

"他是我们的同胞！"

"快过来，小孩！"

"别怕，有我们在！大家都是出门在外的人！"

"瞧这孩子多漂亮啊！"

"伙计们，快拿点钱出来！"

"了不起！一个人来这里！你是个勇敢的小子！"

"来，喝一口，同胞！"

"我们把你送到你妈那儿去，不要着急！"

于是，有人摸了摸他的脸，有人拍了拍他的肩，有人帮他把包袱从身上解了下来。其他的意大利人也从别的桌子边走了过来，聚拢在他的身边。整个客栈的人都知道了小马尔科的故事。从旁边的房间里还跑来了三个阿根廷人。十分钟不到，伦巴第老人伸出的帽子里就有了四十二个里拉。

"看见了吧！"老头转过身子对他说，"在美洲赚钱容易吧！"

"喝！"有人大吼着给他递过来一杯葡萄酒。

"为了你母亲的健康而干杯！"大家都举起了酒杯。

马尔科也低声重复道："为了我母亲的健康而……"可是，一股激动的暖流涌了上来，泪水迷糊了他的眼睛。他再也说不下去了。把杯子放在桌上，他搂着老农的脖子就痛哭起来。

第二天早晨。天刚刚亮，小马尔科就坐上了开往科尔多瓦的火车。他的心中充满了希望，脸上挂着幸福的笑容，对未来充满了美好的憧憬。但是，这种愉快的心情不久就被恶劣的天气一扫而光。天色阴暗，乌云密布；火车在荒芜的平原上奔驰，车厢里几乎看不到人。他乘坐的那节车厢看起来就像是专门运送伤病员的，整个一节长长的车厢里，就只有他一个人。他朝左边看看，又朝右边看看，只看到空荡荡的平原，偶尔也有几棵丑陋的小树，树干和树枝歪歪扭扭地缠在一起，就像是充满了愤怒或者痛苦似的，那种树以前他从来都没有看见过。稀稀落落的深色的植被使整个平原看起来就像是一块漫无边际的墓地。

他昏昏沉沉地睡了半个小时，又醒了过来。眼前的景色一成不变。沿途的车站很稀少，看起来就像是隐士的小屋。列车停靠的时候，什么声音也没有。他觉得好像整个火车上都只有他一个人，这种感觉让他觉得自己被抛弃了，和坐在荒漠的中央没有什么区别。火车每在一个站头停靠，他都觉得是到了终点，如果再往前走就会走进神秘而可怕的荒蛮之地了。一阵阵的寒风吹得他的脸生疼。四月底离开热那亚的时候，他的家人并没有想到他会在美洲遇上冬天，所以他们只给他准备了夏天的衣物。又过了几个小时，他就感到浑身冰冷。和寒冷搀杂在一起的，还有这几天来的疲劳、急剧的情绪波动和几多伤心失眠的夜晚。终于，他睡着了，醒来的时候，觉得浑身都冻僵了。他觉得自己浑身酸痛。于是他开始害怕自己会病倒，会死在路上。他想象着人们会把死去的他抛下火车，扔在那人烟罕至的平原上，听任他的尸体被野狗和会飞的猛禽吞噬，就像一路上他常看到的那些牛马的骸骨一样。这种想法让他感到毛骨悚然。阴暗的天气和身体的不适增加了他悲观失望的情绪。他变得非常激动，把一切都往坏的方面想。再说，在科尔多瓦，他就一定能找到他的母亲吗？如果她根本就没有去那儿呢？如果住在阿特斯大街上的那位先生搞错了呢？如果她已经死了呢？他想着，想着，又睡着了。他梦见自己到了科尔多瓦，正值深夜，大街上，所有的门窗里都发出同一个声音：

"她不在！她不在！她不在！"就这样，他一下子惊醒过来，惊恐中，他看到车厢的尽头坐着三个大胡子男人，他们的头上都包着花头巾，正望着他相互低语着什么。他的脑海中闪过一个念头，觉得他们可能是三个强盗，正在谋划着杀死他，然后抢走他的包。寒冷、病痛之中又增添了恐惧。各种可怕的恐惧使他神志不清。三个男人还在盯着他看。其中的一个还朝着他走了过来。于是，他彻底丧失了理智。他展开双臂朝那个人跑了过去，一边叫着：

"别害我！我什么也没有！我只是一个可怜的孩子，孤身一人从意大利来这里寻找我的母亲！"

那些人马上理解了他的意思，他们十分同情他，于是便关心他、抚慰他，对他讲了许多他听不懂的话。看到他冻得牙齿发抖，他们就把头上包的大围巾解下来，盖在他的身上。并且让他重新坐下来睡觉。天黑了，他又睡着了。等到那几个人把他叫醒，火车已经到了科尔多瓦。

哦，太好了！马尔科感到心情舒畅，他深深地吸了一口气，飞快地跑出了车厢。他向火车站的一名工作人员打听梅奎内兹工程师住的地方，那人说了一个教堂的名字，并告诉他他要找的地方就在那个教堂的附近。于是，马尔科急不可耐地朝城里跑去。

依然是夜里，马尔科进了城。他仿佛又一次回到了罗萨里奥。笔直的街道，望不到头；低矮的白房子挤在道路的两边。街上稀稀落落地有几盏路灯，但是行人很稀少。灯光下，他时不时地看到几个长相古怪、脸色青黑的当地人走过。抬起头，他就会看到几座形状奇特的教堂耸立在那里，在黑暗中勾勒出巨大的、奇怪的黑影。这是一座充满了寂静的黑暗的城市。然而，在空洞无边的荒漠中度过了很久之后，看到这一切，他仍然感到很愉快。他向一位神父问了讯，很快就找到了那座教堂和梅奎内兹工程师的家。他用一只颤抖的手摁了门铃。另一只手紧紧地按在胸前。他觉得他的心都快跳出来了。

一位老太太提着一盏油灯打开了门。

马尔科喘着粗气，一时间连话都说不出来。

"你找谁?"老太太用西班牙语问。

"我找梅奎内兹工程师。"马尔科回答。

老妇人摇着头，把双臂抱在了胸前。用一种无可奈何的口气说：

"你也找梅奎内兹先生！这种情况怎么就没完没了呢？这三个月来，我们都快被烦死了。在报纸上登了启事还不够，我看得竖几个广告牌告诉大家梅奎内兹先生已经搬到图库曼去了。"

马尔科做了一个绝望的手势，他的伤心与愤怒一下子全部爆发了出来。

"一定有人下了一个可怕的咒语！看来我是注定要死在这条寻找母亲的路上了！我想我至死都找不到我的母亲了！我快发疯了！我不活了！哦，我的上帝啊！那个地方叫什么名字？在哪里？距离这儿有多远？"

"唉，可怜的孩子。" 老妇人同情地说，"这可不是一件容易的事！少说也有四五百英里远！"

马尔科双手捂着脸，哭着说：

"那我该怎么办?"

"你让我对你说什么好呢？可怜的孩子，我也不知道。"

老妇人回答。

　　但是，她的脑海中马上闪过一个念头，于是她急忙对他说：

　　"孩子，听我说，我想到一个办法。你可以这么做。你沿着这条街往前走到路口，往右转，在第三个门里有一个院子，里面住着一个绰号叫'首领'的商人。明天早晨，他要带领着他的货运车队和牛群去图库曼。你去试试，对他说你在路上可以帮他干点活儿，看他能不能带上你。或许他会在车上给你个位置，快去吧！"

　　马尔科拿起包袱，撒腿就跑，一边还没有忘记向老妇人道谢。两分钟后，他就跑到了那个地方。那是一座宽敞的院落，被许多灯笼照得雪亮。里面几个汉子正在往几辆大车上装一大包一大包的粮食。这种车每辆都有一个圆形的车篷，车轮很大，就像是街头卖艺人的活动房屋。有个高个子、长胡须的大汉正指挥着大家干活儿。他披着一件黑白格子的斗篷，脚蹬长筒靴子。

　　这个人就是车队的"首领"。马尔科走到他跟前，怯生生地说了自己的情况，并试着求他让他搭车。他说他从意大利来，要去找他的母亲。他把马尔科上下打量一番，然后态度生硬地说：

　　"没有空位子了。"

　　马尔科继续央求他：

　　"我有十五个里拉，全部给你。路上还可以帮您干活儿，伺候牲口、提水喂料，什么都能干，只要给点儿面包吃就行。就给个座位吧！先生。"

"首领"又把他打量一番，用比较客气的口吻说：

"实在没位子了。再说，我们也不去图库曼，我们去另一个城市圣地亚哥－德尔埃斯特罗，这样，中途你就得下车。下车后，你还要走很长的一段路才能到达你要去的地方。"

马尔科恳求道：

"再远我也能走！那段路我能想办法走过去的。您就别管了。不管发生什么事情，我都会走到底。先生，给一个座位吧！请可怜可怜我吧！我求求您不要把我一个人扔在这里！"

"你仔细想想，可有二十天的路啊！"

"不要紧的。"

"旅途上很辛苦的！"

"我什么都能忍受。"

"下了车，你还得一个人走路！"

"只要能找到母亲，我什么都不怕。可怜可怜我吧！"

"首领"提起灯笼，把它靠近马尔科的脸，仔细端详了一会儿，然后说：

"好吧。"

马尔科上去吻了吻"首领"的手，"首领"接着说：

"明天早晨四点出发，你今夜就睡在货车里，到时我叫醒你。晚安。"说完，他就走了。

第二天凌晨四点钟，天还没有亮，只有几颗晨星闪着亮光。一列长长的车队轰隆轰隆地出发了。每辆车由六头牛拉着，后面还跟着一大群备用的牲口。

马尔科被叫醒过来之后，就爬上其中的一辆车子，坐在装粮食的袋子上，他很快又进入梦乡，这一次，他睡得很沉。等他再次醒来时，车队已经停在了一个荒无人烟的地方，太阳已经升得很高了。车夫们围了一圈坐下来，中间支起了一个铁架，正在烤小牛肉。火焰在风里四处摇摆，干柴噼啪作响。车夫们一起吃，一起睡，又一起出发。他们每天早晨五点钟起来赶路，九点钟休息，下午五点钟再上路，晚上十点钟停下休息。旅行这样一天天地持续着，跟士兵行军一样组织严密。车夫们骑在马上，用长长的杆子赶着牛群前进。马尔科帮着生火做饭，打水烤肉，给牲畜喂草，擦洗灯笼。

沿途的景色只在马尔科的脑海中留下模糊的幻影：大片大片低矮的棕红色树林，零零落落的房屋组成的几个小小的村庄。每户人家的正面那面墙都是红色的，并且砌着凹凸的堞口。还有漫无边际的空阔地带，从前这里可能是一个个大盐湖，现在已经干涸了，他目光所及之处，地面上到处铺着白花花、亮晶晶的盐。

无论走到哪里，他看到的都是荒凉孤寂的平原，茫茫无边。偶尔也能遇上两三个牧马人骑着马，带着一群无人管束的马匹，旋风般地飞驰而过。旅行天天如此。日复一日，就像当初他在海上一样。漫长，烦闷，好像根本就没有止境。不过天气一直都很晴朗。但是他却好像成了那些车夫们的小奴隶，他们对他一天比一天挑剔。有些人对待他十分粗暴，甚至还恐吓他；所有的人都毫不客气地让他伺候，没有人尊重他。什么活儿都要他干，他得扛很重的大包饲料，到很远的地方打水。他不仅疲惫，而且常常整夜睡不着觉。牛车不停地颠簸着，车轮往前走的时候，木轴旋转，发出咯吱咯吱的声响，震耳欲聋，他感到心烦意乱。

有时候突然之间狂风大作，褐色的沙尘满天飞卷，横扫一切。刮进车里，灌进他的衣服，直往他的眼睛和嘴里钻，他不但睁不开眼睛，而且无法呼吸。风不断地吹，有一种令人窒息的味道，真的让人无法忍受。

困顿、疲倦和失眠使马尔科饱尝了旅途的艰辛。他衣衫褴褛，满身臭汗，肮脏不堪；车夫们对他从早到晚又是责骂又是虐待，一切都使他一天比一天更加灰心丧气。如果没有"首领"时不时地对他说几句关心的话，他一定会完全失去寻找母亲的信心。他经常一个人躲在车厢的角落里，不让人看见，把头埋在父亲给他准备的包袱上偷偷哭泣。那包袱里装的衣服如今都已经破烂不堪了。每天早晨起来，他都感到自己越来越虚弱，他彻底绝望了。每当面对那宛如大海一般望不到边际的茫茫荒野，他就一筹莫展，心理念叨着：

"哎，我今晚就要死啦，到不了今晚啦！今天我非死不可！我要死在路上了。"

眼看马尔科就要垮了，车夫们对他却更加凶暴。一天早晨，趁着"首领"不在，一个车夫非说他送水晚了，动手打了他。后来，其他人也习惯了对他拳打脚踢。每次他们命令他干一件事的时候，都不会忘记踢他一脚，并且恶狠狠地说：

"你这没人要的野孩子，给你一拳！"

或者说：

"这一拳，你带给你母亲吧！"

可怜的马尔科，心都要碎了，最后终于垮了。他连着发了三天高烧，裹着被子一个人躺在车厢里。当他独自在痛苦中呻吟的时候，谁也不理他，只有"首领"有时给他送点儿水喝，摸摸他的脉搏。他觉得自己快要死了，绝望中无数次呼唤着母亲的名字，祈求母亲的援助。

"哎哟，母亲！快救救我吧，母亲，我真的快要死啦！我要死了，你快来呀！我再也见不到你了。可怜的母亲，你怎么知道，我已经死在路上了呢！"他一边喊叫，一边双手合十，不断地祈祷。

后来，在"首领"的照料下，马尔科终于一天天好起来，最后竟痊愈了。不过病是痊愈了，他却不得不面对他这一路上最艰难的日子——必须离开他们，独自一人走完剩下的路了。和车队在一起，他已经赶了大概两个星期的路了。当车队到达去图库曼和圣地亚哥－德尔埃斯特的岔路口，"首领"告诉马尔科，他们必须分手了。他只对马尔科说了一下他以后该怎么走；为了让他走起来轻松一些，"首领"帮他把打好的包袱挂在他的肩上。"首领"抑制住自己的感情，什么话也没说。只打个招呼，就出发了。马尔科只来得及吻了一下他的手臂。那些一直虐待马尔科的车夫们看到他将要独自一人离开，出于恻隐之心，离去时也都打手势向他告别，马尔科也招手向他们告别。他站在那里目送车队远远消失在原野的滚滚红土之中，然后就一个人伤心地启程了。

不过，这次他刚走上路，心里就感到一丝宽慰。这些天来，他们一直在单调荒凉、一望无际的荒野上穿行。如今眼前终于出现了蓝色的山峦、白皑皑的雪峰，峭壁林立，悬崖叠嶂。这使他不禁联想起阿尔卑斯山，感觉好像回到了家乡。而事实上这是安第斯山脉，纵贯美洲大陆的屋脊，起伏的群山从火地岛一直绵延至北极的冰海，南北跨越 110 个纬度。越往北越接近热带地区，天气越来越暖和了，他的心情也越感到舒畅。

他走了很长一段路，才偶尔见到一些矮小的房屋和一个破旧的店铺。于是，他买些食物充饥。路上他偶尔也遇见骑马的人，还时常看见一些妇女和小孩，他们大都神情严肃一动不动地坐在地上。那些陌生的面孔，眼睛长得有点儿斜，颧骨突出，皮肤呈土色，他们是印第安人。这些人直愣愣盯着他，缓慢地转动脑袋，用目光尾随着他，就像是机器人一样。

第一天，他全力赶路，一直到精疲力竭，夜晚就睡在一棵树下。第二天，他走得比前一天少，情绪也不如前一天来得高昂。他的鞋底磨破了，脚走出了血。因为营养不良，他的胃口也差了许多。夜晚来临，他突然害怕起来。他在意大利就听说美洲地区到处是毒蛇，他停下脚步静听，似乎有丝丝的爬行声，顿时感到毛骨悚然，于是他拔腿就跑。

一路上，他时不时地为自己的遭遇感到阵阵辛酸，有时禁不住落下眼泪。每当这个时候，他心里就想着：要是母亲知道我这样害怕，她该有多难过啊！但是这样想着，他就重新有了勇气。为了摆脱心理的恐惧，他再次想起和母亲在一起的情景。他想起母亲离家时说的话：母亲对他万般叮咛的情形好像就在眼前。母亲对他体贴入微，小时候，当他上床睡觉时，每晚都为他盖好被子。有时候，母亲会把他抱在怀里，温柔地对他说："小宝贝，在妈妈怀里待一会儿吧！"就这样，她把她的头靠在他的头上，会想上很久。于是，他不觉自言自语：

"亲爱的母亲，我还能见到你吗？还有这一天吗？我能走到你的身边吗？我的母亲。"

马尔科不停地走呀走呀，走过辽阔的甘蔗园，穿过茂密的树林，艰难地跋涉在茫茫无边的大草原上。雄伟的安第斯山脉始终在他的眼前：山峦巍峨壮观，郁郁葱葱，突兀的山峰直耸云霄。

但是，他的体力在急剧下降，脚底不断地流着鲜血。终于，在一个暮色苍茫的傍晚，有人对他说：

"这里离图库曼只有五英里了。"

马尔科听了，兴奋得叫了起来。他意气风发，脚步如飞，好像刹那间恢复了从前的活力。但是，这只不过是一时的错觉，他突然筋疲力尽地跌倒在一条很长很长的沟边。即便如此，他的心里仍然有说不出的高兴。他躺在草地上，仰面观赏星空，觉得繁星闪烁的夜空从来没有这样美丽过。他凝视着夜空沉思，想到这个时候，母亲或许也仰望星空呢！于是他情不自禁地念叨着：

"你现在在哪里，母亲？你现在在干什么？你的马尔科离你已经很近了，你知道吗？"

可怜的马尔科！如果他知道他母亲当时的情形，他一定会把最后的一点力气都拿出来，争取早一点到达她的身边了！他母亲病得很严重，正躺在梅奎内兹先生豪华的别墅中的一家下人房里。梅奎内兹一家对她很好，自从她病了就一直悉心地照料她。当梅奎内兹工程师突然决定要离开布宜诺斯艾利斯的时候，她就已经病了。科尔多瓦的宜人的气候并没有让她的病有任何起色。另外，在好长一段时间里，她既没有收到她的丈夫的来信，也没有得到堂兄的一点儿信息，这使她预感到可能有什么不幸的事落到了他们头上。于是，她每天忧心忡忡，在离去和留下这个两难的问题之间徘徊，随时等待着某个不幸的消息被证实。于是，病也因此愈来愈重，终于转变成了可怕的绞窄性肠疝。她已经有十五天光景没有下床了。如果要挽回生命，就非接受外科手术不可。马尔科倒在路旁呼叫母亲的时候，别墅里好心的主人夫妇正在她病床前温柔地劝诫她马上接受医生的手术，但是她却坚决不肯。图库曼的一位名医一星期前就来过了，但是病人却始终不肯做手术，她说：

"不，主人！不要再替我操心了！我已经挺不住了，如果做手术的话，一定会死在手术台上的，那还不如让我就这样死好了！现在我已经不在乎自己的性命了，对我而言，一切都完了，我情愿在还没有接到家里的任何不幸的消息之前死掉！"

主人夫妇不许她这么说，叫她不要气馁，还说已直接替她寄信到热那亚，回信就快到了，无论怎样，都应该接受手术，就算是为了自己的儿子她也该那么做。他们再三劝诫她。可是一提起她的儿子们，她就觉得更加无望了，简直是痛不欲生。她痛苦地说：

"哦，我的孩子，我的孩子！"她双手合十，惊呼道，"他们大概都已经不在世上了！我还是死了好！主人！夫人！多谢你们！我知道我即便是做了手术也不会好的，谢谢你们照顾我，我想后天也不必麻烦医生再跑一趟了。我已不想活了，死在这里是我的命，我已经决定死掉了！"

主人夫妇又安慰她，他们拉着她的手，再三劝她不要说那样的话。

她疲乏至极，终于闭上了眼睛，昏睡过去，那样子，就像是已经死去了。主人夫妇站在床边，注视了她很久。床边只点了一盏小灯，发出微弱的光线。烛光下，他们看她的眼神充满了怜悯。这可怜的母亲，为了自己的家庭不远万里来到这里，最后却要死在这个远离她的故土六千英里的地方。她是那么的正直，又是那么的善良，然而偏偏又是那么的不幸。

第二天早晨，马尔科背上包袱，弓着腰，跛着脚，满怀着憧憬，进了图库曼市。这是阿根廷最年轻、最繁荣的都会之一。在马尔科看来，他好像又重新回到了科尔多瓦、罗萨里奥，或者布宜诺斯艾利斯。依旧是长而笔直的街道，低矮的白色的房屋。只是这一次，他时不时地能看到一些高大而奇特的植物。芳香的空气，明丽的阳光，澄碧的天空，他甚至在意大利都没有看到过。进了城，他重新又感觉到了在布宜诺斯艾利斯曾经体验过的那种发了烧一样的激动心情。每走过一户人家，他都要朝门口和窗子里面张望，因为他总觉得这样或者可以见到自己的母亲。碰到走过的女人，他也总要认真地看一下，看看到底是不是他的母亲。他想向所有的人询问他母亲的住处，可是却没有勇气叫住任何一个人。所有站在门口的人，都转过身来惊异地注视着这个少年。他衣衫褴褛、满身尘垢，一看就知道是从很远很远的地方来的。他的目光在人群中搜索，他想找寻一个看起来让他产生信任感的人来问他心中那个重要的问题。忽然间，他看到有一个小店，招牌上写着一个意大利人的名字。里面有个戴眼镜的男子和两个女人。马尔科慢慢地走近门口，鼓起了全部的勇气问：

"先生，请问，您知道梅奎内兹先生的家在什么地方？"

"是工程师梅奎内兹先生吗?"店主人问。

"是的。"马尔科回答,气喘吁吁。

"梅奎内兹工程师不住在图库曼城里。"主人答。

这个回答让马尔科觉得犹如五雷轰顶,他禁不住痛苦地大叫了一声。店里的人吓得站了起来,附近人们也都赶过来。

"你怎么了,孩子? 出了什么事情?"店主人忙把马尔科拉进店里,并让他坐下,他又说:"虽然梅奎内兹先生的家不在这里,但离这里也不远,五六个钟头就可到了。"

"在哪儿? 他在哪儿?"马尔科一下子跳了起来,急忙问。

店主人继续说:"就在萨拉迪约河畔,离这儿大概有五十英里。那里在建一个大型糖厂,梅奎内兹先生就住在附近的住宅里。那地方谁都知道,只要五六个钟头就可以走到的。"

"我一个月前还到过那里。"围拢的人群中有一个青年也说。

马尔科脸色苍白,瞪大了眼睛注视着他,急巴巴地问:

"你见过他家里的女佣吗? 就是那个意大利人?"

"就是那热那亚人吗? 哦! 见过的。"

马尔科浑身颤抖,泪水一下子涌出来。啜泣了一会后,他抬起头,口气坚定地说:

"请您告诉我路怎么走。向什么方向? 路过什么地方? 街道叫什么? 求您把路指给我! 我现在就去!"

人们齐声对他说:

"差不多有一天的路程呢。你已经很疲劳了,还是先休息一下吧。明天再走也不迟呀!"

"不! 不行! 请告诉我怎么走! 我不能再等待了! 就是

死，我也要立刻就去！"

人们见马尔科这样坚决，也就不再劝阻了。

"上帝保佑你！穿过树林时要小心！但愿你一路平安！孩子！"

有一个人主动送他到城外，给他指路，向他交待了种种应注意的事项，然后目送着马尔科背着包袱，一瘸一拐地穿入路边密密的树丛里去了。

就在这天夜里，马尔科可怜的母亲的病越来越严重，躺在床上的她奄奄一息。伤口的剧痛令她时常忍不住发出凄惨的喊叫。面对这样的病人，守在床前看护的女护工也束手无策。梅奎内兹夫妇常常来看望她。大家都很着急，因为即使要手术，医生也要等到明天才能来，到那时恐怕已来不及救治了。即便稍微平静的时候，马尔科的母亲也非常苦闷，但这并不是因为身体上的痛苦，而是因为她太想念远方的亲人了。她不时扯着头发疯也似的叫唤：

"天哪！我的马尔科！我就要死在这里了！再也见不到我可怜的孩子了！可怜的孩子，他也将没有母亲了！他年纪这么小！可怜的小宝贝！我的好孩子！你们不知道，他是多么可爱！我离家的时候，他抱住我的头颈不肯放，哭得那么伤心！好像他已经知道再也见不到母亲了！啊！我的心都要碎了！我宁愿在那时候死掉，也比今天幸福啊！可怜的孩子，他是多么需要我啊！他是一刻也离不开我的！万一我死掉了，他会怎样呢！没有了母亲，他就会没有饭吃，没有衣服穿，甚至要在大街上伸手要饭，流落成乞丐！我的马尔科！不，我的永恒的上帝！我，我不愿意死！医生，快叫医生来！快给我做手术吧！

把我的肚子剖开！即便成了疯子，我也心甘情愿！只要我能活下来！我要回家去！明天就走！求求你了！医生！救救我吧！救救我吧！"

站在床前的女人们抓着她的手，轻轻地抚摸着她，安慰着她，劝导着她，她终于稍稍平静了些。然而没过一会，她又发作起来。时而扯着自己的头发，放声痛哭，时而低声呜咽：

"啊！我的热那亚！我的家！还有大海！啊！我的马尔科！他现在在哪里？他在做什么！我的可怜的小宝贝！"

这时正值午夜时分。可怜的马尔科已经沿着河畔走了好几个钟头了。他蹒跚在这树林中，体力已经消耗得所剩无几。树林里一个个粗大的树干就像寺院的柱子一般挺立着，空中繁茂的枝叶相互交错重叠。月光透过层层叠叠的树枝，撒下点点银色光斑。从这黑沉沉的树丛里看去，隐隐约约可以见到密密层层、千奇百怪而又交错虬结的树干，有的笔直冲天，有的歪歪扭扭，有的向旁侧倾斜，形态各异。有的像坍塌的塔似的倒卧在地，上面还覆盖着繁茂的枝叶。有的树梢尖尖，像枪一般成群矗立着。千姿万态，真是植物界中最令人震撼的壮观景象。

但是，马尔科并没有因此而陶醉，更没有在这样的美景边耽搁、流连。他的心里时刻都装着母亲。一想到自己的母亲，他就精神百倍。他走了好久好久，人已经非常疲乏了，脚上也渗出了血。在广袤的森林中，偶尔能看到一两间小屋，但是它们看起来就像是大树下的蚁冢。有时候他也会看到有一两头水牛卧在路旁。慢慢的，他已经忘记了疲劳，也不觉得寂寞了。这无边无际的森林使他热情高涨，想到母亲就在不远处，他自然而然地迸发出男子汉的勇敢和力量。在大海上漂泊的种种经历，以及他曾经经受过的痛苦和艰难，早已将他锤炼成为一个钢铁男儿。他昂首挺胸，感觉到热那亚人的热血在他胸中涌动，他的心中充满了自豪和勇气。一个新奇的感觉出现在他的脑海中，在他心中渐渐模糊的母亲的音容笑貌，这时又变得清晰起来了。以前很难清楚回忆起来的母亲的脸，现在都历历在目，她好像在对他微笑，他几乎能够看到母亲的眼神和她缓缓嚅动的嘴唇，她从前的动作表情也栩栩如生。他振作起了精神，再一次加快了脚步，胸中充满了喜悦，热泪不觉从颊上流下来。黑暗中，他觉得他是在一边走，一边和他的母亲促膝谈心。他不断地重温着见到母亲之后将要对她说的话语：

"我来了，母亲，我终于找到您了！现在我就在您面前！我们以后永远都不要再分开了！走吧！我们一起回家！无论今后遇到什么事，我都不再和您分开了！"

早上八点钟光景，医生从图库曼来了，还带来了一位助手。他们站在病人床前，最后一次尝试说服马尔科的母亲做手术。梅奎内兹夫妇也跟着一再劝说。可是他们的一切努力都是徒劳。她感觉自己的身体已经完全垮掉了，她的生命已经无法挽救。对于手术，她早已失去信心，她觉得即便是做了手术，最后也肯定难逃一死，反而徒加很多痛苦。但是医生劝说她：

"手术很安全，你只需要忍耐一段时间，并且拥有足够的勇气，这病就可以治好。不做手术，你才是难逃一死。"然而再多的话也是白费工夫。她轻声说：

"不！我不怕死！我没有力气来承受这无穷无尽的痛苦了！谢谢您，医生，我就是这个命。请让我安静地死去吧！"

医生也没有办法，只好不再说话。也没有人再开口。马尔科的母亲把脸转向女主人，请求她办理后事。她用细弱的声音嘱托：

"夫人，请将这一点钱和我的行李交给领事馆，托他们转送回国。但愿全家人都平安！此时此刻，我唯一的希望就是但愿他们平安。请替我写封信给他们，说我一向都很想念他们，一直在为了孩子们而工作。…… 我最痛心的就是不能再见到他们最后一面……我一向都是自己忍受痛苦，唯一的祈祷就是希望孩子们好。…… 请转告我丈夫和长子，就说我把马尔科托付给他们了，希望他们能好好照料他。……在这个时刻，我唯一不放心的就是马尔科……"说到这里，她突然哭泣起来，叫道：

"啊！我的马尔科！我的马尔科！我的宝贝！我的生命！……"

她泪流满面转过头来，却没有看到女主人。原来有人悄悄地进来，把女主人叫出去了。男主人也不见了，只有两个女护工和医生的助手在床前。这时候，附近的房间传来匆忙的脚步声和低沉的说话声和叹息声。病人呆呆地看着房门，仿佛预料到要发生什么事情。过了一会儿，医生进来了，他的表情有些奇特，后面跟着的男女主人，脸上的神色也同样有些怪异。他们围在一起，低声地商量着什么。大家用一种奇怪的眼神看着她。恍惚中，她听见医生对女主人说："还是快点告诉她！"她弄不明白他们是什么意思。

然后，女主人用颤抖的声音对她说："约瑟法！我要告诉你一个好消息。但请你不要太激动！"

病人看着她。女主人小心翼翼地继续说：

"你一定会高兴万分的。"

病人瞪大了眼睛凝视着她。女主人再继续说：

"有一个人来看你啦——一个你最牵挂的人。"

病人努力地抬起头来，看看女主人，又去看看门口，呆滞的眼睛开始闪烁出一点光芒。

女主人脸色有些苍白，她激动地说：

"你绝对想不到他会来看你的。"

"是谁?"病人惊惶地问，呼吸也急促了。她忽然发出一声尖厉的叫喊，一骨碌爬了起来，她的两只手捧住了头，一动不动，仿佛见到了幽灵一般。此时此刻，出现在门口的，正是衣服褴褛、满身尘土的马尔科。医生拉着马尔科的手站在门槛外。

病人喊道：

"噢，上帝! 上帝! 我的上帝!"

马尔科奔向他朝思暮想的母亲。母亲张开枯瘦的两臂，把马尔科紧紧地搂在胸前。突然间她笑起来，紧接着又号啕大哭，直到哭得喘不过气来，扑倒在枕头上。

但是她即刻恢复过来了，忍不住心中的狂喜，在儿子额头上拼命亲吻，叫喊着，询问着：

"你怎么会来这里的? 到底是怎么回事? 马尔科，这真是你吗? 你长大好多了! 是谁带你来的? 难道你是一个人来的吗? 没有出什么事吧? 噢! 你真的是马尔科? 但愿我不是在做梦! 噢! 上帝! 快告诉我，这到底是怎么回事?"

但是，突然她又改变了口气：

"不! 现在先别说! 等一等!"

紧接着她转向医生，急切地说：

"医生！快点吧！我想治好病！是的，就是现在。我已经准备好了。请您不要再耽误时间了。你们把马尔科领到别处去，别让他听见。""马尔科，没什么事，以后我会告诉你的。出去吧，宝贝。""医生！请快点给我动手术吧！"

马尔科被带出去了，梅奎内兹夫妇和其他人也离开了。屋里只留下了医生和助手两人，房门也关了。

梅奎内兹先生想要带马尔科到远一点的屋子去，可是马尔科坐在石阶上一动也不动，他不愿意离去，无论如何也不肯走。

"梅奎内兹先生，我的母亲到底出什么事了？这是怎么回事？医生在干什么？"他急切地问道。

梅奎内兹先生想带他走，于是平静地劝导他说：

"到这边来好吗？我会仔细说给你听的，马尔科。我告诉你。你母亲病了，需要做个小手术。过来，到这边来。"

"不！"马尔科倔强地说。"我一定要在这里，就请在这里告诉我。"

梅奎内兹先生一边拉他过去，一边轻轻地向他说明他母亲得病的经过。马尔科恐惧地颤抖起来。

突然，病房里发出一声惨叫，所有人的心都被震撼了一下。马尔科悲伤地喊道：

"我母亲死了！"

这时，医生从门口探出头来：

"你母亲得救了！"

马尔科望了医生一眼，扑倒在他脚边，哭泣着说：

"谢谢你！医生！"

医生扶起他说：

"起来吧！你真是个勇敢的孩子！救活你母亲的，其实是你！"

夏　天

热那亚少年马尔科的故事是我们这一学年的倒数第二个讲述小英雄的每月故事。现在，就只剩下最后一位勇敢的少年没有讲了。这学期我们还有二十六天的课，十一个假日和两次月考。

学校里到处都弥漫着学期末特有的气氛。校园里的树木枝繁叶茂，有的还挂满了花朵，操场上的体育器材都被绿荫覆盖着。同学们都已经换上了夏装。下课的时候，看着各个班级的同学来来往往的景象，你就会觉得和几个月前有了很大的区别。真的很有趣：女生们浓密的披肩长发看不见了，同学们大多数把头发剪得短短的，有的还剃得光光的。大家戴着各式各样的草帽，背后还垂着长长的丝带。大家都穿着漂亮的衬衫，系着鲜艳的领带。低年级的学生更是穿得花枝招展，每个人的衣服上都有一些红色或者蓝色的装饰。有的衣领上还镶嵌着花边，或者装饰着缨穗。即便是穷人家的孩子，妈妈们也会想方设法给他们在衣服上钉上几块鲜艳的花布作为装饰。有一些孩子没有戴帽子就来上学了，看起来像是刚从家里逃出来。有几个孩子穿着白色的体操服。德尔卡蒂老师班上的一个孩子从头到脚的服饰都是红色的，看起来活像是一只煮熟的龙虾。不少孩子穿着蓝色的水手服。

最滑稽的要算小泥瓦匠了。他戴着老大的一顶草帽，看起来就像是顶着一个大灯罩的半截蜡烛。最好笑的是，他的脸藏在帽子底下还在做"兔脸"。科雷蒂也脱掉了他那顶厚厚的旧猫皮帽子，换上了一顶灰绸子做的轻便的旅行帽。沃蒂尼还是打扮得漂漂亮亮的，他穿着一身苏格兰式的服装。克罗西露着胸脯，普雷科西则披着他那铁匠爸爸的一件宽大的深蓝色衬衫，那衣服简直就把他的整个人都包在了里面。加罗菲呢？现在他不能穿他那件大斗篷了，于是他那些塞满各种各样小玩意的口袋就都露了出来。那些东西都是他从旧货商人那儿换来的。另外，他的口袋里还露出几张彩票的抽奖号码。其他的同学也带来了各种各样好玩的东西：什么吹气管筒啊，旧报纸折成的扇子啊，弹弓啊，花草啊，等等等等。从有些人的口袋里，还会爬出一两个金龟子，慢慢地，慢慢地，朝衣服上爬。

很多低年级的学生都带了一小束一小束的花儿来，准备送给他们的女老师。女老师们也都穿上了鲜艳的夏装，只有那个"小修女"依旧穿着一身黑衣服。帽子上始终插着红羽毛的女老师头上还是插着她那根花哨的红羽毛，她的脖子上系了一条粉红色的丝巾，可惜总是被孩子们的小手揉得皱巴巴的。她总是和他们一起笑啊，跑啊。

这是樱桃树和蝴蝶们的季节。小路上时不时都能听到婉转的歌声，人们都喜欢到乡间去散步。许多五年级的学生已经跳到波河里去游泳了。大家都迫不及待地等待着假期的到来。每一天放学的时候，大家的心里都比前一天更愉快，但是也更着急。只有加罗内还穿着孝服，每次看到他，我心里都特别难受。另外，还有我二年级时的女老师，她走路的时候，腰弯得更低了，咳嗽也越来越厉害，脸色苍白，非常憔悴。她跟我打招呼的时候，神情是那么的悲哀！

诗　歌

二十六日，星期五

恩里科，你开始感觉到校园生活的美好了吧？但是，现在你只能从一个学生的角度来观察你的学校。三十年后，当你像我一样陪着自己的孩子上学，从一个已经离开学校的局外人的角度来看它的时候，你会更加怀念你现在的生活。

在等候你放学的时候，我经常在学校附近那些静谧的街道上散步。教室的百叶窗都紧闭着。我走到一扇窗下，听到里面一位女老师在和一个学生说话：

"哦，我的孩子，‘t’这个字母是这么写的吗？这样写不对，要是你的父亲看了会怎么说呢？"

从另外一个窗户里传出一位男教师浑厚而舒缓的嗓音：

"我买了五十米的布，每米的价格是四个半里拉，然后我要把这些布再卖出去……"

再往前走一点儿，我听到头上插着红羽毛的女教师在高声诵读：

"彼得罗·米卡举着用来点燃导火线的手雷……"

隔壁教室里突然传出一阵唧唧喳喳的说话声，就像是一群小鸟在叫。可能是老师有事出去一会儿。

　　再往前走，拐过墙角，我听到一个学生在哭泣，他的老师一边给他讲道理，一边安慰他。从另外的一些窗户里传出阵阵琅琅的书声，时不时还能听到一两个伟人的名字，以及一些教育人们要讲道德、爱祖国，坚强勇敢的格言警句。过了一会儿，整个教学大楼忽然变得寂静无声，你几乎无法相信这里面坐着七百多个学生！突然之间，从某一间教室里又传出一阵哄堂大笑，可能是某个心情特别好的老师讲了一个什么小笑话吧！因为这是个充满着青春活力，让人感受到无限希望的地方，每一个路过的人都忍不住驻足倾听，并对那幢大楼投去充满温情的目光。

　　紧接着，就可以听到一阵震耳的声响，学生们开始整理书包和讲义，然后是沙沙的脚步声。嘈杂的声响从一个教室传到另外一个教室，从楼上传到楼下，就仿佛是一个在不断扩散的好消息。校工摇着铃宣布放学了。一听到这样的声音，等在外面的一群群男女老少马上一下子涌到了学校门口，焦急地等待着自己的孙子、孙女、孩子或者是弟妹。低年级的学生从各个教室蜂拥而出，乱哄哄地涌进大厅。取帽子啊、拿外套啊，乱成一片，大厅的地板被他们踩得噔噔作响。校工不得不把他们一个个又赶回教室，让他们排好队再出来。最后，他们终于排好了队，迈着整齐的脚步走了出来。于是，家长们马上迎了上去，纷纷问道：

　　"今天的课都听懂了吗？"

　　"昨天的作业你得了几分？"

"明天有什么课?"

"月考是哪一天?"

即便是那些不识字的母亲也会把作业本打开看看,看看孩子前一天的功课有什么问题,老师给了多少分。

"怎么只有八分?"

"满分而且得到了表扬?"

"这门课得了九分?"

家长们有的很担心,有的欢欢喜喜,有的还在和老师讨论,询问着教学和考试的安排。

这一切都是多么的美好啊!这个世界是多么的伟大,多么的充满希望啊!

你的父亲

聋哑孩子

二十八日,星期日

今天早上我要是没有去聋哑学校参观,我想我的这个五月就不会结束得这么圆满。

一大清早,就有人按门铃。我们大家都争着跑去开门。只听到父亲用惊喜的口气说:

"乔治,怎么是你呢?"

从前我们住基耶里的时候,乔治曾经是我们家的园丁,不过他家现在搬到孔多韦去住了。三年前,他去了希腊,给那个国家修铁路,昨天才回来。他说他从热那亚一下船就来这里了，他身上还背着一个大包裹。他看上去老了一些，但是脸色仍然很红润，还像从前一样快乐而富有朝气。

我父亲请他进屋，但是他说他不进来了。一脸认真地问我们：

"我家里好吗？吉贾她怎么样？"

我妈妈回答说：

"几天前我们看到她的时候，她还好得很呢。"

乔治松了一口气，说：

"感谢上帝！在不知道她的消息之前，我实在不敢贸贸然地去聋哑学校看她。现在我把包裹留在这儿，马上就去领她。我都已经三年没有看到这个可怜的女孩了。三年来，我一个亲人都没有见过。"

父亲对我说：

"你陪他去一趟吧。"

走到楼梯口，乔治又说：

"对不起，我还想问一句话。"

但是父亲打断他说：

"你在外边干得好吗？"

乔治回答说：

"还行，感谢上帝。我带了一点钱回来。我想问的是我那可怜的聋哑女孩的教育状况。请您给我说说吧。我离开她的时候，她就像是一只可怜的小动物。这个可怜的孩子。说老实话，我不太相信这类学校。她会打手语了吗？我妻子写信给我说她正在学说话，而且说得很不错。可是，我根本就不懂得什么手语，她学那些东西又有什么用呢？我们怎么交流呢？哦，可怜的孩子。不过，两个聋哑人，他们相互能够交流也是一件好事。她到底怎么样了？怎么样了？"

我父亲笑着说：

"我什么都不告诉你。你去看了就知道了。快去吧，我们可不想浪费你的时间了。"

聋哑学校离我家不远，我们一起出了门，大步流星地朝那里走去。一路上，园丁忧愁地对我说：

"哎，我那可怜的吉贾！这孩子一出世就带着这样的残疾！来到这个世界上就从来都没有说过一句话，也没有听到过一句话。我从来都没有听她喊过一声'父亲'，她也没有听到过我喊她'女儿'。多亏了一位好心人的资助，她才能进这所学校。从八岁进去，一住就是三年，现在都十一岁了吧。她怎么样？你给我说说，她长大了吗？她心情好吗？"

我回答说：

"您马上就能看到了！马上就能看到了！"

说着，我们又加快了脚步。

园丁又说：

"这学校到底在哪儿？好像就在附近吧。我妻子送她上学的时候，我已经出远门了。"

我们终于到了那所学校。一进接待室，工作人员马上就迎了上来。园丁立即说：

"我是吉贾的父亲，我想立刻见到她。"

工作人员回答说：

"他们正在做游戏。我马上就去跟他们的老师说。"

说完，他就走了。

园丁在那里站也不是，坐也不是。他不再说话，盯着墙上的画儿看，但是事实上，什么也没有看到。

这时候，门开了。一位身穿黑色衣服的女老师带着一个女孩走了出来。小女孩穿着红白相间的格子裙子，外面罩着一个灰色的围裙，她的个子长得比我还高。

父女两个相互对视了好一会儿，突然之间大叫着猛地扑到了对方的怀里。两个人抱头痛哭。女儿用双手紧紧地搂着父亲的脖子，一刻都不肯放松。父亲挣脱她的手臂，上上下下仔细地打量她，他激动得不停地喘粗气，就好像刚刚跑完很多路一样。他说：

"哦，我可怜的孩子！想不到你都长这么高了！还真漂亮！哦，我可怜的吉贾！可怜的小哑巴孩子！这位太太，您是她的老师吗？请您告诉她，让她给我说些什么，就是用手语也行，我多少会明白一些的，将来我也可以一点一点地学。请您让她给我做一些我能明白的手势吧！"

老师笑了。她回头低声对女孩说：

"他是你的什么人？"

女孩笑吟吟的，就像是一个刚开始使用人类语言的野人那样，用一种听起来很清晰但是非常粗硬、非常古怪的声音，对老师说：

"他——是——我——的父亲。"

她的父亲向后退了一步，像疯子一样大叫着说：

"她说话了！天哪！真不可思议！不可思议！她真的会说话？你会说话了，我的孩子，你会说话，是不是？给我好好说说，你会说话了，对吗？"说着，他又重新把孩子搂到怀里，在她的额头上重重地亲吻了三下。

"她原来并不用手势说话！老师！她原来并不用手势说话！但是，这到底是怎么回事呢？"

老师回答说：

"是的，沃吉先生，他们不用手语说话。那是老办法了，现在已经不用了。我们现在使用的是矫正口型的办法，也就是教他们说话，您怎么会不知道呢？"

女孩的父亲听了张口结舌，说道：

"我什么也不知道！我出门在外已经有三年了。家里人也曾经写信给我，但是没有人向我提这件事。哎，我这个人，是个榆木脑袋。哦，我的孩子，你能听到我的声音吗？你能听懂我的话吗？快回答我呀，你说话呀？你听到了吗？"

老师打断他说：

"不，我亲爱的先生！她听不到您的声音，因为她的耳朵仍然是聋的。但是，通过观察您说话时的口型，她就能知道您说的是些什么话。事实上，她既听不到您的声音，也听不到她对您说话时自己发出的声音。她之所以能说几句话，那是因为我们教会了她怎么发音。我们一个字母一个字母地教他们，他们先学习动嘴唇，然后学习动舌头，同时还要搞清楚发某个音的时候，他们的喉咙和胸腔要用多少力。就是这样。"

园丁没有听懂，瞠目结舌地站在那儿，不敢相信自己的耳朵。

他又凑到聋哑姑娘的耳边，对她说：

"告诉我，吉贾，你爸爸回来了，你高兴吗？"说完，他抬起头，望着她，等待着她的回答。

女孩望着他，一副若有所思的样子，但是什么都没有说。

父亲一下子不知所措。

老师笑了，说：

"您真是个厚道人！她不回答您，是因为您说话的时候贴着她的耳朵，她没有看到您嘴唇的动作，所以没法回答您！您面对着她再说一遍试试看！"

于是，父亲对着女儿的脸又说了一遍：

"我回来了，你高兴吗？我再也不走了，你高兴吗？"

他说话的时候，女孩一直都在盯着他的嘴唇看，她甚至还试图看到他嘴巴的里面——舌头的动作。看清楚了，她自然地说：

"你——回来，我很——高兴；你再不——走了，永——远——不走——了，我更加——高兴！"

父亲激动万分，一把将女儿搂在怀里，然后，为了确定她能读唇语，又连续不断地向她提了很多问题：

"你妈妈叫什么名字？"

"安东——尼娅。"

"你妹妹呢？"

"阿——代拉——伊德。"

"这是什么学校？"

"聋哑——学校。"

"十加十等于多少？"

"二十。"

听完，我们都以为他会欣喜若狂地大笑，谁知道，他却忍不住哭了起来，是喜悦的泪水啊！

于是，老师说：

"哦，上帝！您该高兴才是，怎么哭了呢？您瞧，您是要把您的女儿也弄哭了，才高兴吗？"

父亲握住老师的手，连连吻着它说：

"谢谢！谢谢！一千个谢谢，一万个谢谢！亲爱的老师！请原谅，我真的不知道应该说一些什么才好！"

老师接着对他说：

"她不仅能说话，还能写字，做算术。除此以外，她还能叫出许多日常用品的名字，懂得一些历史和地理的知识。现在，她已经进入普通班学习了，再学两年，她还会得到更多更多的知识。从这里出去之后，她还能找一份工作。有不少曾经在这里学习的聋哑孩子，现在都工作了。他们有的做了店铺的售货员，和其他正常人一样做自己的工作。"

女孩的父亲又惊呆了。他好像一下子又转不过弯来了。他望着自己的女儿，抓抓自己的额头，不知所措。他茫然地望着老师，希望得到进一步的解释。

于是，老师回过头去，对看门人说：

"请您帮我去叫一个上预备班的女孩来。"

很快，一个八九岁的小女孩被工作人员领到了大家跟前，老师说她来聋哑学校才几天。

老师对吉贾的父亲说：

"这是一个初级班的学生，她刚刚开始学说话。我们是用这样的方法教他们的，您留心看。现在我想要叫她发'e'的音。"

于是，老师张开嘴，做出发元音"e"的口型，同时示意小女孩也做出同样的口型。小女孩照着做了。老师再示意她保持这个口型并且发出声音。小女孩也照做了，只是，她发的不是元音"e"，而是元音"o"。

老师摇摇头说：

"不对。"她抓住小姑娘的两只手，把她的一只手放在自己的喉咙上，另一只放在自己的胸口，然后开始发元音"e"。

小女孩通过她的双手感觉到了老师的喉咙和胸部的运动，她又像先前一样张开嘴，这一次她非常准确地发出了元音"e"。老师又用同样的方法让她发了"c"和"d"两个辅音，在整个过程中，她一直都让小女孩用手感觉她的喉咙和胸部的运动。演示完毕后，老师问吉贾的父亲：

"您现在明白了吗?"

这回吉贾的父亲终于明白了。但是，他看上去好像比先前没有明白的时候更加惊愕。他想了一会儿，望着老师说：

"你们就是用这种方法教他们说话的吗？就这么一点一点、一个一个地教？长年累月这么做，你们就从来没有厌烦过？你们个个都是圣人啊！是天使啊！你们为这些可怜的孩子付出了这么多劳动，我想这个世界上恐怕没有什么东西能够报答你们了。我还有什么好说呢？哦，现在，我可不可以和我的女儿单独待一会儿？哪怕只有五分钟也好啊！"

他拉着他的女儿到一边坐下，然后就开始不停地问她问题，而吉贾也一一作了回答。父亲不停地用拳头捶着膝盖，他的眼睛里噙着泪水，亮晶晶的。看得出来，对女儿的表现，他真可以说是喜出望外。他握着孩子的手，深情地凝望着她。听到她说话，他的喜悦就溢于言表。小女孩的声音对他来说简直和天籁没什么两样。

过了一会儿，他转向老师说：

"我能见见校长吗？我想亲自向他道谢。"

老师回答说：

"校长不在。但是，我认为您可以感谢另一个人。在我们这个学校里，每一个女孩都由一个比她年长的学姐照顾。她既是她的姐姐，也是她的'妈妈'。照顾您女儿的是一位面包师的女儿，今年十七岁。她很善良，对您女儿非常好。两年多来，她一直给她穿衣服，帮她梳头，还教她缝纫，给她收拾东西。她们是很好的伙伴，她每天都尽心尽力地照顾她。路易贾①，在学校里，你的妈妈是谁？"

女孩微笑着回答：

"卡泰——里纳——焦尔——达——诺。"说完，她又转向他的父亲说：

"她——非常——非常——善良。"

在老师的示意下，工作人员很快就领来了另一位聋哑女孩。她长着一头美丽的金发，健康的脸蛋上漾着勃勃的生机。她也穿着和园丁的女儿相同的格子裙子，系着灰色的围裙。走到门口，她停了下来，涨红了脸，微笑着。从她的身体看起来，她已经像是一个成熟的女子了，但是她的举止却还十分的孩子气。

"啊，真是个好姑娘！"吉贾的父亲感叹道。他伸出手想要抚摸她，但是马上又把手缩了回来。他反复地说：

---

① 路易贾是吉贾的本名，吉贾是小名。

"啊，真是个好姑娘！上帝保佑你！希望你能得到所有的好运和祝福！祝你和你的全家都永远幸福。吉贾可怜的父亲，一个正直的工人在这里为您送上最真挚的祝福。"

大女孩抚摸着小女孩，低着头，微笑着。吉贾的父亲不停地盯着她看，就像是瞻仰圣母一样。

"今天您可以带您的孩子出去玩玩。"老师说。

父亲说：

"是吗？我可以带走她吗？这太好了！我要带她回孔多韦，明天上午再把她给送回来。我怎么能不带她出去玩玩呢？"聋哑女见状，马上就回房间穿衣服去了。父亲继续说：

"我已经三年没有见到她了，现在她都会说话了！我马上就带她回孔多韦。哦，不过，在回孔多韦之前，我得先带着她去都灵转转。我的熟人不多，但是还有几个！我要让他们听听，我那可怜的小哑巴女儿会说话了！啊，今天的天气真好啊！这一切真叫人感到欣慰啊！来，我的吉贾，挽着你父亲的胳膊！"

这个时候，女孩已经回来了。她穿着一件小外套，戴着一顶宽边女帽，漂亮极了。她走过来挽住了父亲的胳膊。

走到门口，他回头对大家说：

"谢谢！我衷心地感谢大家！下次我来的时候，还要向大家道谢。"

说着，他犹豫了一会儿。然后猛地放下女儿，跑回来，一只手匆匆忙忙地在衣服里面摸索着什么。最后，他像一个气急败坏的人一样，大吼着说：

"不错，我的确是个穷光蛋！但是，我要留一枚价值二十个里拉的金币给这个学校！大家瞧！这是一枚崭新的、金灿灿的钱币！"

说着，他把金币重重地放在了桌子上。

老师也被他的行为感动了。

她说：

"不，您不能这样，善良的人！您快收起来吧！别把它给我，我不能收；您要是真的想给，也得把它给校长啊！不过，我们的校长他也不会收的，这一点，我可以肯定。可怜的人啊，您拼命地干活，就赚了这么多钱。赶快收起来吧，您的好意，我们心领了。"

"不行，我一定要把它捐献给学校！"吉贾的父亲固执地说，"别的事……再说吧。"但是，老师还没有等他来得及拒绝，已经把钱币重新塞进了他的衣兜里。

于是，后者才不再坚持了。他摇了摇头，然后向老师和大女孩做了一个飞吻的手势，就拉起自己的女儿走了。一边走，他还一边在对他的孩子说：

"快来，快来，我的孩子！我可怜的小哑巴！我的宝贝！"

走到外面，他的女儿站在阳光底下，动情地说：

"哦，多——美丽——的——太阳！"

六　月

加里波第将军

三日，星期天（明天是国庆日）

今天，全国上下都沉浸在一片哀痛之中。因为昨天晚上，我们的加里波第将军与世长辞了。你知道他的事迹吗？他就是那个把一千万意大利人从波旁王朝的暴政下解救出来的人。他享年七十五岁，他生于尼斯，是一个船长的儿子。八岁的时候，他就曾经救过一个女子的性命；十三岁时，又使一艘遇难的小艇脱了险，并使船上所有的朋友都获了救；二十七岁那年，他又在马赛救起一个溺水的青年，四十一岁时，他在海上救助了一艘险遭火灾的大船。为了异国人民的自由，他在美洲英勇转战了十年；为了使伦巴第和特伦蒂诺获得解放，他曾与奥地利军队交战了三次。一八四九年他坚决抵抗法国人的入侵，保卫罗马；一八六〇年他解放了那不勒斯和巴勒莫；一八六七年他又一次为罗马的解放而战；一八七〇年为了保卫法国，他与德意志的军队作战。他具有大无畏的英雄气概和卓越的军事领导才能，在四十次战斗中获得了三十七回胜利。

不打仗的时候，他就隐居在一个孤岛上，以耕种为生。教师、海员、劳动者、商人、士兵、将军和执政官，他什么都做过。他是一个伟大、朴素、善良的人；他是一个爱护民众、保护弱者，痛恨一切压迫者的人；他乐善好施，淡泊名利，藐视死亡，全心全意地爱着意大利。只要他振臂一呼，成千上万名勇士就会立即聚集在他的麾下：绅士愿意抛弃他们豪华的宅第加入他的军队，工人们从工厂里走出来，青年们离开他们的学校一起汇集到他光荣的旗帜下，与他并肩作战。在战场上，他常常身穿红色的衬衫，一头金发，在风中飘舞。真是个强健剽悍的美男子。在战场上，他叱咤风云，气冲霄汉；在生活中，他温柔而富有爱心，单纯得像一个孩子；在患难中，他又像是一个圣人，能承受常人无法承受的痛苦。意大利无数为国捐躯的将士，在他们的弥留之际，只要能看一眼他凯旋归来的风采，便能够含笑九泉了。

对于他的死，全世界都会感到哀痛。你还小，还不能体会到这些。但是在你今后的生活中，你将会不断地听到他的名字，逐渐地了解到他的丰功伟绩。并且，随着你渐渐长大，他的形象会在你的面前日益高大。当你成人的时候，他将会像一个巨人似的站在你面前。甚至在你、你的子孙以及你的子孙的子孙都去世以后，他的光辉形象仍然会照耀着整个意大利。整个民族都会把他当作民族的救星，不断地瞻仰他。他的赫赫战功就像是星辰一样在他的头顶闪烁，为他织成了一个灿烂的桂冠。意大利人的眉，将因呼他的名而扬，意大利人的胆，将因呼他的名而壮吧。每一个意大利人在说他的名字的时候，眼睛里都会放出光芒，心中都会感觉到永久的震撼。

你的父亲

军　队

十一日，星期日

因为加里波第将军去世，国庆节的庆祝活动推迟一周。

今天我们到卡斯特罗广场去参观阅兵式。围观的群众站在两旁，军乐声中，参加阅兵式的士兵排着整齐的队伍从指挥官面前通过。喇叭声、乐曲声汇成了动听的旋律。在军队行进的过程中，父亲指着那些士兵和他们的军旗，不停地向我讲述着它们的历史。

走在最前面的是军事院校的学生兵，大约有三百多人，这些人都是未来的工程兵部队或者炮兵部队的军官。他们都穿着黑色的制服，昂首挺胸地过去了。然后是步兵：有参加过戈伊托和圣马蒂诺战役的奥斯塔纵队，有在卡斯特尔菲达尔多战争中战斗过的贝加莫旅。一共有四个军团，一个紧跟着一个走了过去。每支队伍面前都有两个排头兵带领着。他们的军服上都缀着红色的流苏，连起来就像是一个血红色的花环。他们排着一字长蛇阵，雄赳赳，气昂昂地走来。

步兵之后是工程兵部队。他们在战争中的地位就像是我们生活中的工人。他们的帽子上都饰着黑色的马尾，军服上也饰着深红色肩章。他们刚通过，就看到后面一排排戴着又直又长的羽饰的士兵跟了上来，他们是保卫意大利门户的阿尔卑斯山地兵。这些人个个长得高大强壮，脸色红润，头上都戴着卡拉布里亚式的帽子，衣服的翻领是碧绿碧绿的，那是葱茏的山地象征。

山地兵还没有走完，人群就骚动起来。原来是老十二营的队列来了，这是一队射击兵，他们曾因最先突破皮亚门防线攻入罗马而享有盛名。他们一个个生龙活虎，身穿棕色的制服，昂首阔步；帽子上装饰着的羽毛，随风飘舞。他们迈着矫健的步伐，就像一股黑色潮水滚滚而来。整个广场上都回荡着凯旋的号角声，听起来就仿佛是无数人在为他们欢呼。

可惜那声音不久就被一阵隆隆的车轮声淹没，原来是炮兵部队威风凛凛地开过来了。六百匹剽悍的骏马牵引着高大的弹药车，士兵们佩戴着黄色的骑兵绶带，乘坐在高高的弹药箱上。长长的铜炮和钢炮闪烁着冷冷的光芒，战车轰隆轰隆地朝前滚着，脚底下的大地都为之震撼。

后面过来的是山地炮兵。他们的装备略显陈旧，人也显得有些疲倦；他们的步履很缓慢，很庄严，队列非常整齐。这些士兵都很强壮，他们骑的骡子也咄咄逼人。他们每到一个地方，就给那里的敌人带去恐惧和死亡。

最后过来的是热那亚骑兵团。他们的铁盔在阳光下闪闪发光，他们的长矛岿然不动，战旗飘飘，金银闪烁，叮当声、马嘶声不绝于耳。这个团队，曾经如旋风般横扫了从圣卢西亚到自由镇的十个战场。

"啊！多好看啊！"我情不自禁地叫出声来。可是父亲却责备我说：

"不要把军队会操当作一场好看的演出！所有这些充满活力、充满希望的年轻人，随时都会因为祖国的召唤而奔赴战场。在那里，他们随时都可能饮弹身亡。所以，每当你听到人们像今天这样高呼'军队万岁！意大利万岁！'的时候，你都要想到在他们的身后尸体可能已经堆成了山，血也已经流成了河。这样想了之后，你对他们的欢呼才能从内心迸发出来。而意大利的形象也会在你的心目中变得更加庄重，更加伟大。"

意大利

十四日，星期三

亲爱的孩子，在国庆节这个特殊的日子里，你应该这样祝福你的祖国：

啊，意大利！神圣的祖国！我深深热爱着的家园！我所爱的神圣的国土啊！我的父母在这里出生，也将在这里安葬，我也愿意生在这里，死在这里，我的子孙后代他们也将生在这里，死在这里。美丽的意大利啊，多少个世纪以来，你是多么的伟大，多么的光荣！不久前，你又获得了统一与自由！你把神圣的知识与智慧传播到了全世界！为了你，无数勇士战死沙场，众多英豪血洒断头台。你是三百座城市和三千万儿女尊贵的母亲。我虽然还是个小孩子，目前还不能完全了解你、理解你，但是却全心全意地爱你，热爱你！能生长在这块美丽的土地上，成为你的儿子，我真的倍感骄傲。我爱你美丽的大海和巍峨的山川，阿尔卑斯山高耸入云，给我带来无限的遐想。我爱灿烂的文化、古老的遗迹和不朽的历史，我热爱你的美丽，更因你而感到光荣。我热爱你的一切，仰慕你的一切。我把整个的你都当成你最美好的那一部分来热爱，来景仰。它让我想起我第一次见到阳光，第一次听到你的名字的时候那种心动的感觉。我满怀着热忱与感激深深地爱着你的每一个城市。我热爱你每一个城市独特的气质：都灵的英勇，热那亚的壮美，博洛尼亚的开明，威尼斯的神秘，米兰的强大。我更以孩子般的公允和崇敬爱着你温柔多情的佛罗伦萨，威严的巴勒莫，美丽广阔的那不勒斯，以及充满了神奇的永恒之城——罗马。我的神圣的国土啊！我爱你！我发誓：凡是你的儿子，我就会像亲兄弟一样热爱他们；凡是你所孕育的伟人，无论是生者还是死者，我都会真心敬仰他们。我将不断勉励自己做一个正直而勤劳的公民，始终保持高尚的情操，以期能够配得上你。我希望我能尽我的最大努力为从你的这片土地上铲除贫穷、无知、愚昧、罪恶和不公正出一份微薄的力量。希望你能够在一个安定团结的良好氛围中不断发展，不断完善，我发誓将把自己一生的知识和力量贡献给你，效劳于你，并捍卫于你；如果有一天我将必须为了你抛头颅，洒热血，我会毫不犹豫地为你奉献出一切。在那时，我将抬着头呼唤着你神圣的名字，在你的旗帜上献上最后一个热吻，然后为你洒尽最后一滴鲜血，最后安心地离开。

　　　　　　　　　　　　　　　　你的父亲

三十二度的酷暑

国庆日以后的五天里，气温骤然升高了三度。现在我们已经进入盛夏季节，大家都觉得很疲乏，脸上也没有了春天里那样红润的颜色。脖子变细了，腿和脚也都比原来消瘦了。上课的时候，耷拉着脑袋，眼睛怎么都睁不开。可怜的内利因为经受不住酷暑的折磨，脸色变得像蜡一样苍白，时不时地就伏在笔记本上沉沉地睡着了。但是加罗内常常留心照顾他，在他睡着的时候就把一本翻开的书竖在他的前面，替他挡住老师的视线。克罗西把他那长满了红发的头靠在课桌上，看上去那颗头好像和他的躯体分了家。诺比斯不停地抱怨着教室里人太多，空气不好。

哎，在这种情况下，要坚持学习是多么不容易啊！我每次从窗口望见那些美丽的大树和大树底下清凉如水的绿荫，就想跑出去，痛痛快快地乘个凉。坐在教室里受拘束，是多么痛苦的事情啊！放学回家，母亲总会在门口迎候着我。看到我出来，她就会留心地查看我的面色，看看我是否又苍白了一些。这一切都让我感到难过。我做功课的时候，母亲也常常跑来问我："你怎么样？"每天早晨六点钟，她来叫我起床的时候，也常说："啊，要好好的啊！再过几天就放假了，到时候你就自由了，可以到林荫道上去溜达溜达。"

母亲还不厌其烦地时不时讲些个在酷暑中工作的小孩们的

事情给我听。说有的小孩顶着烈日在田埂间劳作，有的在铺满炽热的鹅卵石的河床上劳动。更有甚者，是那些在玻璃工场中打工的孩子。他们终日一动不动，低着头站在火焰逼人的煤气炉边干活。他们每天早晨要比我起得早，而且根本就没有暑假。所以我们也应该奋发努力才是。说到这方面，最厉害的仍要数德罗西。他既不叫热也不打瞌睡，无论什么时候都活泼快乐。他那金色的鬈发和冬天里一样美丽。他学习从不费力，总是兴趣盎然。他的声音就像是一股清凉宜人的空气，坐在他的旁边，听着他说话，大家就不由自主地振奋起来了。

此外，拼命用功从不打瞌睡的还有两个人。一个是固执的斯塔尔迪，他怕自己上课睡着，就不断地用手指戳自己的脸。天越是热，别人越是昏倦，他的牙齿咬得就越紧，眼睛张得就越开，那种样子看起来就像是要把老师一口吞下去似的。还有一个就是小商人加罗菲。他一心一意地用一张张红纸做着纸扇，并且贴上火柴盒上的花纸做装饰，这样他的纸扇就可以卖到两个铜币一把。

但是最令人佩服的要算科雷蒂了。据说他每天早晨五点起床，帮助父亲运柴。到了学校里还要上课，所以每到十一点就支持不住了：头垂在胸前，忍不住睡着了。每每他惊醒过来，就常常用手敲着自己的后脑勺，或者就主动要求出去洗脸，还预先让坐在旁边的同学在他睡着的时候推醒他。可是今天他实在是忍耐不住，终于呼呼地大睡起来。老师大声叫着他的名字："科雷蒂！"他也没有听见。最后老师生气了，"科雷蒂，科雷蒂！"反复地叫，直到住在科雷蒂隔壁的一个卖炭人的儿子站起来说：

"科雷蒂今天早晨五点钟就起来了。他帮着运柴火运到了七点钟才歇的。"

于是，老师只能让科雷蒂继续睡。半个小时以后才走到科雷蒂的位置旁边，轻轻地吹他的脸，把他给吹醒了。科雷蒂睁开眼睛，看到老师就站在面前，吓得拼命想要往后缩。但是老师用双手托住了他的头，吻着他的额头说：

"我不会责怪你的，孩子。因为你睡着了不是因为懒惰，而是由于实在太疲劳了。"

我的父亲

十七日，星期六

恩里科啊，今天你是怎么了？你怎么可以用那样的口气对你父亲说话呢？我想，如果是你的朋友科雷蒂或加罗内，他们决不会像你今天这样对他们的父亲说话。恩里科啊，你怎么可以这样呢？快向我保证，以后再也不会因为父亲责备了你，就用这种不礼貌的话语去顶撞他。想想吧，如果有一天，父亲把你叫到他的床前，对你说："恩里科！我要走了！永别了！"你该怎么办？啊！我的儿子！要是真的到了这一天，到了再也见不到你父亲的那一天，当你走进父亲的房间，望着父亲留下的书籍，回想到你顶撞他、让他伤心的一幕幕情景，你一定会暗自后悔，对自己说："我为什么会那样对待自己的父亲呢?!"到了那时，你才会知道父亲是多么的爱你。父亲在责骂你时，心里其实是在暗暗地流泪，他的内心比你痛苦百倍。他之所以责罚你，完全是因为爱你的缘故。我猜想如果真的到了那一天，你一定会后悔万分，你一定会含着悔恨的泪水，在父亲的书桌——那张为了儿女他曾经日夜劳作的书桌上，留下深深的一吻。现在你还不知道，也许你的父亲把其余所有的感情都藏起来了，他对你流露出的唯有慈爱。你不知道，有好几次，你操劳过度的父亲都害怕自己将不久于人世了。即便是在这样的时候，他最惦记的人还是你。他总是不停地向我提起你，对你的将来放心不下。他常常提着灯走进你的房间，偷偷地看一眼你的睡姿，然后再回来继续工作，通宵达旦。在这个世界上生活着的每一个人都会碰到许多艰难和坎坷，但是只要有你在你父亲的身边，只要看到了你，你的父亲就会不再把这些艰难和坎坷放在心上，他的心情会变得平静而快乐。这是因为你给父亲的爱，使父亲得到了安慰，心灵上的痛苦和忧伤也因此而得到了缓解。所以，你试想，如果你一直用像今天一样冷漠的态度对待你的父亲，他在得不到你的爱之后，将会变得怎样的悲伤啊！所以，我的儿子啊！千万不要做这种忘恩负义的人！我想，将来，就算你成了圣人或者伟人，也不足以报答父亲为你所做的一切！另外，我的儿子，你还要想一想：人生的道路上充满了未知数。你的父亲很可能在你还没有成年的时候，就已经因为不幸而失去了生命，而这种不幸，说不定就发生在三年后，也有可能是两年，甚至就在明天。

啊！我的恩里科！如果你的父亲离开了这个世界，那时你周围的一切都将改变：你的母亲将穿上丧服，家里会是空荡荡的，这时你将会感到多么寂寞、多么凄凉啊！所以，我的孩子！

现在，你就快到你父亲那里去吧！他还在房间里工作着呢。快，悄悄地进去，把你的头俯在父亲膝盖上，请求他饶恕你，祝福你。

你的母亲

郊　游

十九日，星期一

我那善良的好父亲又一次宽恕了我。另外，早在星期三，我们就和科雷蒂的父亲说好要去乡下远足，对于这件事，我父亲他也没有反对。

我们大家都需要去乡下呼吸呼吸山里的新鲜空气，所以昨天下午两点钟，大家约定在宪法广场聚集。德罗西、加罗内、加罗菲、普雷科西、科雷蒂父子和我，总共是七个人。大家都带了食品，有水果、香肠和煮鸡蛋等等，另外还带了几个装着酒的皮囊和一些锡制的杯子。加罗内在他的葫芦里装了白葡萄酒，科雷蒂用他父亲的军用水壶装了一壶红葡萄酒，小个子普雷科西穿着他父亲的铁匠工作服，胳膊下夹着一个足足有四斤重的大面包。

我们坐着公共马车先到了大马德雷·迪迪奥这个地方，以后就开始走山路。山上树木葱茏，到处是绿荫，清凉极了。我们在草地上打滚，在小溪中洗脸，在篱笆间跳跃。科雷蒂的父亲把夹克搭在肩上，远远地跟在我们后面。他衔着他那个石膏烟斗不停地抽着烟，时不时地朝我们打手势，让我们小心不要在裤子上戳出洞来。

普雷科西吹起了口哨。从前，我从来都没有听到过他吹口哨。小科雷蒂一边走一边玩，一刻也没有闲着。这个家伙心灵手巧，什么都会。他能用一指长的小刀子做出小水车、木叉子、水枪等种种东西，还抢着帮别的孩子背行李。他虽然已经汗流浃背，却还能像山羊似的走得很快。一路上德罗西时不时停下来给我们讲解各种植物和昆虫的名称，天知道他怎么会懂这么多的知识。加罗内默然地嚼着他的面包。可怜的加罗内！自从他母亲去世以后，他嚼起面包来就不像从前那么有滋有味了。不过他待人的态度始终没有改变，仍旧像从前那样亲切。每次有人后退几步要跳过某个沟坎去的时候，他都会从另一边跳过去，然后伸出手来搀扶他。可怜的普雷科西，他小时候曾经被奶牛顶过，所以见了奶牛就害怕；一路上，每当加罗内看见有牛来，就会走在普雷科西前面。

我们一直走到坐落在山顶的圣玛格丽塔村，然后开始往坡下走。大家一路上跳跃着，打着滚，还有的干脆坐在坡上往下滑。普雷科西滚入了荆棘丛中，把他父亲的工作服扯破了，于是他很难为情地站在那里，望着衣服上撕开的布片发呆。幸亏加罗菲的外套口袋里不论什么时候都带着几个别针。他拿出一个给他别好了，就看不出什么破绽了。普雷科西不停地说："对不起，对不起。"可是刚一别好，他就又立刻跑起来、跳起来。

加罗菲在路上也不肯放弃任何一个可能让他发财的机会。他摘野菜，捉蜗牛，只要看到一块有点亮光的小石块就把它拣起来藏进口袋里，因为里面很可能含有金子或者银子的成分。

我们继续在绿荫下和日光里奔跑着，翻滚着，攀爬着，就像是一匹匹撒着欢儿的小马驹。上上下下，直到把衣服都弄皱了，喘息着到了一个山顶，才停下来。大家坐在草地上开始吃带来的东西。

从这里往下眺望，眼前是一望无际的平原和山顶积雪的阿尔卑斯山。我们每个人都已经饥肠辘辘，饿得不行了。面包刚一进嘴就好像溶化了。科雷蒂的父亲用葫芦叶盛了香肠分给我们，大家一边吃着，一边谈论老师的事、别的同学的事和考试的事。普雷科西有点不好意思吃。加罗内就把他自己那份中最好的部分塞进了他的嘴里。科雷蒂盘了腿坐在他父亲身旁，两人在一起，与其说他们是父子，倒还不如说像弟兄。他们长得很相像，脸色都红扑扑的，一笑就露出雪白雪白的牙齿。老科雷蒂开怀畅饮。他不仅喝完了皮囊里的酒，还把我们喝剩的杯子里的酒也一饮而尽，还对我们说：

"喝酒对你们这些还在读书的孩子来说是有害的，但是对于一个卖柴人来说却是必不可少的。"接着，他捏住了他儿子的鼻子对我们说：

"孩子们，请你们一定喜欢这个小家伙，他可是个十足的大好人。这话是我说的，我向你们保证！"

除了加罗内，大家扑哧一声全都笑了。科雷蒂的父亲一边喝，一边又说：

"哎，想起来还真可惜。哪，你们现在这样要好，大家都是好伙伴，可谁知道再过几年会怎么样呢？恩里科和德罗西可能当了律师或者教授，你们其余的四个，可能成了店铺里的伙计或者工厂里的工人，天知道呢！这样，大家就得说再见了！"

"哪里的话！"德罗西抢先回答说，"对我来说，加罗内永远是加罗内，普雷科西永远是普雷科西，别的人也都一样。我即使做了俄国的沙皇，也决不会改变。无论你们在什么地方，我都会来看你们的。"

老科雷蒂惊喜地举起手中的皮囊说：

"难得！你能这样说，孩子！再好没有了！请把你们的杯子都举起来和我的碰一下。学校万岁！同学万岁！无论贫富贵贱，是学校让你们亲如一家！"

我们都举起皮囊或者酒杯和老科雷蒂碰杯，大家又最后一起喝了几口酒。老科雷蒂把皮囊中的酒一干而尽，说：

"四十九团四营万岁！喂！孩子们，将来你们要是也参了军，请你们一定要像我们当初一样勇敢啊！"

时间已经不早了。我们唱着歌，手挽着手飞跑着下山去。就这样，我们走了很长的一段路，最后在傍晚时分来到了波河边。河边，有许多萤火虫在飞舞。我们一直走回到宪法广场才各自分开。分手前，大家互相约定星期日再在这里相会，一起去维多里奥·埃马努埃莱剧院观看夜校学生的毕业发奖仪式。

今天是多么美好的一天啊！要不是碰到我那可怜的女老师，我回到家会是多么快乐啊。回到家时，天已经黑了。在楼梯上，我遇到了我的女老师。她正好下楼，见了我，马上抓住我的双手，凑在我的耳朵上说：

"恩里科！再见了！不要忘记我啊！"

我感觉到她一边说，一边在哭。

回到家，我马上把遇到她的事告诉了我的母亲，我说：

"我刚才遇到我的女老师了。"

"她要回家睡觉去了。"

母亲红着眼，悲伤地对我说：

"你可怜的老师……她病得很重！"

夜校毕业生的颁奖仪式

二十五日，星期日

按事先的约定，我们大家一起来到维托里奥·埃马努埃莱剧院观看工人学员的毕业颁奖仪式。他们都是参加夜校学习的成人学生。剧场内的布置和三月十四日那天一样，里面坐满了人，几乎全是夜校学员的家属。音乐学校合唱团的男女学生坐在池座里齐声唱着一首纪念在克里米亚战争中阵亡将士的歌曲，歌声优美动听。他们唱得那么好，唱完，大家都站起来鼓掌欢呼，于是他们不得不又从头唱了一遍。随后，获奖者排着队走到市长、省督和其他各级官员们面前，后者依次把书籍、银行存折、毕业证书和奖章颁发给他们。在楼下池座的一个角落里，我看到"小泥瓦匠"坐在他母亲的身旁。在另一边，坐着我们的校长老师，他的后面露出一头红发，那是三年级时的老师。

最先上台领奖的是夜校绘画班的学生，他们中有首饰匠、雕刻匠、石印工、木匠以及泥瓦匠。然后是商业学校的学生，再其次是音乐高中的学生，其中有许多年轻的女子和劳动妇女，她们都穿着节日的盛装，笑逐颜开。大家为他们热烈鼓掌，并不断地向他们招手致意。最后出场的是夜校初级班的学生，那才叫好看呢！

这些人的年龄、职业各不相同，穿戴也各式各样。其中有白发苍苍的老人，有工厂的学徒，还有蓄着满脸大胡子的成年工人。那些年纪轻的个个落落大方，年纪大的却显得有些局促不安。人们为其中一些年龄看起来很大或者很小的学员拼命鼓掌，但是第一次却没有人笑，大家的表情都很严肃、很认真。

很多获奖者的妻子和儿女都坐在池座里观看。小孩子们看到自己的父亲登台领奖，都大声地叫着父亲的名字，不断地朝舞台上挥手，发出一阵阵爽朗的笑声。一些农民和搬运工走上来了，他们来自布翁孔帕尼学校开设的夜校。其中有一个擦皮鞋的匠人我父亲认识，省督也给他颁发了毕业证书。擦鞋匠的后面是一个彪形大汉，我看着觉得眼熟，好像在什么时候曾经见过他，仔细一看，原来就是"小泥瓦匠"的父亲，他还得了二等奖呢！哦，我记起来了！上次我去看望生病的"小泥瓦匠"时，他也在房顶的阁楼里，而且就站在"小泥瓦匠"病床旁。于是，我就回头找寻坐在池座里的"小泥瓦匠"。可怜的"小泥瓦匠"他正双目炯炯地注视着他的父亲呢！他的眼睛里噙着泪水，他正在装"兔脸"以便隐藏心中的激动和喜悦呢。就在这个时候，四处忽然爆发出一阵热烈的掌声。我急忙看舞台上，只见一个扫烟囱的小孩正在台上领奖。那个小孩身上还穿着脏兮兮的工作服，浑身只有一张小脸蛋被洗得干干净净。这时，市长正携着他的手，和他说话呢！

跟在这个孩子后面来领奖的是一位厨师，再后面是一位来自拉伊内里小学的市政清洁工。看着他们，我的心里有一种说不清楚的滋味，也许是一种很特殊的爱和许许多多尊敬的混合吧！的确，他们现在是在舞台上领奖，很风光，可是为了这一张证书、这一枚奖章，他们付出了多少艰辛啊！这些劳动者，他们在家里都是父亲，是一个个家庭的顶梁柱，为了养活一大家子人，他们不得不辛苦奔波劳作，这本身就已经很不容易了！但是他们却在辛苦工作了一天之后，挤出自己宝贵的睡眠时间去夜校学习，用习惯于体力活的大脑思考，用布满了老茧的粗糙的大手执笔写字，这就更不简单了！再说他们多么需要好好地休息一下呀！一想到这，就有一种说不出的感动涌上我的心头。

接下来上台领奖的是一个在工厂做工的少年。他穿的夹克衫，两个袖子老长老长，一看就不是他的，他一定是穿了他父亲的上衣来领奖的。他在台上领奖品的时候，不得不把袖子卷了又卷；台下，大家都禁不住笑了起来。不过笑声立刻又被一阵掌声埋没——在他的后面，一个秃头白胡子的老人走上了台。老人的后面跟着一群炮兵，其中有几个曾经在我们学校的夜校学习过。再后面还有税务局的警察，在学校里面守门的市政警察也跟他们在一起。

颁奖仪式结束后，夜校的学生们又一次唱起了那首纪念克里米亚战争中阵亡将士的歌曲。这一次，他们唱得高昂而热烈，歌声中充满了从内心迸发出来的真挚的情感。听众被深深地感动了，大家没有喝彩，而是默默地退出了剧场。

一时间，街上挤满了人。剧场门口，几个绅士围着那个扫烟囱的男孩子说话，男孩子手上拿着奖给他的书，上面系着红丝带。大街上，这些工人、孩子、警察和老师互相打着招呼。我三年级时的老师和两个炮兵一同从人群中走了出来。许多工人的妻子手上抱着孩子，他们骄傲地捧着父亲的证书，展示给大家看。

女老师之死

二十七日，星期二

当我们在维托里奥·埃马努埃莱剧院观看毕业颁奖仪式时，我那可怜的二年级女老师去世了。那一天也就是在她看望我母亲后的第七天，时间是下午两点钟。昨天上午，校长来到了我们教室，告诉了我们这个不幸的消息。他说：

"在你们中间，有些同学曾经是她的学生，应该知道她是个多么善良的老师。她像对待自己的孩子一样爱着她的学生们。现在她不在了。很长时间来，老师的身体就一直被病痛折磨。她的病本来是可以治好的，但是为了自己的事业，在本来用来看病的时间里，她却拼命地工作。如果能够好好卧床休息的话，她的生命应该可以多延续几个月的。可是她离不开孩子们，不愿意和大家分开，直到她生命的最后一刻。十七日这一天，也就是星期六的晚上，她的身体使她意识到，她将会再也见不到孩子们了。于是她拖着病体和大家一一告别。她还是那样不厌其烦地叮嘱她的学生们，亲吻他们，到了最后才不得不哭着离开。如今，谁也见不到她了。孩子们，你们千万不要忘记你们的老师啊！"

普雷科西在二年级时曾经是她的学生，这时他趴在桌上，呜呜咽咽地哭起来了。

昨天下午放学后，我们都到了老师家，准备把老师的灵柩护送到教堂去。老师家的门口停着一辆两匹马拉的灵车。有许多人已经等在那里，低声交谈着。校长和我们学校里所有的老师都到了。老师生前还在别的学校工作过，所以在场的还有她从前的同事们。老师班上所有的学生都由他们的母亲带领着来了，他们的手里都举着蜡烛。别的年级也有不少学生来送她，他们有的拿着花圈，有的拿着玫瑰花束。我们学校一共来了五十个学生。

灵车上已经堆满了许多花束，灵车的顶上还摆着一个很大的金合欢花圈，上面用黑色的文字写着：**"献给我们的老师——五年级学生挽。"**大花圈下面挂着一个小花圈，那是她班里的小学生们送的。人群当中还有几个手执蜡烛的女佣，她们是代替她们的女主人们来给老师送葬的，另外还有两个穿着号衣，手执着火把的男仆。一个学生的父亲——一位富有的绅士，也乘了饰着青绸的马车来送老师。大家都聚集在老师的家门口，女孩子们不停地擦着眼泪。

我们静静地等候了一会儿，棺材被抬了出来。小孩子们见棺木被移进了灵车就都哭泣起来。其中有一个，仿佛到了这个时候才意识到他的老师是真的死去了，突然之间放声大哭起来。他哭得整个人都抽搐起来，人们只好把他带走了。

送葬的队列徐徐出发了。走在最前面是几个在修道院学习的女学生，她们都穿着绿色的服装；然后是几个身穿白衣、系着蓝丝绦的修道院姑娘，再后面是神父们。灵柩跟着他们，灵车后面是老师们、二年级的小学生们和其他年级的小学生们，最后是人群。街上，一些人从窗口或者是门口朝外面张望，见了花圈与学生们就说："死者是位老师。"一些带领自己的小孩来送葬的女士也情不自禁地哭了起来。

到了教堂门口，人们把棺木从灵车上抬了下来，安放在大殿中央的祭坛前面。女老师们把花圈放在棺木上，小孩们把鲜花撒在上面。人们站在棺木的周围，手持点燃的蜡烛跟着牧师开始祈祷。教堂里空荡荡的，昏暗的烛光在一片黑暗中闪烁。当牧师最后一次说完"阿门"的时候，大家一齐吹灭了蜡烛，然后匆匆地离开了教堂。这样，女老师的遗体就被孤独地留在了教堂里！哦，可怜的老师！她是那样的亲切，对我那么好，又是那样的富有耐心！她辛辛苦苦地为她的学生操劳了那么多年！在去世前，她把自己仅有的几本书都留给她的学生们了，还送给一个学生一瓶墨水，另一个学生一张小画片。在去世前两天，她还对校长说，不要让小孩子们参加葬礼，因为她不想让他们为她悲伤哭泣。

老师做了很多好事，也承受了很多痛苦，现在她终于死了，被独自留在那空荡荡的昏暗的教堂里。哦，可怜的老师！永别了！我们的好老师！我们的好朋友！您在我幼小的心灵中，留下了一段甜蜜而悲伤的回忆！

感　谢

二十八日，星期三

我那可怜的女老师本来想坚持教完这个学年的，可就在距离这个学年结束只有三天的时候，她却离开了我们。等到后天，我们去学校听完最后一篇每月故事《客轮失事》之后，这个学年也就结束了。七月一日，也就是星期六，我们就要参加考试了。考完试，这第四个学年就正式结束了，如果我们的女老师没有离开我们，这该是多么愉快而充实的一个学年呀！

想想去年十月才开学时的情景，我觉得自己有了许多变化。和那时候相比，我学到了许多新知识。阅读能力和表达能力都有了很大的提高。有些大人们不会的算术题，我也会算了，还可以帮家里人料理一些生意方面的账务。对于学到过的东西我基本上都能理解和掌握。我的心里真高兴。但是，我知道，我能够达到这个程度，光靠我一个人的力量肯定是不行的，不知道有多少人勉励过我、帮助过我呢。无论在什么地方——在家里，还是在学校里，甚至在街上，只要是我曾经到过的地方，都有许多不同的人用各种不同的方式教会了我很多不同的东西。所以，在这里，我要感谢所有的人。

首先，我要感谢我的老师，感谢您那样爱我，感谢您对我的关怀和爱护。我现在所知道的一切知识都是老师您耗尽心血教导的结果。其次，我要感谢德罗西，当我做不出功课时，是你热情地给我讲解，帮我弄明白了功课中许许多多的难点，顺利地通过了考试。还有，斯塔尔迪，你坚韧不拔的意志使我懂得了"精诚所至，金石为开"的道理。当然还有你，温和可亲、慷慨大度的加罗内，你的善良和真诚深深地打动了我，我们所有的人都被你优秀的品质所感染。还有你们：普雷科西与科雷蒂，你们教会我在艰难困苦中不能丧失勇气和意志，在工作中要互相帮助、共同进步。我感谢大家，感谢我所有的同学和朋友。

但是我特别要感谢的是您——我亲爱的父亲。您不仅是我的第一位老师，还是我的第一位朋友。您给了我种种有益的教诲，使我从中获得许多裨益；您还教给我许多生活知识，使我逐渐成长起来。为了您的孩子们，您每天辛勤地工作，把忧伤和烦恼深深地埋藏在心底，还想方设法让我能够轻轻松松地学习，快快乐乐地生活。我还要感谢您——我那慈爱的母亲。您是最爱我的人，是上帝派来守护我的天使，我的欢乐就是您的欢乐，我的痛苦也曾让您伤心哭泣。您和我一起学习，一起工作，一起体会生活中点滴的快乐和悲伤。您总是一手抚摩着我的头，一手向我指明通向天国的道路。现在，我要像孩提时一样，跪在你们的面前，对你们说："我感谢你们！我全心全意地感谢你们牺牲了自己，把爱和亲情注入了我这十二年的生命中！"

客轮失事
最后一篇每月故事

几年前，十二月的某一天早上，一艘大轮船从英国的利物浦港起锚。船上载着大约两百名乘客，其中有七十几名船员。船长和船员几乎都是英国人。乘客中有几个是意大利人：三位妇女、一位牧师，还有一个意大利人组成的乐队。船向马耳他岛驶去。天空中乌云密布。

在船头的三等舱中有一个十二岁左右的意大利少年。与他的年龄相比，他的个子显得有些矮小，但是他的身体却长得很结实。一张漂亮的脸蛋上透出西西里男子特有的勇敢和庄重。他独自坐在船头桅杆下堆着的几卷缆绳上，手搭在身旁的手提箱上。那个手提箱破旧不堪，里面装着他的一点点生活用品。他的脸呈棕红色，乌黑的头发天生就是拳曲的，几乎一直垂到他的肩头。他穿得很寒酸，背上披着一条破毯子，肩上斜挂着一只旧皮包。望着周围的旅客、轮船、在甲板上急匆匆来回跑动的水手和不安的大海，他的脸上一直都保持着一种若有所思的表情。那种忧心忡忡的样子，让人觉得他好像刚从某种重大的不幸中走出来——带着一张孩子的脸和一副成人的表情。

船开了以后不多一会儿，一个头发灰白的意大利水手来到了坐在船头的西西里少年身边。他的手里还拉着一个小女孩。他对少年说：

"马里奥，我给你带来一个旅伴。"说完，就径自离开了。

于是，女孩就在少年身旁的另一堆缆绳上坐下。他们彼此面对面看了一会儿。

"你去哪儿？"少年问。

"先到马耳他岛，然后再去那不勒斯。"女孩回答。

随后她又继续说："我要回到我的父亲母亲身边去，他们正在等我呢！我叫朱列塔·法贾尼。"

听了这话，少年什么也没有说。

过了一会儿，他从皮包里取出随身携带的一点面包和干果来，女孩也取出她带的饼干，两个人一起津津有味地吃起来。

这时刚才来过的意大利水手匆匆从他们的身边跑过，看到他们，对他们大声嚷道：

"瞧你们两个还没事人似的！船在跳舞呢！看起来事情有点儿不妙啊！"

风越刮越猛，客轮剧烈地摇摆起来。可是这两个小孩子却不晕船，所以对于那些风浪并没有很在意。女孩儿还幸福地微笑着。她的年纪和男孩相仿，但是个子要比对方高出许多，她的皮肤呈棕色，脸盘儿很瘦，身材苗条，略微显出些病态。她的衣着非常简朴，一头鬓发被剪得很短很短，头上还扎着一条红色的头巾，耳朵上戴着一对银耳环。

两个孩子一边吃着，一边互相谈起各自的身世。男孩的双亲都已经去世了。他的父亲，一个工人，几天前死在了利物浦，留下他孤零零一个人。意大利领事馆只好把他送回故乡巴勒莫，因为他还有几房远亲在那里。女孩子是去年住到伦敦的婶婶家里去的。她的婶婶是个寡妇，很喜欢她，所以向她那穷困的父母提出照管她，并允诺她日后可以继承她的遗产。她的父母同意了，于是她就到了伦敦和她婶婶一起居住。可是几个月前，她的婶婶被公共马车碾死，并且一分钱也没有留给她。无奈，她只能请求意大利领事馆把她送回家。于是，这两个孩子就都被托付给了那个意大利水手。

女孩对少年说："我的爸爸妈妈还指望着我回去的时候能给他们带上一大笔钱呢！可我什么都没能带给他们。但是，他们一样会欢迎我回去的，因为他们很爱我。我还有四个弟弟，他们都很小。我是家里最大的孩子，我的小弟弟们都很喜欢我，平时我还给他们穿衣服呢！这次他们重新看到我，一定比过节还高兴。我要踮着脚尖儿进屋，然后大叫一声，给他们一个惊喜。哎哟，风浪怎么这么大！"

随后，她又问男孩：

"那你就和你的亲戚一起住吗？"

"是的，如果他们愿意收留我的话。"少年回答。

"难道他们不喜欢你吗？"女孩问。

"我不知道。"男孩说。

"到今年圣诞节我就满十三周岁了。"女孩说。

在这之后，他们就开始一起谈论大海和周围的人们。整整一天，他们两个都在一起聊天，别的乘客还以为他们是姐弟俩呢。女孩在那里编织袜子，男孩却忧心忡忡。海上的风浪越来越险恶。夜深了，到了各自回舱休息的时间，女孩对马里奥说：

"愿你能睡个好觉！"

她对男孩说这句话的时候，意大利水手恰好被船长叫去有事，他奔跑着从他们的身旁路过的时候，对他们说：

"看起来今晚没人能睡个好觉了，孩子们！"

男孩正想对女孩说"晚安"的时候，一个大浪突然打了过来，将他掀倒在地，倒地的时候他还撞上了一只凳子，头上撞出了血来。

女孩见状，惊呼着飞跑过去，扑在他的身上，她说：

"天哪！你出血了！"

乘客们都各自向下逃去，所以并没有人留心他们。男孩被这突如其来的一击吓呆了，睁大了眼睛说不出话来。女孩跪在他的身旁，替他拭去额头上的鲜血。她还从自己头上取下了那块红头巾，当作绷带替他包在头上。在替他打结时，她把他的头紧紧地抱在自己胸前，以至于自己的黄色上衣上也沾染了不少鲜血。

这时马里奥也清醒过来了，他摇晃着站起来。

"你感觉好些了吗?"女孩问。

"没事了。"马里奥回答。

"那就好好睡上一觉吧。"女孩说。

"晚安。"马里奥回答。于是两人沿着船上的扶梯走下去，各自回自己的舱位睡觉去了。

水手的话应验了。两个孩子还没有睡熟，可怕的暴风雨就来临了。刹那间，狂风巨浪就像是千军万马奔腾而来。一根船桅被折断了，挂在吊车上的三只舢板和船头上的四头牛也被海浪像卷落叶一般通通卷走了。船上顿时乱作一团。人们惊恐的叫喊声，东西翻倒时的碰撞声，无助的乘客向上帝祈祷的声音，混合在一起，令人毛骨悚然。暴风雨越来越猛烈，持续了整整一个晚上。到后来，天亮了。但是风势并没有减弱，反而比原来更猛烈。山也似的巨浪奔涌而来，横向击打着那艘客轮，它们在甲板上开花，击碎了它们遇到的所有的一切，然后把它们卷进海。覆盖蒸汽机的平台被击碎了。肆虐的海水怒吼着涌了进来。锅炉里的大火被熄灭了，司炉们四处逃窜。海水疯了似的从这个缺口冲进客轮的四面八方。

这时，一个雷鸣般声音喊道:

"快拿抽水泵来。"

这是船长的声音。

水手们朝着抽水泵的方向奔去。但是就在这时，又一个巨浪突然打来，正好击中客轮的船尾，掀翻了船舷口的栏杆，打破了舱门，海水于是直灌进客舱。

乘客们个个吓得目瞪口呆，面如土色，全部躲进了大客舱。就在这个时候，船长出现了。大家齐声问道：

"船长！船长！现在我们该怎么办？情况糟糕吗？还有希望吗？您快救救我们！"

船长等大家安静下来以后，无可奈何地说：

"看来大家只好听天由命了。"

听了船长的话，只有一个女人叫了一声："主啊，怜悯怜悯我们吧！"其余的乘客都没有作声，大家都被吓呆了。这种情况持续了好长时间。大客舱里回荡着死一般的寂静。乘客们默默无言，面面相觑，每个人的脸色都很苍白。海上，巨浪一阵高过一阵。客船在风浪中一高一低笨拙地摇晃着。

这时候，船长试图放下救生艇。五个水手下了艇，艇被放了下去，但是一个巨浪打来，艇被立刻打沉了。两个水手被海浪卷走了，其中就有那个意大利人。其余的三个人好不容易奋力拉住了缆绳，又重新爬回了客轮。

到了这个时候，剩下的水手们也都绝望了。两小时以后，客轮的大半已经浸在了水里，海水漫过了护樯的锁链。甲板上的情景让人惨不忍睹：绝望的母亲把自己的孩子紧紧地抱在胸前；朋友们互相拥抱告别。有的人不愿眼见着自己被大海吞没，回到了客舱里面；有一位乘客用手枪朝自己的头部开了一枪，仰面重重地倒在了去客舱的梯子旁，痛苦地呻吟着。大多数的人都举止失常了。他们紧紧地抱在一起，几个女人拼命地发着抖。不少人跪在神父的周围祈祷。孩子的哭喊声，成人痛苦的呻吟声，还有一些尖锐的刺耳的不可名状的惨叫声连成一片。时不时还能看到有一些人呆呆地站着，像塑像似的一动不动。他们的眼睛瞪得很大，但是瞳孔里黯然无光。脸上的表情就像是死人或者是疯子一般。朱列塔和马里奥两人紧紧地抱着一根桅杆，目不转睛地凝视着大海。

风浪比原先小了很多，可是船已经在渐渐下沉，眼看着不久就要沉没了。

"把最后一个救生艇放下去！"船长吼道。

仅存的一艘救命艇下水了，艇里乘着十四个水手和三个乘客。船长仍留在客轮上。

"快上来，船长！"水手们在下面喊。

"不，我必须死在我的岗位上。"船长回答道。

"如果我们能遇到一艘别的船，我们就得救了，您快下来吧！不要错过这最后的一个机会啊！"水手们反复劝说着。

但是船长坚持不肯离开，他说：

"我将留在这条船上。"

于是水手们朝其他的乘客们喊：

"还有一个位置！上来一名妇女！"

船长搀扶着一个女子走向救生艇。可是艇距离客轮很远，那个女子没有跳过去的勇气，重新倒在了甲板上。其他的妇女也都晕过去了，看起来和死了没有什么差别。

"上来个孩子吧！"艇上，水手们拼命喊着。

听到这声喊叫，原来被惊吓得像两块化石一样的西西里少年和他的旅伴，突然之间被一股强烈的求生的本能唤醒了。他们一下子都清醒过来，一起放开桅杆，争先恐后地跑向船舷，疯狂得像两头野兽，唯恐失去了最后的求生机会。他们齐声喊着：

"我上！"

"最小的一个！"水手们喊道，"救生艇已经超载了，小的那个上来！"

听到这话，女孩就像是触了电似的，垂下了双臂，一动不动，只是呆呆地注视着马里奥。

马里奥也注视着她。他看到了女孩衣服上的那片血迹，想起她为他包扎头上伤口的事，他的脸上突然发起光来，一个神圣的念头闪电般地掠过他的心头。

"上来一个小的！"水手们不耐烦地喊着，"快点，船就要开了！"

这时候，马里奥情不自禁地喊出声来，他觉得那个声音仿佛根本就不是他的：

"她分量轻！你下去！朱列塔！你的身体比我轻！你有爸爸和妈妈，可是我就一个人。我把我的位置让给你！你快去吧！"

"把她扔到海里来！"水手们喊叫道。马里奥揽住朱列塔的腰，把她抱了起来，丢到了海里。

朱列塔大叫了一声，落到了水中。一个水手抓住她的一条手臂，把她拉上了救生艇。

马里奥一动不动地站在船舷，他昂首挺胸，头发在海风中轻轻飘荡。他的神情很自然，心中似乎装着一种超乎寻常的平静。

救生艇离开时，客轮已经快沉没了。海上卷起了一个很大的漩涡。幸亏小艇离开得还算及时，要不真的也难逃被吞没的劫难。

女孩儿渐渐地恢复了知觉,她抬起头望着客轮上的马里奥,泪如雨下。

"马里奥!"她唏嘘着朝他伸出双臂,大喊着:

"永别了!永别了!"

"永别了!"少年也举起双手回答。

阴暗的天空下,小艇在波涛起伏的大海上快速离去。水已经淹没了客轮的甲板,船上再也没有人呼喊。马里奥突然跪了下来,双手合十,仰望苍天。

女孩用手捂住了自己的脸。

等她再抬起头来观望时,海面上已经没有了那艘客轮的踪影。

七　月

母亲的最后一页

一日，星期六

　　恩里科，这个学年就这样结束了。在这最后的一天里，你一定要记住那个为朋友献出自己宝贵生命的少年，他是那么的勇敢，又是那么的高尚！现在，你就要和你的老师和同学们分开了。但在这之前，我不得不告诉你一个令人伤心的消息。这次的离别不仅仅是三个月，而是长别。由于工作上的原因，你的父亲不得不离开都灵，家里的人自然要和他一起走。今年秋天，你会到另外一所学校去念书。我知道，这件事情会让你不高兴，因为你很爱你的学校。在这四年里，每一天你都会去学校两次，从中你体会到了学习的快乐；在这所学校里，你几乎每天都和你的老师、同学以及他们的父母见面；每一天结束的时候，你都会等在校门口，等待着你的父亲或者母亲微笑着来接你回家；在这所学校里，你获得了知识、增长了才干，也认识了许许多多的朋友；在这所学校里，你遭受过挫折，承受过痛苦，但是它们都会让你终身受益。所以，要你离开母校，你一定会很伤心。但是，你必须怀着这份感情，跟你的母校告别。真诚地跟大家告别吧！在你的朋友们中间，将来也许有的人会遭遇不幸：或是失去父母，或是年纪轻轻就离开人间；当然其中有一些可能是在战场上光荣牺牲的，但是他们中更多的人会成为正直勇敢的劳动者和勤劳正派的父母。他们中间，说不定还会有人因为成绩卓著而成为对国家有贡献的名人。真挚地和他们告别吧！把你心中的那一份真情留在这个大家庭里！你是在这个大家庭里从一个不谙世事的孩童成长为一个知书达礼的少年的。你的父母对这个大家庭充满了感激，因为它给了你无微不至的关怀。学校也是你的母亲啊！恩里科。当她从我怀里把你抱走的时候，你还是一个牙牙学语的孩子呢！但是现在，当她把你还给我的时候，你已经是一个强壮、善良、勤劳的少年了。我该怎样感谢她呢？

你可千万不能忘记她啊！但是，你又怎么能够忘记她呢！有一天，等你长大成人的时候，你或许会周游世界，欣赏到无数自然的美景或者令人肃然起敬的历史遗迹；然而，童年的记忆却永远都不会在你的脑海中消失。你会记得那栋朴素的白色小屋，它紧闭的百叶窗和小小的花园。那是你知识的源头，在那里开出了你的第一朵智慧之花。有关它的一切记忆，你都会终生难忘。就像我永远都无法忘记你呱呱坠地的那所小屋一样！

你的母亲

考　试

四日，星期二

终于到了考试的时候。这几天，学校周围的街上，老师、同学和家长们谈论的都是分数、考题、平均分、升级、补考之类的话题。作文是昨天考的，今天上午考算术。家长们亲自把自己的孩子送到学校。见到他们在街上一遍又一遍地嘱咐他们的子女，那情形真令人感动。一些母亲甚至把孩子送到教室，检查墨水瓶里的墨水够不够，钢笔好不好用。临出去时还在教室门口嘱咐道："要仔细点！好好考啊！"

我们的监考老师是满脸黑胡子的夸蒂先生，他说话的声音像狮子咆哮一样可怕，有几个学生吓得脸色发白。可是从来没有听说他惩罚过学生。当夸蒂先生把市里送来的考卷封袋撕开，抽出试卷来时，大家都屏住了呼吸，教室里鸦雀无声。接着他开始大声地念着考题。他时不时用严肃的眼神向教室里的全体同学瞥一下，他的眼神让人觉得很害怕，但是我们明白，他在念考题的时候如果能够把问题的答案一起告诉我们，让大家都能顺利过关，他会很高兴的。

考试题目很难，一个多小时过后，很多人都觉得做不下去了，有一个还哭了起来。克罗西不断地用拳头打自己的头。其实很多人做不出来也不完全是他们的过错，虽然他们自己没花多少时间学习，但是他们的父母也有错，因为他们从来都没有好好地督促过他们的孩子。幸亏德罗西想方设法地帮助大家，在小纸条上画上图或者写上算式，乘老师不注意时偷偷摸摸地递给其他同学，他的动作真是敏捷。加罗内的算术也很棒，他总是喜欢帮助人，他也加入进来了，甚至向平时一向骄傲的诺比斯伸出了援助之手。斯塔尔迪用两个拳头撑住了头，直愣愣地盯着试卷，有一个多小时坐着一动不动。后来他忽然提起笔来，在五分钟内就把所有的题目做完了。夸蒂老师在课桌之间踱来踱去，不停地说："要沉住气！千万不要紧张！慢慢做！"看到有的人失去了信心，泄了气，他就张开了狮子一样的大嘴巴，装出要一口把他吞下去的样子，逗他发笑，帮他恢复信心。

　　到了十一点左右，从百叶窗向外望去，许多学生的家长已经来了，在大街上来回不安地走动着，等待着他们的孩子。普雷科西的父亲穿着深蓝色的工作服，脸上黑黑的满是炉灰，他是刚从铁匠铺赶来。克罗西卖菜的母亲来了，内利的母亲也来了，她穿着黑衣服。快到中午的时候，我亲爱的父亲也赶来了，他仰着头探望着我们教室的窗户。中午十二点钟，考试终于结束了。走出考场的时候，校门口真是热闹。家长们都跑向自己的孩子，询问考试的情况："一共多少道题目？总分是多少？减法考了吗？没忘记小数点吧？"还一边翻着笔记簿，一边和其他的同学对着答案。老师们被学生和家长们叫来叫去，不停地回答着这样那样的问题。我的父亲从我手上拿过草稿，仔细地看了看，然后说："挺好的！"普雷科西的铁匠父亲在我们旁边，他也在翻看着儿子的草稿，但是却看不大明白。于是他有些焦虑不安地转向我的父亲说："请教您，这道题目的答案是多少？"

父亲把答案告诉他。当得知儿子的计算没有错时，他高兴得雀跃欢呼："好小子，做得不错！"

父亲和铁匠相对一笑，就像两个相识已久的老朋友一样。父亲把手伸出去，握住铁匠的手。

"口试时再见！"在将要分别时，两人异口同声说道。

我们刚走了五六步，突然听到身后有人哼起了小曲儿，回头一看，原来是铁匠在那里唱歌。

最后一场考试

七日，星期五

今天上午考口试。早上八点我们就都在教室里等候了。八点一刻开始，我们被一组一组地叫进大厅里去。每次进去四个人。大厅里的主席台上铺着绿色的桌布。校长和四位老师围着主席台坐着，我们的老师也在其中。我是最先被叫进去参加口试的学生之一。整个口试的过程让我看清了我们的老师是多么的在意他的学生们。可怜的老师！当别的老师提问我们的时候，他总是目不转睛地看着我们；当我们支支吾吾答不清楚的时候，他就坐立不安；当我们回答得又快又好时，他就忍不住喜笑颜开。他还不时地点头或者摆手势向我们示意，好像在说："对了！"或者"不是这样的！"或者"这里要注意了！"或者"慢慢说！别着急！仔细点儿！勇敢点儿！"

我想如果老师在这个时候可以说话，他肯定会把他知道的一切都告诉我们的。说真的，在那个特殊的时刻，即便是我们自己的父母坐在他的位子上，肯定也不能比他做得更多了。我真想当着大家的面对他说上十次："谢谢！谢谢！"最后，当其他老师对我说："好了，你可以回去了！"时，我们的老师眼睛里一下子就放出了喜悦的光芒。

　　然后我就回到教室里去等候父亲来接我。同学们大都在教室里，我坐在加罗内旁边，想到这可能是我们之间的最后一次相聚，禁不住悲伤起来。我还没把自己将随着父亲离开都灵的事告诉加罗内，加罗内一点儿都不知道我在想些什么，他正伏在他的座位上，埋着头，一心一意地用笔在他父亲的照片边缘上画花边。照片上，他的父亲穿着机械师的服装，身材高大，膀大腰圆，脖子像牛脖子那样粗，神情老实端庄，和加罗内很相像。加罗内埋着头，弓着背，身体向前弯曲，衬衫的衣襟微微敞开，露出悬在胸前的那个小小的黄金十字架。那是内利的母亲知道加罗内一直默默地保护着自己的儿子以后送给他的。无论如何，我想我必须把我将离开都灵的事告诉他。于是，我就开门见山地对他说：

　　"加罗内，今年秋季我父亲就要离开都灵到别的地方去工作了。他再也不回来了。"

　　于是加罗内问我，我母亲和我是不是要一起去。我回答说"是的"。

　　"那么，你不和我们一起上五年级了？"加罗内问。

　　"不了。"我回答说。

　　听了之后，加罗内默默无语，埋着头继续用笔画他的花边。过了一会儿，他头也不抬地问我：

　　"你会记住和你一起读四年级的这些朋友吗？"

我说：

"当然会记得的。我永远都不会忘记的……特别是你。没有人会忘记你的。"

加罗内注视着我，没有说话，但是我能感觉得到他那严肃认真的眼神中装着千言万语。他装出毫不在意的样子，一只手仍然握着笔在画他的花边，但是他把他的左手伸了过来。我赶紧用双手紧紧地握住了他那只真诚而有力的大手。

就在这时，我们的老师兴奋地跑了进来，他一脸的喜气，高兴得把脸都涨红了。他压低了嗓门，用快乐而急促的声音对我们说：

"不错，到现在为止，进去的同学考得都很好。希望后面的同学也能再接再厉，好好地回答。太好了，孩子们！加油啊！我真为你们感到高兴！"说完他就急急忙忙又要出去了，为了进一步表现出他内心的快乐，逗我们大家笑，他故意装出在门口绊了一下，差点跌倒的样子，当然他马上扶住了墙。哎，谁能想到我们这位从来都没有笑容的老师会高兴成这样呢？大家见了都觉得很诧异，教室里反而安静下来。望着他的样子，大家虽然也笑了，但是却是微笑，没有一个人纵声大笑。

不知为了什么，见到了老师的那种孩子似的天真举动，我的心里充满了温情，但是却觉得很不好受。要知道那瞬间的喜悦就是我们的老师在付出了九个月的艰辛之后得到的所有的补偿！这九个月来，他对我们付出了他所有的爱心和耐心；他为我们简直就是操碎了心！教我们的时候，他是多么辛苦啊，好几次病了还来给我们上课。可怜的老师！而他付出了那么多，为的只是这样微不足道的"报酬"！

现在我想，我一定不会忘记我们的老师的。在很多年以后，当我想起他的时候，在心中看到的一定还是他今天因为非常非常快乐，想逗我们笑的这个样子。希望等我长大成人的时候，我们的老师他还健在。这样，如果我们再次相逢，我就有机会把他当时那个天真的动作对我深深的触动告诉他。我还将饱含着深情亲吻他苍苍的白发。

告 别

十日，星期一

今天是这个学期的最后一天。下午一点，我们大家都到学校去领成绩单和升级通知书。学校附近的街上挤满了学生家长，学校大厅里也都是人，有的学生家长索性走进了教室，一直挤到了老师的讲台旁边。在我们的教室中，从四面墙壁到讲台边都被挤得满满的。加罗内的父亲，德罗西的母亲，铁匠普雷科西，科雷蒂的父亲，内利的母亲，克罗西的母亲——也就是那个卖菜的女人，小泥瓦匠的父亲，斯塔尔迪的父亲，还有许多我从来都没有见过的家长都来了。教室里充满各种嘈杂的声音，让人觉得这里仿佛是个大众聚会的广场。

但是，老师一进教室，大家就马上安静下来。老师的手里拿着成绩表，开始当场宣读个人的成绩和升留级情况：

"阿巴图奇，六十七分，升级。阿尔基尼，五十五分，升级。"

小泥瓦匠升级了，克罗西也升级了。

接着，老师又大声地说：

"埃内斯托·德罗西，满分七十分，升级并获得一等奖。"

在场的家长都认识德罗西，于是他们都齐声赞许说：

"真了不起，好样儿的，德罗西！"

德罗西晃动着满头的金发，回头朝他母亲看，脸上露出迷人的微笑。而他的母亲这时正朝他招手致意。

加罗菲、加罗内、卡拉布里亚的少年也都升级了。留级的有三四个同学。其中有一个回头看见他父亲脸色阴沉地站在门口，做出回家要揍他的手势，就被吓得哭了起来。老师立刻对他父亲说：

"不，不要这样，先生。对不起，我想说的是有时候并不全是孩子的错。谁都有运气不好的时候，这一次您的孩子就正好撞上了。"

然后他又继续说：

"内利，六十二分，升级。"

内利的母亲听到这里，立即用扇子给了儿子一个飞吻。

斯塔尔迪得了六十七分，但是得了这样的好成绩，他连笑也没有笑一下，仍旧用两个拳头撑着自己的头不放。最后一个是沃蒂尼，他也升级了。今天他穿得很漂亮，头发梳得整整齐齐。

读完成绩，老师站起身来对大家说：

"同学们，今天是我和大家最后一次在这个教室里相聚了。我们大家在一起相处了一年，现在我们都已经是好朋友了，不是吗？孩子们，想到今天要和你们道别，我就感到很悲伤。"说到这里，他说不下去了；过了一会，才又接下去说：

"在这一年中，如果我曾经在不经意间对你们发了火，表现得太严厉，或者在某些事情的处理上不够公正，那么请你们一定原谅我。"

"哪里，哪里！没有的事！"下面很多同学和他们的家长都在说，"不！老师！从来都没有的事！"

老师继续说：

"反正，如果我做得不好，就请你们原谅我。不要忘了你们的老师，好吗？来年我不会再教你们了，但是我还会经常看到你们的。无论如何，你们都一直会留在我的心里。再见了，孩子们！"

说完了，老师就走到我们中间来。大家都站到了各自的椅子上，向他伸出手去。有的拉住老师的手臂，有的牵住老师的衣襟，难舍难分。还有许多人走上去亲吻他。最后，我们五十个人异口同声地说：

"老师，谢谢您！再见了，老师！老师，您多保重！希望您的身体永远健康！请永远都不要忘记我们！"

老师走出教室的时候，我觉得他是勉强抑制着心中激动的情绪。我们也跟着一起乱哄哄地走出了教室。其他教室的学生也像潮水一样的纷纷朝着大门口涌出来。学生和他们的家长夹杂在一起，喧闹不堪。大家纷纷向老师告别，或着相互打招呼。四五个小孩抱住了那位头上插着红色羽毛的女老师，另外周围还有近二十个包围着她，挤得她简直就透不过气来了。绰号"小修女"的女老师，她的帽子都被扯破了。她仍然穿着黑色的衣服，但是她的衣服上的纽扣孔里，还有口袋里都被塞满了各种颜色的花束。大家都为舍己救人的小英雄罗贝蒂感到高兴，因为今天是他终于可以丢开拐杖走路的第一天。

大家都在互相道别。

"新学年再见!"

"十月二十日再见!"

"万圣节再见!"

于是我们也都互相说着再见。

在这一刻，所有的人都把过去一年中的一切不快忘记得一干二净。向来嫉妒德罗西的沃蒂尼这次是第一个向德罗西张开了两臂去拥抱他的。我和"小泥瓦匠"依依惜别。就在他最后一次做兔脸给我看的时候，我吻了他一次。多可爱的小伙伴啊! 我去向普雷科西和加罗菲告别。加罗菲告诉我说我中了他这学期的最后一次彩票，说着给了我一个角上略有破损的陶瓷镇纸。接着我和大家都说了再见。可怜的内利跟加罗内难舍难分，那情景真叫我们大家感动。

大家都围在加罗内身旁，向他告别。

"再见了，加罗内!"

"再见了，下学期再见!"

不停地有人去拥抱他、去握他的手，或者向他表示祝贺。谁都知道这是个非同寻常的勇敢而高尚的少年。这一切把加罗内的父亲也看呆了。他望着大家，微笑着，感慨万千。

我在大街上最后一个拥抱的同学就是加罗内。我把脸贴在他的胸前，忍不住哭泣起来。加罗内最后一次吻了我的额头，然后我就跑到我父亲和母亲的身边去了。

父亲问我: "你跟你所有的朋友都道别了吗?"

我回答说: "是的。"

父亲又说："如果你从前曾经做过对不起哪个同学的事，现在赶快去向他道歉，请求他原谅你并且把过去的不愉快都给忘了。有没有这样的事呢?"

我回答说："没有。"

说着父亲向学校做了最后的一瞥，充满深情地说："那么，再见了!"

"再见!"母亲也跟着说。

但是我却什么话都说不出来。

图书在版编目(CIP)数据

爱的教育／（意）亚米契斯（Amicis,E.D.）著；储蕾
译.—上海：上海译文出版社,2009.11（2024.10重印）
（译文经典）
书名原文：Cuore
ISBN 978－7－5327－4902－7

Ⅰ.爱⋯ Ⅱ.①亚⋯②储⋯ Ⅲ.儿童文学－日记体小说－
意大利－近代 Ⅳ.I546.84

中国版本图书馆CIP数据核字（2009）第164271号

Edmondo De Amicis
CUORE

爱的教育

[意] 亚米契斯 著 储 蕾 译

责任编辑／吴健平 装帧设计／张志全

上海译文出版社有限公司出版、发行
网址：www.yiwen.com.cn
201101 上海市闵行区号景路159弄B座
山东韵杰文化科技有限公司印刷

开本787×1092 1/32 印张11.5 插页5 字数196,000
2009年11月第1版 2024年10月第18次印刷
印数：71,201-74,200册

ISBN 978-7-5327-4902-7
定价：56.00 元